Ein festlicher Reinfall.

Und dann fing er leise an zu rieseln. Endlich! Seit Wochen sehnten sich Mädchen die Unterlage für Schneeengel und Jungen das Baumaterial für Schneemänner herbei. Auch Erwachsene träumten in den ruhigen Minuten des hektischen Tages immer öfter den Traum der weißen Weihnacht. Es fiel zwar nicht der erste Schnee des Jahres, doch da die letzten Flocken bereits im Februar geschmolzen waren, kam es den meisten Karlsruhern so vor. *Hurra! Es schneit!*

Es regnete bald kräftige Schneefetzen. Die Vorfreude auf Weihnachten schwappte in den Wohnungen und Häusern damit sogar auf die Grinche über. Kinder standen mit großen Augen an den Fenstern. Sie beobachteten mit ihren Eltern, wie sich die Landschaft aufhellte. Die weiße Pracht entfaltete sofort ihre magische Wirkung. Paare drückten sich aneinander. Quer durch die Stadt schmiegten sich Frauen an ihre Männer, Männer an ihre Göttergatten, Frauen an ihre Herzdame und derzeit nicht nachgefragte Lebensabschnittspartner an ihre Katzen. Wahrscheinlich herrschte nicht überall solch idyllische Glückseligkeit, aber man konnte es vermuten, wenn man betrachtete wie die Karlsruher Dächer mit dem kalten Puderzucker überzogen wurden. Dieser Abend sollte in den meisten Haushalten traut und gemeinsam werden. Weihnachtslieder wurden gesummt, die letzten freien Flecken des Tannenbaums mit zerbrechlichem Schmuck zugekleistert.

In einer kleinen, gemütlichen Wohnung in der Karlsruher Weststadt versuchte ein kleiner Junge, den Funken über springen zu lassen. Er wollte das festliche Feuer seiner Mama entfachen: *Sau mal Mama, Snee.*

Mama erwiderte: *Sch-sch-sch!*

Tim verwundert: *Ich will nicht schlafen.*

Die Mama lächelte, nahm den Einwand nicht wahr. Tatsache! Sie konnte sich dem Zauber nicht entziehen. Der Blick aus dem Fenster versetzte Anne in ihre Kindheit zurück. Ach war das früher schön gewesen, dachte sie. Solche Freuden wollte sie ihrem Kind nicht vorenthalten.

Anne gab sich einen Ruck: *Wenn der Schnee liegen bleibt, bauen wir morgen einen Schneemann und kaufen danach einen Tannenbaum!*

Es sollte an diesem Abend noch doller kommen. Tim animierte seine eigentlich aufgrund des Kommerzwahnsinns Weihnachten boykottierende Mutter sogar zum gemeinsamen Singen: *O du selige, gnadenbringende, Weihnachtszeit.* Das waren nicht die einzigen schiefen Töne, die bis zum Zudecken und Vorlesen von den Wänden hallten. Weihnachten war nun auch in dieser Wohnung angekommen.

Szenenwechsel: Es herrschte tatsächlich nicht überall idyllische Glückseligkeit. Weihnachten war für Gönnhardt die schlimmste Zeit des Jahres. Nicht weil er sich einsam und verlassen fühlte, sondern weil er sich gefangen fühlte. Er war keiner der Typen, die kurz vor den Feiertagen Angst vor dem Alleinsein bekommen. Die Sorte, die sich genau die Familie und die Freunde herbeiwünschen, um die sie sich quer durch den Kalender und bis zu den Weihnachtsfeiertagen nicht scherten. Nein, Gönnhardt plagte an Weihnachten die Enge, die Nähe, die Aufregung und die Vorhersehbarkeit.

Gönnhardt war von unscheinbarer Statur. Das Haar so strohig und strack, jeder Frisör bräuchte erstmal eine

Beruhigungszigarette, würde Gönnhardt in den Salon schlendern. Man könnte es buschig und wild nennen, wenn man Gönnhardt übel gesinnt ist. Da wir das nicht sind, nennen wir ihn auch sportlich, drahtig, mit aufgeweckten Augen und mittelgroß gewachsen.

Gönnhardt saß gerade zusammengesunken auf dem blanken Boden seiner Behausung und ließ das Elend Revue passieren. Die letzten Tage waren schlimm gewesen. Ihm kam es so vor, als ob sich auch die restlichen Menschen dem Druck beugten, ihren nahen und nicht-so-nahen Mitmenschen etwas zu besorgen. Man will ja nicht mit leeren Händen dastehen, wenn einem der diesjährige Tannenbaum und die dazugehörigen Geschenke gezeigt werden.

Da es jedes Jahr mehr Personen wurden, denen sich der Mensch von heute verpflichtet fühlte, musste auch öfter eingekauft werden. Das hieß für Gönnhardt: Stadt voll. Also: Straßen voll. Bedeutet: Enorme Schwierigkeiten, die Weltmeisterschaft im Darts ungestört zu schauen. Dazu musste es Gönnhardt nämlich zum Pub schaffen. So etwas wie einen Fernseher gab es bei ihm zuhause nicht.

Gönnhardt saß also da, haderte mit seinem Schicksal, und sagte sich mal wieder in einem positiven Ton: *Anfangen ist der schwerste Schritt. Wenn du auf dem Weg bist, bist du am Ziel.*

Es half! Ein Fünkchen Motivation! Gönnhardt stand auf, er drehte sich um und schaute raus. Er seufzte erleichtert. Es dämmerte nicht nur endlich, es schneite sogar. Die Hoffnung, dass sich die Karlsruher jetzt in ihre warmen Wohnungen zurückzogen, rang ihm ein Lächeln ab. Vielleicht sollte es doch ein gemütlicher Spaziergang zur Sportsbar werden.

Gönnhardt wurde von Jahr zu Jahr mehr zum Dartsfan. Anfangs war es kein Interesse am Sport, das ihn zum Schauen brachte, sondern willkommene Ablenkung. Dass sich die Weltmeisterschaft im Pfeile werfen von der Vorweihnachtszeit bis zur Nachsilvesterperiode zog, musste Schicksal sein. Je stärker seine Mitbewohner vom Weihnachtsfieber erfasst wurden, desto öfter musste er aus der Wohngemeinschaft flüchten. Gönnhardt wurde durch seine Abscheu vor erzwungener Heiterkeit vor ein paar Jahren vor eine kleine Kneipe am äußersten Ende von Karlsruhe getrieben. Denn erst dort fand er ein nettes, einsames Plätzchen. Wie es der Zufall so wollte, wurde im TV gerade ein Dartspiel gezeigt und so kam dann eines zum anderen. In eben jenem Jahr überwand er sich, ein paar Partien anzuschauen, um auf andere Gedanken zu kommen. Mittlerweile fieberte er mit und ließ sich kaum ein Spiel entgehen. Aber spulen wir wieder vor zum aktuellen Jahr.

Gleich sollte ein Vorrundenspiel stattfinden: Sebastian van Geert gegen John Weeder. Gönnhardt war sich sicher, dass es eine klare Sache wird. Solch ein Match war eigentlich nicht den Aufwand wert, sich ungesehen auf den Weg durch die Stadtmitte zu machen. Aber Gönnhardt saß auf heißen Kohlen. Seine beiden weiblichen Mitbewohner hatten sich bereits am Vormittag mit *Nettigkeiten* überboten. Ihm blieb nur die Flucht nach vorne, wenn er den Abend nicht zwischen passiv-aggressiven Damen, die in freundlichem Ton Wortgefechte austrugen, verbringen wollte.

Die erste gesungene Beleidigung von Florentine sollte er nicht mehr mitkriegen. Mittlerweile war er schon unterwegs und wähnte sich hinter seinem eiskalten, weißen Sichtschutz sicher. Der Abschied war nicht herzlich,

Gönnhardt verschwand wortlos. Die anderen waren so sehr miteinander beschäftigt, sie hätten ihn sowieso nicht gehört.

Es kam nicht wie erwartet, aber wie erhofft: Gönnhardt war ganz alleine unterwegs. Niemand tat es sich an, bei diesem Wetter in diesen Teil von Karlsruhe zu gehen. Schlecht für die Gastronomie, gut für Gönnhardt. Er konnte regelrecht durch die Straßen streunen. Sie waren so verlassen, als hätte sich eine Atombombe zum Besuch angekündigt. Keine Menschenseele zu sehen. Gönnhardt hatte bald seinen Stammplatz inne. Es war zugig, kalt, nach kurzer Zeit auch noch nass, aber frei.

Der Sprecher stellte den ersten Spieler mit Sirenenstimme vor: *Seh-Baaah-Stiii-Jaaaan-Vannn-Geeert!* Musik fing an blechern zu dröhnen. Gönnhardt war von einem Moment auf den nächsten tiefenentspannt. Er sah kaum etwas, er hörte fast nichts, doch immerhin war sein Plätzchen einsam und verlassen.

Klatsche.

Es sollte so werden, wie Gönnhardt befürchtet hatte. SVG, wie ihn Fans, Feinde und mäßig Interessierte nannten, siegte, ohne einen Satz zu verlieren. Es war die langweiligste Art von Sportereignis, es war eine Abreibung, eine wahre Klatsche. Das letzte Spiel vor der Weihnachtspause war so spannend, wie mit Babys zu diskutieren. Gönnhardt fürchtete ein schlechtes Omen, als er sich auf den Heimweg machte. Geistesabwesend streifte er durch Gassen und Wege. In seinem Selbstmitleid und dem Grauen vor den Weihnachtsfeiertagen, war ihm sogar egal, wem oder was er begegnen würde.

Der Schnee wurde unverhofft zu Regen, die weiße Pracht verwandelte sich in grauen Matsch. Mit der Nässe kam die Kälte. Gönnhardt realisierte, dass er auf schnellstem Wege nach Hause musste. Erfrieren war nicht cool. Ein Stein hatte sich prompt in Gönnhardts Magen eingenistet. Denn: Ihm wurde mit jedem Schritt klarer, dass er eigentlich nicht nach Hause wollte. Er spürte, wie genervt er nicht nur vor den Festtagen, sondern von seinem gesamten Leben war. Es war immer der gleiche Trott. Zuhause würde nichts Spannendes passieren. Alles geliefert, wie bestellt. Und jetzt machte auch noch die einzige Abwechslung der letzten Monate, die Darts Weltmeisterschaft, Pause.

Gönnhardt malte sich die nächsten Tage aus: Während seine Mitbewohner Florentine, Claudette und Schorschi den Weihnachtsgeist zelebrieren, Reinholdt zumindest interessiert sein und Bertram sich zurückziehen würde, muss er leiden. Er konnte seine Umwelt nicht einfach ausblenden, wie es Bertram meisterhaft bewerkstelligte. Er würde sich aufregen, Vorwürfe machen, verrückt werden – wie jedes Jahr.

Normalerweise hatte Gönnhardt keine großen Probleme mit seiner Wohngemeinschaft. Es gab zwar häufig Streitigkeiten, doch diese wurden meistens ohne Gönnhardts Beteiligung ausgefochten. Er konnte es nicht ändern, er fand seine Mitbewohner an diesen jenen Tagen im Dezember mit jedem Jahr unerträglicher. Übertriebene Hilfsbereitschaft gepaart mit unehrlicher Eintracht ergab für ihn eine Ausgeburt der Hölle. Zugegebenermaßen waren seine Mitbewohner auch wie ausgewechselt. Selbst Streithenne Claudette und Streithahn Reinholdt schleuderten sich langgezogene *Bitteee* und *Dankeee* an die Schädel, während sie einander teuflisch angrinsten. Da waren Gönnhardt sogar die Tage, an denen boshafte

Deppkopf und *Blödeimer* durch die Luft flogen, lieber. Es waren keine warmen Gedanken, aber immerhin war er auf dem Heimweg abgelenkt.

Der niedergeschlagene Geselle war durchgefroren, als er eintrat. Das Wohnzimmer wurde in diesem Augenblick zu seiner persönlichen Irrenzelle. Gönnhardt murmelte zu sich selbst: *Willkommen in der Anstalt.* Claudette und Reinholdt zankten wegen der nächsten Mahlzeit, doch wollten es sich nicht anmerken lassen. Sie wollte das Eine kochen, er wollte das Andere essen. Die beiden beendeten ihre Kommentare so, wie es sich für Weihnachten gehörte: mit gezischten Bitten und gebrüllten Danksagungen.

Gönnhardt wollte sich nicht einmischen. So leise, wie es der Anstand zuließ, brummte er in den Raum: *Ich bin zurück.*

Keine Reaktion. Erleichtert verkroch er sich in seine Lieblingsecke. Dort war die Akustik gnädig, ein Teil der Geräusche wurde geschluckt.

Er war dabei einzudösen, als ihn ein säuseliger Satz aufschrecken ließ. Ein Vorschlag, der für Gönnhardt eine Drohung war, schlüpfte durch den Schallschutz der tiefen, unebenen Decke.

Claudette: *Wir könnten auch einfach bis Silvester durchfeieeern. Die Stimmung ist so feeestliiich.*

Gönnhardt riss die Augen auf, als er die Antworten vernahm. Es war Zustimmung! Als ihm klar wurde, was diese Mehrheitsentscheidung bedeutete, überlief ihn ein eiskalter Schauer. Der Schnellfrost hatte Gönnhardt erfasst, gegen Gönnhardt war ein Schneemann ein Heizpilz. Ihm wurde schwarz vor Augen. Und nicht wegen Müdigkeit. Er schüttelte sich bei dem Gedanken an das bevorstehende Weihnachtsfest. Die Vorstellung von Silvester gab ihm den Rest. Da war auf den Straßen schon wieder die Hölle los, jeder warf mit diesen lauten, stinkenden Böllern um sich. Das hieß, er war schon wieder zuhause gefangen.

Dann sprach Gönnhardt aus, was ihn am meisten grauste: *Und die wollen die ganze Zeit feiern.*

Schorschi hatte bemerkt, dass Gönnhardt aufgeschreckt war. Er nahm es allerdings als Aufwachen wahr und fragte: *Gönnhardt, komm doch mal her. Du hast immer die besten Ideen. Welche Spiele sollen wir dann spielen?*

Es war nett gemeint, Gönnhardt direkt in die Planungen einzubeziehen, aber der Gute konnte einfach nicht. Er stellte sich schlafend, um die Fragen ignorieren, um einen Schlachtplan entwerfen zu können.

Wann Gönnhardt tatsächlich eingeschlafen war, spielt keine Rolle. Er wachte mitten in der Nacht auf. In Angstschweiß gebadet vergewisserte er sich, dass er nicht von Luftschlangen gewürgt oder Konfetti erstickt wurde. Seltsam, diese Albträume. Das Schnarchen von Schorschi beruhigte ihn, es wiegte ihn wieder in den Schlaf.

Der nächste Morgen: Reinholdt und Claudette stritten. In der Frühe, so ganz ohne Zuschauer simulierten sie wenigstens keine traute Zweisamkeit. Die beiden beschimpften sich im Flüsterton. Da dieser mit jedem Fluch an Lautstärke gewann, wurde Gönnhardt von einem gefauchten, *dummen Pferdekopf* geweckt.

Reinholdt und Claudette waren Geschwister. Obwohl sie es vehement abstritten, weil ihnen noch niemand einen Beweis dafür erbringen konnte, war es so. Bruder und Schwester ähnelten sich, hatten aber selbstredend auch jeweils ihre eigenen Feinheiten. Claudette war ein kleiner Naivling, aber mit reichlich Temperament ausgestattet. Sie putzte gerne und nahm es als persönliche Beleidigung auf, wenn etwas lag, wo es nicht hingehörte. Sie war genauso schnell auf 180, wie sie sich wieder abregte. Reinholdt war in vielen Bereichen realistischer, aber ähnlich aufbrausend. Reinholdt war außerdem ein kleiner Schmutzfink, weil er sich darauf verlassen konnte, dass Claudette ihm murrend hinterher räumen wird.

Auch heute war die Ordnung mal wieder der Auslöser der Meinungsverschiedenheit. Reinholdt, der kleine Fiesling, wollte Claudette ärgern. Gelangweilt von der Morgenruhe und gehässig, wie er war, verstreute er ganz zufällig Reste seiner Mahlzeit in dem Bereich, in dem Claudette gerade gewütet hatte. Und das ging natürlich gar nicht.

Reinholdt schrie: *ICH HABE NUR MEIN FRÜHSTÜCK GEGESSEN! MEHR NICHT!*

Claudette erwiderte: *Du hast herumgesaut, hast du.*

Gönnhardt hasste diese Spielchen. Es war stets der gleiche Ablauf: Reinholdt ärgerte Claudette. Claudette wurde wütend. Reinholdt vergaß, dass er Claudette ärgern wollte und wurde sauer. Dann flogen solange die Fetzen, bis einer der anderen Wölfe dazwischen ging. Wer diesmal das Opfer werden sollte, wollte Gönnhardt nicht mitbekommen. Er drehte sich um, versuchte beide Ohren schalldicht zu verschließen. Fest stand ohnehin, dass derjenige, der schlichten wollte, für die nächsten Minuten von beiden, von Reinholdt und Claudette, angeschrien und angefaucht wurde. Jeder Streit zwischen den Geschwistern endete in einem 2-gegen-1-Handicap-Kampf.

Und da war er, der nächste Spielzug von dem alltäglichen

Theaterstück. Schorschi, dümmlich wie er war: *Hört doch auf zu streiten, wir haben Weihnachten. Bruder und Schwester müssen sich lieb haben.*

Claudette und Reinholdt fühlten sich zwar ertappt, sie verhielten sich in der Tat unweihnachtlich, doch das schützte den armen Schorschi nicht vor seiner Abreibung.

Claudette: *Ich werde dir nichts kochen, Schorschi. Nicht heute, nicht morgen und nicht bis Silvester und danach.*

Reinholdt: *Hör auf uns zu mobben! Oder wir schicken dich weg und lassen dich nie wieder rein!*

Das war eine Aufforderung für Gönnhardt. Sein Unterbewusstsein hatte bereits im Schlaf einen Entschluss gefasst, das Schicksal hat diesen eben bestätigt. Gönnhardt richtete sich auf, er streckte und reckte seine müden Knochen. Gönnhardt drehte sich zu Bertram um. Der schlief noch. Bertram hatte ein Lächeln auf den Lippen, Gönnhardt gönnte ihm die Ruhe. Die nächsten Tage würden stressig werden.

Gönnhardt hauchte in Bertrams Richtung: *Es tut mir leid, aber ich muss.*

Gönnhardt und Bertram hatten schon oft über den nächsten Schritt gesprochen. Auf einen gemeinsamen Nenner kamen sie dabei nicht. Bertram hatte Gönnhardt nie verstanden, er redete es ihm immer wieder aus. Bertram war sein bester Freund, doch in gewissen Dingen waren sie von Grund auf unterschiedlich. Gönnhardt dürstete es schon seit Jahren nach Abwechslung.

Gönnhardt schaute seinen Freund an. Dessen ruhige Atembewegungen versetzten ihn in eine Trance. Es kamen Zweifel in ihm auf. Er hörte wieder Bertrams Argumente. *Es ist gefährlich. Was kommen wird, ist ungewiss. Die sind gefährlich.* Vielleicht hatte Bertram recht, doch gerade das machte ja den Reiz aus. In ihren vielen Diskussionen über die Zukunft war Bertrams Standpunkt stets: So schlecht ist es hier doch gar nicht. Was kommen könnte, könnte viel schlimmer sein. Die Angst vor dem, was ihm da draußen alles widerfahren könnte, schüchterte Bertram so sehr ein, dass er auch Gönnhardt immer wieder überzeugte.

Schooorschiii spinnst du eigentlich?

Reinholdts Generalston riss Gönnhardt aus den Träumereien. Er wusste: Es war an der Zeit, den Weg des geringsten Widerstandes zu verlassen. Noch so ein Jahr würde er nicht aushalten, sagte er sich, als er in die Mitte des Zimmers ging. Er stolzierte zum Ausgang, drehte sich nochmal um, brüllte gegen den Lärm an: *Ich bin dann mal weg.*

Und so verließ Gönnhardt den Fuchsbau.

Hallo erstmal.

Während Gönnhardt einen letzten Blick auf sein bisheriges Leben warf, geschah in der Karlsruher Weststadt ein glücklicher Zufall, der nicht der letzte seiner Art und Weise bleiben sollte. Ein alter Mann, den man auf 69,75 Jahre schätzen würde, eilte während eines neuerlichen Schneeschauers durch die Straßen. Ihm lief die Nase. Trotzig wischte er den Schnodder mit der Handfläche weg. Ein flüchtiger Blick auf die umliegenden Häuser, er vergewisserte sich seines derzeitigen Standortes. Und hastete weiter. *Pah! Noch so weit!* Er wollte endlich bei seinem Sohn und der Schwiegertochter ankommen. Er motzte vor sich hin: *Hätte ich bloß nicht zugesagt, dann könnte ich heute früh ins Bett!*

Der Herr hatte seit seiner letzten Routenplanung ein gutes Stückchen hinter sich gelassen. Wo war er denn eigentlich? So hob er den Kopf, den er vorher wie eine Schildkröte eingezogen hatte. Musste er jetzt links oder rechts gehen? Das war ein Fehler, denn es pustete aus der Gegenrichtung. Es war eine eiskalte Brise. Der Mann zuckte zusammen, fuhr den Hals wieder ein, bog eilig nach links ab. Es dauerte ein paar Sekunden, bis der alte Herr bemerkte, dass der Windstoß seinen Kopf von seinem Hut befreit hat. Möge diese Opfergabe den Schneegott sanft stimmen, dachte sich der Mann und fluchte in den Sturm: *Dann behalt das Drecksding doch.* Umdrehen und nach dem Geschenk seiner Exfrau zu suchen, war keine Option. Er wollte nicht riskieren, dass sich seine rote Nase zu einem blauen Eiszapfen entwickelte. Es waren noch zu viele Meter bis in die warme Stube.

Zurück zu Gönnhardt, dessen Ohren zum gleichen Zeitpunkt nervös zuckten. *Piep, piep, piep.* Pieptöne hörte man in diesen Zeiten selten, umso verwunderter war Gönnhardt. Nein, es hatte niemand seinen Funkmeldeempfänger verloren. Solcher Technikschrott gammelte seit Jahren traurig in einem der Weltmeere herum.

Pieeep.

Gönnhardts Ohren hatten sich beruhigt, dafür rasten seine Augen. Sie tasteten den düsteren Weg ab. Da! Gönnhardt entdeckte die Quelle der Piepser: einen Babyvogel, der am Straßenrand kauerte.

Gönnhardt: *Du bist ja ein ganz Feiner, du musst ein Geschenk des Himmels sein.*

Gönnhardt leckte sich über die Lippen. Keine gute Idee, denn seine Lippen wurden unverzüglich von Raureif überzogen. Gönnhardt nahm den eisigen Film gar nicht wahr, er dachte an etwas anderes. Er blickte sich um. Es war niemand zu sehen. Gönnhardt lächelte breit, machte den Mund auf und näherte sich dem Vogel.

Gönnhardt war schon immer speziell gewesen. Behutsam legte er das Vögelchen zurück in sein Nest und deckte es mit einigen der umliegenden, schneefreien Blättern zu. Als Mamavogel endlich von ihrer Tour zurückkam, fand sie ein hungriges, vollgesabbertes, aber heiles Kind vor. Gönnhardt war bereits über alle Hügel, als die Nase rümpfende Mutter fertig mit Füttern war.

Einige Minuten später schlenderte unser Held durch die selbe Straße, in der sich der Herr mit Hut fluchend das Fegefeuer herbei gewünscht hatte. Gönnhardts Sinne waren aufgrund seiner guten Tat geschärft. Glückshormone ließen die dunkle Gasse in hellem Glanz erstrahlen. In dem Moment, als der alte Mann endlich ankam und von einer erleichterten Familie empfangen wurde, fand Gönnhardt einen Hut. Unter anderen Umständen hätte Gönnhardt den Hut für Müll gehalten. Aber gute Laune ändert bekanntlich die Sichtweise. Der schwarze Hut erinnerte Gönnhardt an den Detektiv aus einer seiner Lieblingsserien. Gönnhardt musste seine Meinung kundtun: *Boah! Wie cool!* Der Hut passte zu seiner Stimmung, Gönnhardt fühlte sich verwegen. Er sagte zu niemand bestimmtem, weil ja keiner da war: *Das ist ein Zeichen, der Hut gibt mir Mut.*

Mit rotem Fell, das in der düsteren Landschaft kaum auffiel und einem runden Hut, der schon leicht verbeult war, ging der Fuchs die letzten Meter. Unterwegs hatte Gönnhardt zwar neuerliche Zweifel. Doch da er sie widerrief wie einen in der Eile aufgeschwatzten Vertrag, können wir weiter blicken: Gönnhardt glaubte, an seinem Ziel angekommen zu sein.

Bei den Aufnahmen im Fernsehen und vermischt mit Träumen und Vorstellungen war ihm das Gebäude irgendwie pompöser vorgekommen. Aus näherer Betrachtung war es ein schnöder Steinklotz. Dieser graue Kastenbau sollte der Eingang zu seinem neuen Leben werden? Jetzt, als er so vor dem Zaun stand, wirkte das Fernsehstudio des Karlsruher Lokalsenders wie eine Beamtenburg. Dort hätten die Menschen auch ihre Anträge für den geplanten Garagenbau zum Abstempeln hinbringen können, dachte er. Er vermutete kurz, an der falschen Adresse zu sein. Diese Hoffnung war jedoch schnell begraben, als er sich genauer umschaute. Auf dem Schild links vom Zaun erkannte er das Logo von Waldsee TV. Gönnhardt hatte sich den Baum mit dem Auge genau eingeprägt. Schließlich lief der Sender bei dem einen Fernsehgeschäft, das Gönnhardt gerne besuchte, rauf und runter.

Gönnhardt schluckte seine Enttäuschung in die Tiefen seines Magens. Da musste er nun also durch. Ein zartes Pflänzchen der Zuversicht regte sich in Gönnhardts Hinterkopf: Wahrscheinlich ist das nur die Schutzmauer, unter der Erde muss sich das richtige Fernsehstudio befinden. So drückte sich Gönnhardt durch das Gitter und ging zielstrebig auf das Gebäude zu.

Stein auf Zement.

Gönnhardt entdeckte den Tonassistenten, der gerade die elfte Rauchpause des Abends einlegte, bei seinem Streifzug um das Gebäude. Am Hintereingang: Während der Warterei auf neuerliche Rauchzeichen entwarf Gönnhardt seinen Plan.

Tür auf, Tür zu. Da war der Mann, da war der Fuchs gewesen.

Der Plan wurde zu Tatsachen, als der junge Mann zum ersten Zug des zwölften Glimmstängels ansetzte. Unbemerkt hatte sich Gönnhardt in das Fernsehstudio geschlichen. Gut, dass Raucher beim Anzünden ihrer Zigarette die Welt vergessen. Gönnhardt war dem Mann einfach durch die Beine geflitzt.

Im Studio selbst wurde gerade die alljährliche Weihnachtsgala von Waldsee TV aufgezeichnet. Geladen waren neben einigen Persönlichkeiten aus der Politik natürlich auch Prominente aus der hinteren Buchstabengegend. Im Aufnahmeraum war einiges los. Es gab nämlich tatsächlich zahlende Zuschauer, die sich dieses Treffen anschauen wollten. Oder zumindest beim Kartenkauf davon ausgegangen waren. Die Stimmung? Durchwachsen, nicht im Keller, aber bereits im Erdgeschoss. Für die meisten Besucher drohte es rausgeworfenes Geld zu sein. Das Programm war so vorhersehbar wie das Wetter von gestern.

Die mitgeschleiften Kinder wurden immer unruhiger. Die alten Herrschaften hätten gerne die Füße hochgelegt, um dem Blut in den Beinen bei einem Nickerchen freien Kreislauf zu gewähren. Die Altersgruppe dazwischen dachte an den Sekt, den es im Empfangssaal gab. Die Prickelbrause war zwar teuer, aber sie müsste die Sache erträglicher machen, war der gedankliche Konsens. So betete jeder für sich die Halbzeitpause herbei. Gerade wurde jedoch darüber gefachsimpelt, welche

Restaurationen der Verwalter des Karlsruher Schlosses im kommenden Jahr vornehmen könnte/sollte/musste/würde. Ein Thema so trocken, dass dagegen selbst Staub saftig wirkt.

Just in diesem Moment kam Gönnhardt von hinten auf die Bühne. Zwar nicht unbemerkt, aber ungestört war er vom Hintereingang durch die mickrige Produktion bis zum Bühneneingang gerannt. Trotz der vielen Scheinwerfer blieb er nicht erstarrt stehen wie Rehe vor dem Auto. Gönnhardt war zwar eher zurückhaltend, aber er wusste, was er zu tun hatte. Durch die vielen Polizeiserien, die er gesehen hatte, war er sich sicher: Aufmerksamkeit ist eine Lebensversicherung. Er wollte den Schutz der Öffentlichkeit. Gönnhardt schaute sich kurz um, sprang mit einem beherzten Satz auf den besten Platz. Er setzte sich aufrecht auf den Werbeturm der Baufirma aus der übernächsten Nachbarstadt.

Das erste Etappenziel war erreicht: Gönnhardt wurde sofort bemerkt. Der Moderator erschrak derart, dass er nach hinten stolperte. Er riss beinahe das Bühnenbild um, als er sich an einem Vorhang festhielt. Aufregung breitete sich im Saal aus. Die Zuschauer stupsten einander an. Eine Geräuschkulisse baute sich auf. Raunen und Zischen herrschte auf den Rängen.

Ist der süß!

Hey, guck mal da.

Endlich passiert was.

Vielleicht hat sich der Eintritt doch gelohnt.

Ein Fuchs hat sich in das Fernsehstudio geschlichen. Und er hat auch noch einen schwarzen Hut auf.

Jetzt wird es albern. Wer hat sich denn diesen Schabernack nur ausgedacht?!

Und dann wurde es ganz still. Niemand auf der Bühne wagte es, etwas zu tun. Die Angst, sich vor laufender Kamera zu blamieren, war zu groß. Das Publikum nahm an, der Fuchs ist Teil des Programms. Der Sicherheitsdienst und sämtliche Produktionsmitarbeiter vermuteten, dass es sich um einen Scherz aus einer anderen Abteilung handelte, den natürlich niemand ruinieren wollte. Da wäre am Ende dann noch das Weihnachtsgeld futsch gewesen. Stille. Der Moderator war mit sich selbst beschäftigt. Der Rest der Gäste war so spontan, wie man es von Lokalpolitikern und L-Prominenz erwartet. Niemand tat etwas, alle warteten gespannt ab.

Die Blicke waren auf Gönnhardt gerichtet. Dieser wusste es in dem Moment zwar nicht, aber er bekam Lampenfieber. Alles, was er sich vorgenommen und geprobt hatte, war vergessen. Also improvisierte er. Gönnhardt: *Ja. Hallo. Wie geht es so?*

Es war wenig, was er anbot. Aber es genügte. Eine Sensation, der Fuchs spricht! Das wurde jedenfalls gedacht. Womit Gönnhardt in seiner ersehnten Menschenwelt begrüßt wurde, war Schweigen.

Hintergrundwissen.

Nutzen wir die Ruhe, um zu erfahren, wie Gönnhardt zu dem wurde, was er war. Nehmen wir es vorneweg: Der Fuchs Gönnhardt hat Sprechen gelernt. Husch-Husch, und jetzt schnell in die Zeitmaschine! Wir wollen in Gönnhardts Kindheit reisen. Keine Sorge, es ist nur ein kleiner Abstecher.

Gönnhardt war schon immer ein Einzelgänger gewesen, der sich weder der Tierwelt noch den Beschäftigungen seines Rudels richtig zugehörig fühlte. Aber halt. Füchse, Rudel? Nun mag es ungewöhnlich klingen, dass Füchse überhaupt miteinander klarkommen und darüberhinaus Wohngemeinschaften gründen. Doch wenn man sich gut versteht, rechtfertigt der Zweck die Mittel, oder?! Zurück zum jungen Gönnhardt: Als Welpe spielte er am liebsten Verstecken. Er verkroch sich dabei in das letzte Eck des Unterholzes. Dort hoffte er, dass niemand nach ihm suchte. Rufe überhörte er zwar nicht, doch er ignorierte sie genau so, wie es verschuldete Menschen mit Rechnungen machen. Aus den Augen, aus dem Sinn – beste Taktik.

Sinn machte dieses Fuchsleben für Gönnhardt schon als Jugendlicher kaum. Wald und Lichtungen empfand er als einengend beziehungsweise langweilig. Ihn zog es in die Welt jenseits der bekannten Baumgruppen. Je größer er wurde, desto weiter wagte er sich vom heimischen Fuchsbau weg. So näherte er sich bei seinen Streifzügen der spannenden Stadt immer weiter an.

Karlsruhe war seit seinem ersten Besuch das Land der Träume. Und so verwirklichte er seine Tagträume bei den Spaziergängen, schließlich wohnte er im angrenzenden Wald und hatte es nur wenige Minuten bis zum Stadtrand. Welch ein Kontrast! Im Wald war alles grün und braun, dazu nervige Tiere, harte Stöcke und zu allem Überfluss das nasse Laub, das den Boden ekelig weich und matschig machte. Gönnhardt bevorzugte harten, unnachgiebigen Asphalt, den er nachts spürte.

Nicht nur die Straßen, auch das Leben der Menschen faszinierten den Fuchs. Seine Abstecher in die bunte Welt der Menschen wurden länger, je besser er sich auskannte.

Er beneidete die Menschen um ihre Fähigkeit, miteinander kommunizieren zu können. Der da hinten sprach mit der da vorne. Die dort drüben konnte den da mit Worten zum Weinen bringen. Es war einfach beeindruckend. Gönnhardt setzte sich in den Dickkopf Sprechen zu lernen.

Und irgendwann fand er seine Lehrer. Würden die Karlsruher nicht so viel, so oft und so laut fernsehen, unsere Geschichte hätte sich nie ereignet. Aber es war, wie es war. So konnte Gönnhardt fast jede freie Minute vor, neben und unter den Fernsehern der Häuser verbringen. Schnell wurde Fernsehschauen zum liebsten Zeitvertreib. Meistens vormittags. Zum Glück wusste Gönnhardt zu diesem Zeitpunkt noch nicht, wie schlecht das Fernsehprogramm in diesen Stunden ist. Ansonsten hätte er sich bestimmt nur zur Primetime in die Stadt geschlichen, und wäre womöglich entdeckt worden. Hätte, hätte, Fahrradkette.

So lernte Gönnhardt erst zuzuhören, dann zu verstehen. Im Laufe der Filmrollen konnte er die Menschen in der Röhre immer besser nachahmen. Er machte rasante Fortschritte. Grunzlaute wurden zu Silben.

Die Zeit war reif, er wollte mit Worten kommunizieren. Sich mit einem Menschen zu unterhalten, kam Gönnhardt in diesen Tagen freilich nicht in den Sinn. Bertram musste also eingeweiht werden.

Dass sich Gönnhardt ständig in der Stadt herumtrieb, hatten die anderen Füchse natürlich bemerkt. Dass er dort Sprechen lernte, überraschte Bertram aber doch. Der Ehrgeiz war geweckt, nachdem Gönnhardt ihm die Ausmaße der Herausforderung schmackhaft gemacht hatte. Etwas derart Schwieriges zu lernen, reizte Bertram.

Aber die Angst ist bekanntlich der talentierteste Miesepeter von allen. Trotz all der Versicherungen, dass bestimmt nichts passieren würde, weigerte sich Bertram, seinen besten Freund in die Innenstadt zu begleiten. Autos, Menschen, Hunde, nichts war ihm geheuer. Über derartige Gefahren wurden sich seit Generationen Schreckgeschichten erzählt.

So vergingen einige Wochen, in denen Gönnhardt einsam, allein und heruntergeschlagen durch die Straßen zog. Der Dämpfer saß. Die Erkenntnis, dass er nie mit jemandem sprechen würde, war so traurig, dass Gönnhardt fast das Interesse an den Glotzboxen verlor.

Eines Nachts war es besonders schlimm. Am Tag davor musste Gönnhardt einen Film mit einem sprechenden Hund ertragen. Das war Salz in der Wunde. Trotzig mied Gönnhardt seinen derzeitigen Stammfernsehplatz in der Hecke vor einem Mehrfamilienhaus. Geistesabwesend irrte er stattdessen umher. Zu später Stunde fand er sich in einem abgelegenen Stadtteil wieder, dem er zuvor nie viel Beachtung geschenkt hatte. Viel zu abgelegen, viel zu weit weg vom Geschehen der Innenstadt, viel zu wenig Reiz.

Welch ein Glück, dass er sich verirrt hatte! Gönnhardt entdeckte auf diesem seiner Streifzüge ein verlassenes Häuschen. Der einzige Bewohner war ein ergrauter Mann. Wie das so ist, wenn man niemanden zum Reden hat: Der Fernseher sprang ein und sorgte für die Unterhaltung. Der ergraute Mann ließ sich jeden Tag von seinem Fernseher in den Schlaf wiegen. Es wurde noch besser: Der Mann hatte eine Vorliebe für Dokumentationsfilme. Eins und eins ergab in diesem Fall möglicherweise eine Möglichkeit, vielleicht, wenn es denn so sein sollte. Und siehe da: Weil der Fernseher auch an den folgenden Tagen die halbe Nacht unbeaufsichtigt lief, genauer gesagt, bis zum ersten mal des Bewohners Blase rief, konnte der ängstliche und vorsichtige Bertram überzeugt werden. Nach einigen Tagen voll Versprechen und Garantien, verließen Gönnhardt und Bertram gemeinsam den Fuchsbau, um Fernsehen zu schauen.

Obwohl Bertram geschworen hatte, nur einmal Gönnhardt zuliebe mitzukommen, fand er Gefallen an den Dokumentationen. Die Aussicht auf doppeltes Wissen überdeckte fortan die Furcht.

So zogen die beiden Füchse jede Nacht los. Gönnhardt musste vor, nachschauen, ob der Alte auch wirklich pennt. Dann durfte er zurück zum Fuchsbau, Bertram zum Lernen abholen. Und da will noch einer behaupten, dass Fernsehen nicht bildet. Die beiden jungen Füchse brachten einander bei, wie man Worte spricht und Sätze formt. Bertram, der der sprachbegabtere und talentiertere war, wurde bald vom Schüler zum Lehrer. Jede Minute, die nicht mit Jagen, dem Ignorieren der Mitbewohner oder Schlafen verschwendet werden musste, verbrachten Gönnhardt und Bertram nun mit sprechen oder fernsehen.

Gönnhardt und Bertram hatten nicht vor, ein Geheimnis aus ihren Fähigkeiten zu machen. Dass die zwei Füchse damit angaben und sie missbrauchten, um in Anwesenheit der anderen über eben diese zu lästern, hätte jedoch nicht sein müssen. Es war schon gemein, dass sie sich Menschenlaute zuwarfen, dann die anderen betrachteten und laut lachten. So war es nicht verwunderlich, dass auch die anderen Füchse sprechen wollten. Gönnhardt und Bertram, mittlerweile geübte Erzähler und geduldige Zuhörer, vollführten ein weiteres Kunststück. Sie brachten Füchsen sprechen bei.

Rampenlicht.

Zurück im Fernsehstudio. Eine ältere Frau, die vor Entzückung knallrote Bäckchen bekommen hat, schrie auf: *Das ist ein Weihnachtswunder!*

Die Aussage hing im Raum.

Hätten die Tontechniker nicht derart gute Arbeit geleistet, das *...wunder* würde bestimmt jetzt noch durch Karlsruhe hallen. Stattdessen wurde das Gesagte von den schalldicht-verkleideten Wänden geschluckt. Es regte scheinbar zum Nachdenken an. Selbst nach diesem Freudenschrei war das Schweigen noch nicht gebrochen. Nicht nur der Moderator saß verdutzt da. Offene Münder und große Augen prägten die Landschaft. Die Menschen waren wie gelähmt.

Der Fuchs fragte sich, ob er sich vielleicht nur eingebildet hatte, sprechen zu können. Peinlich! Gönnhardt räusperte sich, er hüstelte verlegen.

Langsam erwachten ein paar Zuschauer aus ihrer Trance, es ging ein Raunen durch das Publikum. Anne flüsterte der älteren Dame mit dem Weihnachtswunder, die ihre Mutter war, zu: *Göttliche Fügung!* Anne war eigentlich Atheistin, aber bei all der Freude kann einem das G-Wort ja mal rausrutschen. Anne schwebte im siebten Himmel, sie hätte den heiligen Geist knutschen können. Für einen kurzen Moment vergaß sie, wo sie sich befand. Anne hatte nur noch Augen für den Fuchs mit dem Hut, der gerade gesprochen hatte und offensichtlich nicht zum Programm gehörte. Es sei hier erwähnt, dass Anne eine Aktivistin der Tierschutzcrew Karlsruh' war. Während Annes bisherige Aktivitäten eher theoretischer Natur waren, war dies ihre Chance. Sie konnte einen bleibenden Eindruck hinterlassen, endlich die Welt verändern!

Gönnhardt wurde unsicher. Es knallten keine Korken, es fielen weder Glitterfetzen noch Luftballons von der Decke. Das hatte er sich anders vorgestellt. Er blickte auf eine Menschenmenge, die einfach nur da saß. Er befand sich vor einer Horde Zweibeiner, die weder hüpfte noch klatschte, sondern sich gegenseitig Unverständliches zumurmelte. Gönnhardt versuchte zu lächeln, doch seine Lippen zitterten zu sehr. Wahrscheinlich planen sie gerade, was sie aus meinem Fell nähen, dachte er. Bloß keine Unterhosen! Er verfluchte seine Entscheidung. Bertram hatte recht gehabt, er war schon immer der schlauere Fuchs gewesen.

Dann sah Gönnhardt eine Frau aufstehen, die man wohl am einfachsten als Ökotante beschreiben könnte. Die Frau sah harmlos aus und lächelte. Gönnhardt entschloss sich, noch ein paar Sekunden mit seinem Rückzug zu warten.

Und so stand Anne da.

Und blieb stehen wie angewurzelt.

Ihre arme, alte Mutter überlegte kurz, ob sie ihre Tochter unterstützen sollte. Sie erkannte, dass Anne gerade einen Anfall von Bühnenpanik bekam. Ihre Tochter brauchte Hilfe. Anne war nur ihr zuliebe mit zu der Aufzeichnung gekommen. Ihr Ehemann hatte sich geweigert, *dieses elende Schmierentheater* auch in diesem jenen Jahr zu unterstützen. Berta Majeski blieb aber sitzen. Was der Beginn einer tosenden, stehenden Ovation für mutige Mutter und taffe Tochter hätte werden können, wurde durch Rücken verhindert. Frau Majeski hatte sich auf ihrem Klappstuhl nämlich kurz zuvor in eine schmerzfreie Stellung gebracht. Sie wollte nichts riskieren. Soll ihr Kind mal machen, dachte sie, sie wurde schließlich gut erzogen.

Anne stach aus der Masse heraus. Immer mehr flüchtige Blicke wechselten von Gönnhardt zu ihr – und wieder zurück.

Ein junger Mann flüsterte: *Die Schrulle da hat den eingeschmuggelt.*

Seine Begleitung erwiderte: *Das ist bestimmt die Trainerin von dem Vieh. Die spinnt wohl, der hat ja nicht mal nen Maulkorb. Wenn ich Tollwut kriege, raste ich aus.*

Das Gespräch war leise, aber nicht leise genug. Anne entschied sich dagegen, mit rotem Kopf aus dem Studio zu rennen, um die nächsten Stunden im Auto auf ihre Mutter zu warten. Sie nahm sich vor, es denen zu zeigen, diesen Rückwärtsgewandten, diesen Hinterwäldlern. Das war ihr Moment, sagte sich Anne. Und dann verbesserte sich Anne im Gehen: *Äh, dem Fuchs sein Moment.*

Annes großer Auftritt war verglichen mit Gönnhardts natürlich klein, doch auch sie musste ihren Mut zusammenkratzen. Der folgende Gang durch die Zuschauerreihen besiegelte ihr Schicksal. Sie machte sich selbst zu einem wichtigen Teil unserer Geschichte. Denn sie ging doch tatsächlich auf die Bühne. Dort lehnte sie sich an den Plastikturm, und streichelte Gönnhardts Rücken. Kein schlechter Anfang, dachte dieser dabei.

Anne fragte den Fuchs: *Kannst du wirklich sprechen?*

Gönnhardt schaute sie ernst an und nickte. Dann bemerkte er, dass das wenig hilfreich war. Er überlegte. Bruchstücke seiner einstudierten Sätze fielen ihm wieder ein. Während manch ein Zuschauer einsah, sich nicht verhört zu haben, setzte Gönnhardt zu einer Rede an, die vielleicht nie legendär werden wird, aber zumindest Kultstatus erreichen sollte: *Ja. Also. Ich bin der Gönnhardt. Hallo nochmal. Ich bin ein Fuchs und habe sprechen gelernt. Sie brauchen keine Angst vor mir zu haben. Ich bin zahm und friedlich. Ich würde gerne mit den Menschen leben und suche ein Zuhause.*

Den Teil, den er noch auswendig konnte, sparte er sich bis zum Ende auf. Das passte auch gut, es war der krönende Abschluss, um Mitleid zu erhaschen: *Karlsruhe zog mich magisch an. Ihr Stadtgebiet liegt auf dem Fuchsbau meiner Vorfahren. So lernte ich sprechen, um endlich wieder mit meiner Familie verbunden zu sein. Und sei es nur im Geiste. Bitte helfen sie mir.* Im Fernsehen hat Gönnhardt natürlich niemand beigebracht, dass man nicht lügen darf. Wegen unmoralisch und so. Gut für Gönnhardt, die letzten Sätze sollten nämlich für ordentlich Unterstützung sorgen.

Obwohl nur der kleinste Teil der Rede an Anne gerichtet war, fühlte sie sich angesprochen. Annes Kinnlade war nach unten ausgefahren. Nachdem Gönnhardt ausgesprochen hatte, klappte sie den Mund wieder zu. Geschlossen blieb er nicht für lange. Anne: *Da müssen wir was tun. Du kommst erstmal mit zu mir.* Dann sah sie ins Publikum, winkte lieblos, und deutete in die falsche Himmelsrichtung: *Muddi, wir treffen uns beim Wagen.*

Der Moderator, der zwischenzeitlich hinter die Bühne geflüchtet war, stolzierte mit einem aufgesetzten Grinsen zurück, als Anne und Gönnhardt die Bühne verlassen hatten. Man muss ihm zu Gute halten, dass er das Zepter wieder an sich riss und die Show souverän ohne Anne Majeski, ohne Berta Majeski, ohne Gönnhardt, aber mit einem aufmerksamen Rest-Publikum zu Ende brachte.

Die letzten Worte, die Gönnhardt aus dem Fernsehstudio

hörte: *Die Regie teilte mir gerade mit, das ist keine versteckte Kamera. Der Fuchs kann wirklich sprechen. Wow! Was für ein Event. So etwas gibt es nur bei der ultimativen Waldsee TV Weihnachtsgala, präsentiert von Baumeister Turmberg. Jetzt kommt ein Gast, der …*

Als Gönnhardt gegangen war, überboten sich die anwesenden Politiker und Schirmherren mit Zusagen und Versprechen, um möglichst gute Publicity aus diesem Ereignis zu schlagen. Es wurde über Maßnahmen, Stiftungen und Ähnliches dampfgeplaudert. Typisch Fernsehen, es war größtenteils heiße Luft.

Davon bitte nochmal.

Anne nahm die letzte Stufe mit einem Freudensprung. Mutter Majeski war zuhause abgesetzt worden, sie und Gönnhardt vor Annes Wohnungstür angekommen. Mit nervöser Vorfreude kramte sie in ihren Jackentaschen. Wo war denn nur dieser Schlüssel? Die Haustür hatte sie doch vor wenigen Sekunden erst aufgeschlossen. Wohin konnte der Schlüsselbund nun verschollen sein? Während sie inne hielt, vor dem inneren Auge Möglichkeiten durchspielte, wie sie ihren Schlüsselbund verlegt haben konnte, wurde auch Gönnhardt nachdenklich. Konnte er dieser Fremden vertrauen?

Er scannte sie von unten nach oben. Er musterte sie von den durchgelaufenen Kautschukstiefeln über die hochgekrempelte Jeans vorbei an dem ausgewaschenen Mantel bis zu den braunen Haaren, die mit grauen Strähnen durchzogen waren. Kein Rücken zum Entzücken, dachte Gönnhardt. Dann fällte er sein Urteil: Die ist harmlos. Gleichzeitig machte er sich bewusst, dass das nicht auf die gesamte Menschheit zutraf. In dem Moment, in dem Anne den Schlüsselbund in ihrer hinteren, linken Hosentasche fand, platzte es aus Gönnhardt heraus: *Ich brauche Giftköder! Wenn die mich in einen Zoo sperren … Ich kenne die Dokumentationen. Ich weiß, was da abgeht. Ich brauche einen Ausweg. Und sei es der finale.*

Anne erschrak. Sie drehte sich um und sagte ernst: *Du Gönnhardt, so was hab ich nicht im Haus. Das kann ich auch nicht unterstützen. Ich bin für Tierleben und gegen Tiermord. Ich pass schon auf dich auf. Dir wird schon nichts passieren. Komm erstmal runter, komm erstmal rein.*

Und so schloss Anne die Wohnung auf und bat den wohl ungewöhnlichsten Gast, den ein Altbau in Karlsruhe jemals willkommen heißen durfte, herein: *So, das ist unser trautes Heim.*

Gönnhardts erster Gedanke war, dass das aber eng war. Da hatte er ja im Fuchsbau mehr Platz gehabt. Wortlos streifte sich Anne die Gummistiefel von den Füßen, zog die Jacke aus und wickelte sich aus ihrem Schal. Dann öffnete sie die Tür ins Wohnzimmer und führte Gönnhardt aus dem kleinen Flur.

Gönnhardt wurde geblendet, als Anne den Lichtschalter betätigte. Nachdem er sich getraut hatte, sie wieder zu öffnen, machte Gönnhardt große Augen. Er stand einem Monstrum gegenüber: Silber, Gold, Rot, Blau, ganz hinten blitzte ab und zu Grün auf. Gönnhardt dachte sich seinen Teil und schwieg vorsichtshalber. Er wollte die Gastfreundschaft nicht ruinieren, bevor sie überhaupt begonnen hatte. Von wegen gegen Mord. Da schlachtet die einen Baum, stellt ihn sich in die Bude und demütigt die arme Dame auch noch mit einer bunten Verkleidung von Kugeln und Lametta. Gönnhardt hatte schon viele Bäume fallen sehen. Dass sie in den Wohnungen der Menschen so tief fallen würden, wurde ihm erst jetzt bewusst.

Anne: *Das eben war der Gang, hier ist das Wohnzimmer. Machen wir mal eine kleine Besichtigungstour. Das da ist unser Zwischenmieter. Den Tannenbaum haben wir erst gestern geschmückt. Schön, oder?*

Gönnhardt schüttelte den Kopf, doch es blieb unbemerkt. Anne führte ihn unbeirrt durch die Wohnung, erwähnte den toten Baum noch ein zweites mal zwischen Wohnzimmer und Küche. Gönnhardt war entsetzt: Bald wird die Tanne einfach weggeworfen.

Zum Glück sorgte Anne für Ablenkung. Die Wohnung war überfüllt, es gab viel zu zeigen. Auf den unzähligen Regalen standen undefinierbare Schnitzereien und Tiere aus Keramik, es pressten sich Bücher in Vitrinen Reih an Glied. Gönnhardts Geschmack war das alles nicht, aber immerhin war es etwas anderes als der aufgeräumte Fuchsbau unter Claudettes Regime. Anders war gut, befand Gönnhardt.

Badezimmer, Küche, Schlaf-Arbeit-Kammer, die Tour war fast beendet. Dann änderte Anne ihre Tonlage. Sie senkte die Stimme, sprach feierlich und mit Demut: *Und zu guter Letzt das Königreich vom Herren des Hauses.*

Gönnhardt senkte die Ohren und richtete den Kopf nach unten. Er wollte dem König die Ehre erweisen, die ihm gebührte. Anne bekam das nicht mit, mit einem Ruck öffnete sie die Tür zur Ruhmeshalle. Es erstrahlte hellblau. Auf dem Boden lagen keine leeren Weinkrüge und abgeschlagene Köpfe von Feinden, sondern Bauklötze und Sandformen. An der Wand hing kein Gemälde mit Porträt des Herrschers, wie es Gönnhardt aus den Filmen kannte, sondern ein Schnappschuss eines Minimenschen.

Anne: *Hier wohnt der Tim, das ist mein Sohn. Der ist jetzt fast drei, aber braucht eigentlich kein eigenes Zimmer. Ich kann dir hier provisorisch was einrichten, wenn du möchtest. Dann schläft der kleine Spatz wieder bei mir im Bett.*

Gönnhardt kam sich veralbert vor. Er musste seine aufbrodelnde Wut herunterschlucken. Er betrat den Königssaal, drehte eine Runde und verschwand wortlos ins Wohnzimmer.

Anne: *Du bist bestimmt kaputt, du musst ja verhungern. Ich hole dir mal was zu trinken ... oder zu essen!?*

Als Anne mit einer Schüssel Milch aus der Küche kam, hatte es sich Gönnhardt schon bequem gemacht und sein Revier abgesteckt. Sollte der Prinz doch seine Kammer behalten. Es schien, als hatte Gönnhardt auf Anhieb den richtigen Platz gefunden. Eingerollt lag er in der Mitte der Couch. Die Wahl war leicht gefallen. Er war von Kissen umgeben, außerdem konnte er von seinem Platz direkt auf den Fernseher schauen. Drehte er den Kopf ein wenig, sah er in die Küche. Es war das beste zweier Welten: Fernsehen und Essen.

Gönnhardt blinzelte zufrieden, während Anne ihm die Mahlzeit direkt vor den Mund hielt. Er musste nur noch seine Zunge bewegen. Mit der anderen Hand kraulte Anne den Fuchs. Gönnhardt war im siebten Himmel, er wurde von vorne bis hinten bedient.

Als Gönnhardt von der dritten Schüssel schlürfte, wurde er schludrig und verwandelte Annes Ärmel in einen Milchschwamm. Anne streichelte Gönnhardt unbeirrt über den Rücken. Sie bemerkte den feuchten Ärmel nicht, da sie sich gerade eine Taktik zurechtlegte. Sie musste dem Fuchs noch etwas Wichtiges sagen.

Anne: *Gönnhardt, ich muss dir noch etwas Wichtiges sagen. Ich hoffe, du verurteilst mich aufgrund meiner Vorurteile nicht. Aber es muss raus: Bitte kau nicht an meinen Schuhen. Ich bin voll der Schuhfan und mein alter Hund hat mir so viele Paare kaputt gemacht, das glaubst du gar nicht. Das eine Paar war sogar aus der Boutique.*

Gönnhardt warf einen Blick auf das Schuhregal im Flur. Ungläubig schaute er Anne an. Anne meinte es ernst. Der Fuchs fixierte die Treter. Er schüttelte sich, ekelhaft, diese Latschen. Vor Schreck verschüttete Anne den Rest der Milch.

Gönnhardt: *Keine Sorge.*

Als Anne mit der vierten Portion an die Couch kam, war Gönnhardt eingeschlummert. Es war aber auch ein anstrengender Tag gewesen.

Atemnot.

Gönnhardt wachte auf. Er erlebte diesen kurzen Moment der schlaftrunkenen Verwirrtheit: Er hatte keine Ahnung, wo er war. Zum Glück kam die Erinnerung, als er das schmutzige Schuhregal von Anne, von dem zufälligerweise alle Schuhe weggeräumt waren, sah.

Er fragte die weltberühmte Frage, die jeder schon mal in einen leeren Raum gestellt hat: *Hallo?*

Es herrschte eine gespenstische Stille in der Wohnung, daher ließ eine Antwort auf sich warten. Die Erklärung war einfach: Es war, abgesehen von Gönnhardt, schlicht eine leere Bude. Er wäre gerne mit einer vollen Schüssel Milch und einer Streicheleinheit in den Tag gestartet. Aber da war niemand, der auch nur einen der beiden Wünsche erfüllen konnte. Die Gastgeberin war außer Haus. Das wusste Gönnhardt zu diesem Zeitpunkt noch nicht, also drehte er seine Kreise durch die Mietwohnung. So weit das jedenfalls möglich war. Die Türen zu Annes Schlafzimmer und Tims Kinderzimmer waren nämlich verschlossen.

Gönnhardt legte sich kurz hin. Kurz war in diesem Fall minimal, weil Gönnhardt gleich wieder aufstand, um nochmal zu suchen. Vielleicht hatte er ja ein Versteck übersehen!?

Es folgten viele weitere Runden, von denen jede *die allerletzte* sein sollte, denn der Fuchs wurde ungeduldig. Aus Gelüsten wurde Hunger, der Hunger entwickelte sich zum Kohldampf. Gönnhardt wollte draußen Nahrung suchen, die Stadt war ja voller Essensreste. Bekanntlich ist ein Eingang in den meisten Fällen auch ein Ausgang, Gönnhardt ging zur Wohnungstür und stupste sie mit der Pfote an. Auf seine Bewegung folgte keine Regung, also wurde mehr Kraft benutzt. Dieses Prinzip eskalierte soweit, bis er seinen gesamten Körper mit voller Wucht gegen die Tür schleuderte. Benommen musste er feststellen: Keine Chance, da tut sich nichts. Er war gefangen. Es gab keinen Ausweg, die Wohnung war versiegelt. War dies vielleicht seine Zoozelle?

Gönnhardt: *Durchatmen.*

Er musste ruhig bleiben. Bloß nicht panisch werden, weil das zu Fehlern führte. Er entschied, sich nochmal schlafen zu legen. Das half in seinem früheren Leben auch immer. Wenn er Hunger, aber keine Lust auf Jagen und/oder Sammeln hatte, war das die Lösung. Irgendeiner seiner Mitbewohner hatte immer etwas angeschleppt, wenn er aufwachte. Er rollte sich zu einem flauschigen Ballen Fell zusammen, lag still da. Doch das mit dem Einschlafen klappte einfach nicht. Es war viel zu hell in seiner Zoozelle. Es vergingen Stunden. Zumindest nach Gönnhardts Einschätzung. Da er nicht mal wusste, was Minuten waren, kann man sich seine Zeitrechnung jedoch schenken.

Es raschelte an der Tür.

Mit einem Satz war Gönnhardt im Flur.

Huch!
Oh!
Uff!

Gönnhardt erschrak (*Huch!*), Tim erschrak (*Oh!*), also erschrak auch Anne (*Uff!*). Der Elan, mit dem Tim in die Wohnung stürmte, war nach 75 Zentimetern verflogen. Fuchs und Kind musterten einander misstrauisch. Es war eben doch ein Unterschied, ob man Füchse in Zeichentrickserien und Animationsfilmen zujubelte oder ihnen leibhaftig gegenüberstand. Der kleine Tim, dunkelblond, mit einer Stupsnase und Zähnen, die fast so weit auseinander standen wie die von Gönnhardt, wich zurück. Die Beschreibungen seiner Großmutter und die Warnungen seines Großvaters, bei denen er die Nacht verbrachte, hatten ihn für dieses Kennenlernen nicht richtig vorbereitet. Tim war unsicher. Er suchte Schutz hinter Wade und Knie von Anne, ihr Unterschenkel bot ihm Halt.

Anne: *Nicht erschrecken, Tim. Das ist der Gönnhardt, der ist ein ganz lieber. Komm sag mal Hallo.*

Tim, halb verdeckt, nuschelte in Annes rechtes Bein: *Hallo?*

Gönnhardt ging ein Licht auf, er begriff. Er war nicht gefangen gewesen, und der kleine Mensch gehörte zu dem

Königszimmer. Erleichtert setzte Gönnhardt ein Lächeln auf, von dem er hoffte, dass es zutraulich wirkte. Er fragte den Knaben: *Willst du mich streicheln?*

Tim wollte. Der Lausbub und das ehemalige Lausfell – Claudette hatte nach dem Befall im letzten Herbst ganze Arbeit geleistet – waren bis Mittag miteinander beschäftigt. Anne war immer dann angemeldet, wenn die eine Schüssel Milch ausgeschleckt und bis die andere Schüssel Milch gebracht war. Gönnhardt hatte in diesen Morgenstunden zum ersten und letzten mal sowohl einen Lakai als auch einen Diener.

Die Sonne strahlte in ihrer ganzen Pracht, als Anne Tim von Gönnhardt wegzog und ihm erklärte, dass er seine Jacke und Schuhe anziehen muss. Anne: *Wir müssen noch einkaufen gehen. Morgen und übermorgen haben die Geschäfte geschlossen. Da feiern die Mitarbeiter vom Supermarkt mit ihren Familien auch Weihnachten.*

Wem der beiden sie das erklärte, spielt keine Rolle. Die zwei waren nach der Lehrstunde nicht viel schlauer als vorher. Für Gönnhardt zählte nur das Resultat: Kaum waren sie da, waren sie wieder weg. Und Gönnhardt wieder allein. Anne wollte zwar wissen, ob sie ihm etwas mitbringen soll, doch Gönnhardt, der noch nie in einem Supermarkt war, war überfordert, als er einen Einkaufszettel diktieren sollte.

Anne wollte nicht zu viel Zeit verplempern: *Ich finde schon was Leckeres.*

So verschwand Anne mit Tim im Schlepptau.

Überraschenderweise war der Discounter um die Ecke nicht so voll, wie man es an Heilig Abend erwarten würde. Wahrscheinlich befürchtete die erdrückende Mehrheit der

Karlsruher das, was man eben an Heilig Abend erwartet. Und blieb zuhause. So war der Laden zwar gut besucht, aber nicht überfüllt.

Nach kürzerer Zeit kamen Anne und Sohnemann mit vier Jutebeuteln Essen zurück. Anne balancierte die Gewichte jeweils links und rechts auf Schulter und Armbeuge. Tim ließ auch sonst jegliche Gepflogenheiten vermissen. Sobald er durch den Türspalt passte, rannte er ins Wohnzimmer und an die Mitte des Sofas. Seine Stiefel, obwohl nur in Schuhgröße 29, hinterließen riesige, bräunliche Abdrücke auf den Fliesen. Da es draußen schön matschig war und Tim zielstrebig jede Pfütze mitgenommen hatte, musste Anne die nächsten Minuten mit Wischen verbringen. Es dauerte also bis Gönnhardt, der die drei Schüsseln Milch eher als Snack denn vollwertiges Frühstück sah, die Einkäufe und sein erstes nicht-wiederverwertetes Menschenessen präsentiert bekommen sollte. Kein Wunder, die Schüsseln mit der Milch waren nicht nur mit Leitungswasser verdünnt, sie waren auch mit Tafelwasser gestreckt. Anne musste tricksen, die Milch war nämlich fast leer gewesen.

Glücklicherweise dachte Anne an Milchbeutel, denn der Rest des Einkaufes war nach Gönnhardts Geschmack mäßig bis enttäuschend. Anne räumte Texiltasche nach Stoffbeutel aus. Sie trug etwa zwei Drittel der Einkäufe in die Küche, den Rest stapelte sie auf dem Couchtisch. Gönnhardt lief das Wasser im Mund zusammen. Er sollte jedoch gleich erklärt bekommen, dass diese Verpackungen nichts anderes als arglistige Täuschung waren. Er würde sich weder an einem Hundewelpen oder Kätzchen noch an Wellensittichen gütlich tun dürfen. Es handelte sich bei seinem Essen lediglich um Futter für, aber nicht Futter aus den abgebildeten Tieren. Und Nüssen.

Gönnhardt würgte bei dem ersten Bissen Trockenfutter für Katzen. Er kannte diese Geschmacksrichtung nur zu gut. Bei der Jagd nach Mäusen hatte er schon oft in Sand gebissen. Er hustete, zeigte auf eine Dose Hundefutter. Auch scheußlich. Da er vermutete, sich mit der Stange Vogelfutter höchstens die Krallen reinigen zu können, schüttelte er nur den Kopf, als Tim diese vor seiner Schnauze wie einen Zauberstab wedelte.

Geknickt brachte Anne das Tierfutter, das immerhin die Hälfte ihres Wochenbudgets verschlang, die Treppe herunter. Sie stellte es vor die Haustür, klemmte den obligatorischen Zu-Verschenken-Zettel zwischen zwei Dosen Hundefutter und fixierte ihn mit einem Karton Katzenfutter. Als sie wieder die Stufen erklomm, schimpfte sie vor sich hin: *Da kauft man einmal Markenartikel.*

Nach ein paar Wortwechseln war geklärt, dass Gönnhardt sowieso Lust auf etwas anderes hatte. Er hatte Gelüste auf menschliche Hausmannskost. Jeder weiß, wie oft Kochsendungen ausgestrahlt werden. Bei dem, was der Koch *da mal vorbereitet* hat, wird auch ein Fuchs schwach. Die Essensreste, die Gönnhardt hin und wieder gefunden hatte, waren zwar gut gewesen, aber es ging bestimmt noch besser. Gönnhardt sprang mit einem Satz auf den Küchentisch, damit er seiner Forderung mehr Nachdruck verleihen konnte.

Gönnhardt: *Ich habe ein Anrecht auf menschenwürdige Verpflegung.*

Hunger machte Gönnhardt manchmal mutig, zumindest jedoch übermütig.

Anne überlegte, ob sie etwas erwidern sollte. Aber da hatte der Fuchs ja schon recht, das Tier ist auch Mensch. Oder war es umgekehrt? Anne öffnete den Kühlschrank.

Wow!

Das Licht reflektierte sich glanzvoll auf den schwarzen Augen von Gönnhardt, die immer größer wurden. So musste es Goldgräbern im Goldrausch gehen, wenn sie die ersehnte Schatztruhe voll Goldmünzen öffnen. Da stand Essen neben Essen über Essen unter Essen. Er hatte diese Produkte schon so oft gesehen. Jetzt war seine Chance gekommen, sie zu schmecken. Gönnhardt ließ sich erklären, was es mit dieser Schatzkammer auf sich hatte. So standen die drei vor dem Kühlschrank. Anne in der Mitte, Tim auf dem linken Arm, der Fuchs auf dem rechten.

Gönnhardt probierte sich durch das Sortiment. Er mochte von vielem ein Bisschen und von weniger einen Nachschlag. Seine Benotungen waren einsilbig, hatte er doch fast durchgängig den Mund voll.

Gönnhardt zweimal: *Bäh.*
Gönnhardt oft: *Reicht.*
Gönnhardt manchmal: *Mehr.*

Anne: *So das muss jetzt reichen, schließlich gibt es bei meinen Eltern auch gleich Essen.*

Gönnhardt hörte nicht hin, er war wie hypnotisiert.

Was war denn das da? So etwas hatte keiner der Köche jemals zubereitet. Gönnhardt zeigte auf seine flache Entdeckung: *Ist das überfahren worden?*

Tim: *Pizza.*

So gab es in den nächsten Minuten einen kalten Schlitz Vierkäse-Pizza von gestern für den Fuchs. Der Menschenjunge wollte zwar auch ein Stück haben, ließ die

Pizza aber typisch Bengel nach dem ersten Bissen auf der Küchenzeile liegen. Dort lag sie, bis Gönnhardt sie sich schnappte. Gönnhardt hatte nämlich Geschmack gefunden.

Anne fing anschließend mit der Planung des restlichen Tages an, prompt war Trubel ausgebrochen. Tims Mutter und Tims neuer Mitbewohner diskutierten, was das Zeug hielt. Das Gespräch war schnell über den statt mit dem Fuchs, denn dieser beharrte auf seinem Standpunkt. Gönnhardt wollte partout nicht mit zu dem Familientreffen. Da er vor den eigenen Feierlichkeiten geflüchtet war, wollte Gönnhardt ganz sicher nicht zu fremden Festen.

Anne: *Aber es sind doch nur wir drei und meine Eltern. Das wird wirklich nett. Meine Mutter kocht total gut.*

Gönnhardt: *Pizza?*

Anne lachte: *Nein, zu Weihnachten gibt es bei ihr keine Pizza.*

Damit war der Zug für Gönnhardt abgefahren. Gönnhardt: *Nein, ich gehe nicht mit. Da hätte ich ja gleich im Wald bleiben können.*

Während Gönnhardt vor seinem inneren Auge den Horror von Fuchsweihnachten und Fuchssilvester ablaufen ließ, wertete Anne das Schweigen als knallharte Verhandlungstaktik. Der Bluff, der eigentlich Schockstarre war, ging auf. Anne befürchtete, dass es objektiv *voll als die Tierquälerei gewertet wird*, wenn man Füchse zwingt, Weihnachten zu feiern. Sie war sich sicher, Gönnhardt würde bei der nächsten Gelegenheit flüchten, wenn sie ihn derart unterdrückte. Das konnte sie nicht riskieren. Ohne Gönnhardt wäre sie wieder in dieser beinahe-spießbürgerlichen, alleinerziehenden Welt gefangen.

Umgeben von Essensresten und bemalten Wänden, aber ganz ohne die Möglichkeit, die Welt zu einem besseren und tierfreundlicheren Ort zu machen.

Tim staunte nicht schlecht, als seine Mutter quasi kampflos aufgab. Wenn er bei ihren Streits schwieg, lächelte die Mama überlegen und tätschelte seinen Kopf. Es war unfassbar, während Tim schreien, weinen und danach die Luft anhalten musste, um seinen Willen durchzusetzen, blieb der Fuchs einfach stumm.

Tim rieb sich die Augen. Danach die Ohren. Anne gab offiziell nach: *Boah, du bist ja noch anstrengender als mein Sohn. Dann bleibst du eben hier.*

Jetzt lächelte Gönnhardt: *Du Anne, stellst du mir noch Pizza auf den Tisch und richtest mir meine Milch? Bitteee. Dankeee.*

Ein weiteres Problem tat sich auf, wie sollte es auch anders sein. Anne hatte keine Pizza mehr. Auch nicht in in der Tiefkühlabteilung ihres Kühlschranks. Anne durchforstete sie demonstrativ ein zweites mal, damit der Fuchs ihr endlich glaubte.

Anne: *Nein, Gönnhardt. Das da hinten war wirklich keine Pizza. Das war eine Tiefkühltorte. Aber ich hab da eine Idee.*

Anne wollte diesem kleinen, ausgehungerten Fuchs etwas Gutes tun. Es war schließlich Weihnachten, das Fest der Nächstenliebe. Er sollte an seinem ersten Weihnachtsfest unter Menschen nicht einsam und verlassen Hunger leiden müssen. Mit kalten Fingern wählte Anne die Nummer der besten Pizzeria der Stadt. Anne fragte den Fuchs, welche Pizza er wollte. Da man eine Mannschaft, die gewinnt, niemals ändern sollte, entschied sich Gönnhardt für

Käsepizza.

Anne: *Groß oder klein?*

Gönnhardt: *Ich hab großen Hunger.*

Anne überlegte kurz. Dann: *Groß oder Familie?*

Gönnhardt wollte nicht gierig wirken, deshalb antwortete er freundlich: *Gemütlich familiär, das wäre schön.*

Bei der Flamenco Amore Pizzeria ging nur der Anrufbeantworter ran, also bestellte Anne schließlich bei dem nächstbesten Schuppen. Das war ganz zufällig der, dessen Menü sie als erstes aus dem Papiermüll gefischt hatte.

Anne und Tim richteten ihre siebzehn Sachen, übten ein paar Weihnachtslieder und verpackten noch flink die Geschenke für Oma und Opa. Es waren abscheuliche Kritzeleien auf Kopierpapier. Oma und Opa werden sie dennoch Gemälde nennen und an ihren Kühlschrank kleben. Dort werden sie solange hängen bleiben, bis Tim wieder weg ist. Dann werden sich die beiden Zettel mit bunten Kreisen und Strichen zu alten Zeitungen und Pizzabestellmenüs gesellen. Die Papiertonne der alten Majewskis war eine echte Tim-Kunstgalerie. Gönnhardt konnte bei diesen Aufgaben nicht behilflich sein, er glotzte stattdessen in die Box. Es kam ein Weihnachtsmärchen. Langweilig, deswegen dachte er an Pizza.

Gönnhardt wurde aus seinem Halbschlaf mit Albtraum über einen bösen Wolf, der seine Pizza zusammenklappte, gerissen, als es an der Tür klingelte. Anne rannte, antwortete und drückte. Der Fuchs war fasziniert, als plötzlich ein junger Mann keuchend vor der Wohnungstür stand und Anne einen flachen Karton überreichte. Das hätte er nun wirklich nicht erwartet. Anne hatte also auch einen Diener.

Sie stellte die Vierkäse-Familienpizza auf den Couchtisch, öffnete den Karton. Nachdem Gönnhardt genug fettigen Dampf geschnuppert hatte und seine Umwelt wieder wahrnahm, sah er Anne mit einer riesigen blauen Tasche und Tim mit zwei Rollen Papyrus in grünem Geschenkpapier vor sich. Beide waren zudem in voller Wintermontur.

Klick.

Gönnhardt: *HEY! Würdest du bitte den Fernseher wieder einschalten?*

Anne: *Aber ich kann den doch nicht einfach laufen lassen. So ... unbeaufsichtigt.*

Gönnhardt rätselte, was sie damit meinen könnte. Er wollte doch quasi am Bildschirm kleben und ihm seine volle Aufmerksamkeit schenken. Gönnhardt grübelte im Stillen. Daraufhin dachte Anne, dass Gönnhardt wieder seine knallharte Konfliktlösungsstrategie einsetzte. Nicht nur, dass sie unter Zeitdruck stand, ausgemacht war 16 Uhr bei ihren Eltern und es war 16 Uhr. Ihr war in dem Moment einfach alles in und um der Wohnung egal. Bevor die Stille im Raum überhaupt unbehaglich werden konnte, gab sie schon nach.

Die Verabschiedung fiel knapp aus. Tim wollte seine Weihnachtsgeschenke auspacken und Anne endlich los.

Anne: *Abfahrt.*

Gönnhardt: *Auf Wiedersehen.*

Tim: ...

In einer fließenden Bewegung schaltete Anne den Fernseher ein und ging in den Flur. Bevor sie die Tür zuzog und die Wohnung abschloss, schleuderte sie einen letzten gehetzten Hinweis Richtung Wohnzimmer. Gönnhardt hatte nicht hingehört. Er erwiderte die Standardantwort aller Nichtwissenden: *Äh, ja*.

Es herrschte Ruhe.

Bis die Ruhe von einem zufriedenen Seufzer unterbrochen wurde. Dann kam auch aus dem Fernseher wieder Ton. Es war Heilig Abend und Gönnhardt allein zu Haus. Gönnhardt drehte vorsichtshalber nochmal eine Runde durch die Zimmer, er wollte sich nur vergewissern, dass diese himmlische Einsamkeit auch anhalten würde. So ein kleiner Mensch konnte sich schließlich fast überall verstecken, der würde sogar durch ein Fuchsloch passen. Gönnhardt schaute also ganz genau. Sollte er den kleinen Terroristen an Weihnachten bespaßen müssen, würde er explodieren.

Die Luft war wie gefiltert: rein. Für den finalen Zwischenstopp ging das tiefenentspannte Tier in die Küche, um etwas Milch aus seinem Napf, dem einzig verbliebenen sauberen Topf der Wohnung, zu schlabbern.

Nun konnte er sich ganz der weichen Couch, seiner Käsepizza und dem Fernsehprogramm widmen.

Irgendwann abends bekam der gierige Fuchs Besuch vom Itis. Das heißt: Er hatte so viel gegessen, dass er vor Erschöpfung einschlief.

Ich schmelze.

Zwei Augen wurden aufgerissen. Panische Blicke

wanderten von einer Wand zur nächsten. Nachdem er sich vergewissert hatte, dass der Ort, an dem er aufgewacht ist, nicht die Ursache seiner Nervosität war, stellte der Fuchs auch schon fest, was nicht stimmte.

Gönnhardt war aus seinem Fresskoma erwacht und hat Hitzewallungen bekommen. Er erinnerte sich noch an das Geräusch, das vor einer gefühlten Ewigkeit erklang. Das Rasseln im Schlüsselloch bedeutete, dass er in dieser 63 Quadratmeter Sauna gefangen war.

Er konnte nicht untätig liegen bleiben und abwarten, bis er vollends geschmolzen war. So strich er mal wieder durch die Wohnung. Da er mittlerweile jeden Winkel kannte, war auch der Übeltäter schnell ausgemacht: Durch die Heizung rauschte nukleare Wärme. Kein Wunder, sie war auf Stufe 5 gedreht. Der Heizkörper hinter der Couch kam dem Fuchs vor wie ein Lagerfeuer. Und die hasste er. Zur Krönung war sowohl meteorologischer als auch kalendarischer Winter, also war er falsch gekleidet für beheizte Behausungen, denn er trug das gleichnamige, buschige Fell.

Gönnhardt dachte, dass er sterben wird. Er versuchte sein Selbstmitleid herunterzuschlucken, doch seine Kehle war ausgetrocknet wie die Sahara. Angekommen in der Küche trank er von der Milch. Sie war mittlerweile zwar lauwarm, aber trotzdem eine Abkühlung für den durchgeschwitzten Fuchs. Es fiel ihm wie Schuppen von den Augen. Seine Rettung war nah. Da! Als wäre es eine Fata Morgana in der Wüste, sah er seine Oase!

Mit einem anständigen Sprung würde er einfach den Kühlschrank öffnen, der war doch die perfekte Kältequelle. Doch Gönnhardt schaffte es einfach nicht. Er fand weder Halt in der Einbuchtung noch bekam er den eingelassenen Griff zu fassen. Mit jedem weiteren, gescheiterten Versuch sammelten sich mehr grausige Kinderkritzeleien auf dem Fußboden. Weil er auf den Blättern immer wieder ausrutschte, haderte er mit seinem Schicksal.

Und verlor die Lust am Hüpfen, als er eine besonders harte Bauchlandung gemacht hatte. Bei Problemen muss man sich auf das verlassen, was man kennt. In Gönnhardts Fall war das Drüber-Schlafen. Er suchte sich den Platz, der am weitesten von diesen ekelhaften Wärmerohren entfernt war und versuchte friedlich einzuschlafen. Ob er gar in die ewigen Jagdgründe, in den endgültigen Traum abdriften würde, war ihm in diesem Moment egal. Hauptsache bewusstlos sein.

Verbrecher.

Anne hätte beinahe ihr schlafendes Kind fallenlassen, als sie ihr Wohnzimmer betrat. Gönnhardt war weg. Geflohen? Nein, das kam ihr nach all ihren Wohltaten nicht in den Sinn. Sie vermutete das Schlimmste: Diebe mussten Gönnhardt entführt oder Entführer ihn gestohlen haben. Es wäre der gleiche Unterschied.

Die Wohnung war zum Eiszapfen geworden. Der Grund? Die Balkontür stand offen. Nicht sperrangelweit, aber spaltbreit.

Anne ärgerte sich über ihre Naivität. Sie dachte immer, dass der Balkon im zweiten Stock und über einer belebten Straße als Einbruchschutz genügen würde. Das dünne Bäumchen, an dem sie jeden Monat neue Meisenknödel anbrachte, kam ihr besonders in den kahlen Wintermonaten zu schmächtig für eine Räuberleiter vor. Und sowieso: Wachsame Augen neugieriger Nachbarn sollten doch die beste Alarmanlage sein. Diese Verbrecher wurden einfach immer dreister. Hätte sie bloß den Rollladen runter gelassen. Wütend über sich selbst warf sie die Glastür zu.

Anne schimpfte sich selbst aus: *Dumm, dumm, dumm.*

Dann kniff Anne die Augen zusammen, flüsterte vor sich hin: *So dämlich.*

Als sie die Augen wieder öffnete, stellte sie erleichtert fest, dass ihre Dummheit nicht nochmal bestraft wurde: Tim schlief noch. Auf Zehenspitzen tapste sie durch die Wohnung, um Bestandsaufnahme zu machen. Tim drückte sie zu ihrer beider Sicherheit fest an sich. Es war komisch, die Diebe hatten nichts geklaut. Dann, als Anne erleichtert ausatmete, sah sie ihren Atem. Es war noch seltsamer, denn die Entführer hatten auch niemanden mitgenommen. Gönnhardt war noch da. Anne stockte der Atem, während sich ihre Verwirrtheit in Luft auflöste.

Was war geschehen? Das war geschehen: Gönnhardt hatte es sich schwitzend im Badezimmer bequem gemacht. Er vermied sogar den weichen Badewannenvorleger, doch es half nicht. Er konnte einfach nicht einschlafen. Solche Temperaturen war er vom Fuchsbau nicht gewohnt. Sogar die blanken Badezimmerfliesen waren zu einer Fußbodenheizung geworden. Gönnhardt zog auf der Suche nach einer Abkühlung abermals durch die Wohnung.

Da kam es ihm: Die Rettung lag hinter der Tür zu dem kleinen Freiluftgehege. Draußen war es schön kalt.

Also hat dieser kleine Schlawiner Gönnhardt die Tür zum Balkon aufgemacht. Wie Gönnhardt dieses Kunststück fertigbrachte? Es war ein erbärmlicher Anblick. Er verstand zwar das Prinzip, hat er es doch bei Anne ein paar mal beobachten können. Aber die Umsetzung, oh je. Ersparen wir Gönnhardt die Schmach, genauer darauf einzugehen. Belassen wir es bei diesen Andeutungen: viele Sprünge, einige Beulen und noch mehr Bisse. Der Türgriff zum Balkon sah, nachdem die Tür endlich offen war, aus wie ein Hundespielzeug. Gönnhardts Schädel ähnelte einer Hügellandschaft.

Durch das übergroße Fenster wurde es schnell angenehm kalt im Wohnzimmer. Aber so war es dem Fuchs auch nicht recht. Auf seinem eigentlichen Schlafplatz war es Gönnhardt zu zugig. Deshalb bettete er sich schließlich doch auf den Teppich im Badezimmer.

Genau dort fand Anne ihren mietfreien Untermieter, während sie aufgeregt und pochenden Herzens nach den Spuren der Entführer und/oder Diebe suchte.

Anne legte erstmal den schnarchenden Tim in sein Bett. Mütterlich drehte sie die Heizung in seinem Zimmer auf 5, bevor sie die Tür schloss.

Gönnhardt schlief zwar seelenruhig, aber Anne war so durch den Wind, dass sie ihn einfach wecken musste. Sie brauchte sowohl Erklärungen als auch offene Ohren. Ihre Winteraccessoires ließ sie an, Minusgrade außerhalb kühlen eine Wohnung eben runter. Gönnhardt erschrak nicht schlecht, als er von einem vermummten Schneemonster geweckt wurde.

Frau und Fuchs hatten sich schnell ausgesprochen. Das Zischen aus dem Bad weckte Tim einmal kurz auf, doch die mollige Wärme knockte ihn schlagartig wieder aus. Anne versprach hoch und heilig die Heizung hinter der Couch nie wieder voll aufzudrehen. Gönnhardt versprach nichts. Er fand, dass er alles richtig gemacht hatte. War er dem Erschwitztod doch haarscharf entronnen.

Es wurde in dieser eisigen Nacht sogar noch weihnachtlich. Behutsam legte Anne ein kleines rot-grünes Quadrat auf den Couchtisch. Gönnhardt bekam sein allererstes Weihnachtsgeschenk von einem Menschen. Gönnhardt, der von seinen vorherigen Geschenken nie recht begeistert war, wollte diese dümmliche Tradition schnell hinter sich bringen. Er setzte an, die Verpackung mit den Tannenbäumen zu zerfetzen. So wie er es bei den angefaulten Äpfeln, gefrorenen Maiskolben, schwarzen Nüssen und durchgekauten Tennisbällen, die es in den letzten Jahren bei den Bescherungen gab, gemacht hatte. Gönnhardt bleckte die Zähne. Ausgepackt wird auf füchsisch genau so, wie man es sich vorstellt: Einfach in den Mund nehmen und kräftig schütteln. So ging Gönnhardt zum Tisch und biss in das Geschenkpapier. Das war jedoch gar nicht der Ablauf, den Anne geplant hatte. Der Fuchs sollte doch an dem Geschenk schnuppern, mit der Tatze an dem Geschenkband spielen und sie schließlich mit Hundeaugen um Hilfe anbetteln. Sie wurde zur Sirene: *Haaahaaalt.*

Grob riss sie ihm das Geschenk aus der Schnauze.

Zum Glück hat Tim vor wenigen Stunden mehrmals vor Freude getanzt, ist quiekend um den Tannenbaum gerannt und hat sich des Öfteren um die eigene Achse gedreht, bis er das Gleichgewicht verlor. Seine Kraft war offensichtlich restlos aufgebraucht, ansonsten wäre er nochmal aufgewacht.

Schöne Bescherung, dachte Gönnhardt. Gönnhardt war bedient, verunsichert legte er seine Ohren an den Kopf.

Anne: *Ich mach das mal lieber.*

Aus dem Papier fischte sie eine rote Dose. Aus der roten

Dose zog sie ein kleines Tütchen mit roter Paste. Dann schüttelte sie das Tütchen vor Gönnhardts Augen, wie man es bei faulen Katzen mit Spielzeugmäusen macht, um sie zu animieren irgendwas zu tun. Und so wie die faulen Katzen reagierte auch Gönnhardt: gar nicht.

Anne: *Gönnhardt, das habe ich bei meinen Eltern aufgetrieben. Wenn du wirklich in einer ausweglosen Lage bist, kannst du das Päckchen aufbeißen und das Gift schlucken. Ich hoffe, dass es nie so weit kommt. Aber du weißt schon.*

Gönnhardt nickte. Er war froh, Anne für ihren Schabernack eben nicht in die Hand gebissen zu haben. Das hätte daneben gehen können. Der Fuchs: *Danke, ich bin dir sehr dankbar.*

Nun hatte der kleine Fuchs natürlich keinen Rucksack, in dem er Sachen verstauen konnte. Er hatte auch keine Geheimfächer in seinem Fell angelegt, wie er versicherte. Daher wurde das Päckchen Rattengift mit reichlich Klebeband und einer Sicherheitsnadel in Gönnhardts Hutkrempe befestigt.

Ja, trotz Erschöpfung und später Stunde schaffte es Anne ohne ein löcherndes Piksen.

So geht das nicht.

Im Laufe des Tages stellte sich heraus: Gönnhardt war ein schlechter Einfluss.

Am dazugehörigen Morgen war es nämlich so: Der kleine Tim kam frühmorgens aus seiner Koje gekrochen. Wie üblich wurde Tim von seiner Mutter erst geknuddelt, dann genötigt, etwas zu trinken. Nach einem letzten *großen*

Schluck erklärte Anne ihrem Sohn: *Heute machen wir uns einen Gemütlichen zuhause.*

Anne freute sich auf die Harmonie ihrer Männer. Die beiden sollten schmusen und spielen. Sie selbst wollte in aller Ruhe putzen und in den Pausen ganz, ganz niedliche Fotos von ihnen knipsen. Es fing auch gut an, Tim zeigte dem Fuchs stolz seine Geschenke. Er legte die Schätze fein säuberlich in die Mitte des Wohnzimmers und beantwortete brav, von wem denn *das da* war. Tim: *Weihnachtsmann.* Tim: *Weihnachtsmann.* Tim: *Weihnachtsmann.* Tim: *Weihnachtsmann.*

Tim schloss seine Schau mit einer überflüssigen Aussage: *Alles for mich!*

Gönnhardt war leicht irritiert von diesem kleinen Angeber. Er hätte ihn gerne ebenfalls beeindruckt, aber er konnte nur immer wieder beteuern, dass er *wirklich nichts, nein echt nichts* außer seinem Hut besaß. Einmal war Gönnhardt drauf und dran, den Angeber mit seinem Geschenk (dem Gift!) spielen zu lassen. Er besann sich aber selbstverständlich eines Besseren.

Tim zeigte wenig Mitgefühl. Er ging in sein Zimmer und schleppte noch mehr Zeug an, das er Gönnhardt zeigen wollte. Gönnhardt beendete die letzte Präsentation, bevor sie begann. Gönnhardt: *Du hast echt viele Sachen, schön für dich.* Genug gesehen, er wollte jetzt fernsehen.

Zumindest ein Teil von Annes Wunschtraum ging in Erfüllung: Sie durfte spülen, aufräumen und auch noch saubermachen. Jippie!

Nachdem sie das mitgebrachte Weihnachtsmahl von Oma Majeski weggefroren hatte – die Gute kochte immer viel zu viel – holte sie Tim aus seinem Kinderzimmer und platzierte ihn neben Gönnhardt auf die Couch. Anne fand hinter den Jungs ein Plätzchen für sich und ihre Kamera.

Anne: *So und was macht ihr zwei Hübschen jetzt?*

Gönnhardt: *Ich will Fernseher schauen.*

Tim: *Ich will auch Fernseher sauen.*

Anne: *Tim ... SCHHH! Wir wollen nicht, wir möchten. Und fernsehen ist doch langweilig. Der Tim hat so viele Geschenke bekommen, mit denen man tolle, neue Dinge lernen kann.*

Gönnhardt: *Fernsehen macht doch auch schlau, vielleicht lernt Tim dann endlich besser zu sprechen.*

Tim: *Ja, slau maSCHHHen.*

Wo Gönnhardt recht hatte. Anne verkniff sich das fällige *CHHH*, das wurde ihr jetzt zu blöd. Sie setzte einen Haken an ihren Sprachunterricht. Das Thema war hiermit abgehakt. Tim würde das mit der Zeit schon lernen.

Anne versuchte mehrmals, die pädagogisch-wertvollen Spielsachen schmackhaft zu machen – vergeblich. Nun ja, es war Weihnachten, sie hatten Besuch. Dann durfte Tim eben mal fernsehen.

Gönnhardt schaute eine Sendung mit fluchenden Verbrecherjägern. Tim also auch. Anne bekam Kopfschmerzen bei dieser sinnfreien, menschenverachtenden Unterhaltung. Nachdem sie ein paar Erinnerungsfotos aus einem Winkel, auf dem der Fernseher nicht zu sehen war, geknipst hatte, verkrümelte sie sich. Sie hatte sowieso noch einen Berg von Aufgaben, der in der Küche wartete, versorgte die beiden aber mit Erfrischungen. Wobei die Betonung auf frisch lag, denn es gab Gemüse.

Während Anne in der Küche Grünzeug schnibbelte, wechselten die Programme zwischen Actionserien und Komödien. Hauptsache ein Sender, der nichts Altersgerechtes zeigt, fand Gönnhardt. Tim sollte ja etwas Neues lernen. Anne schluckte ihren Zorn runter, als sie Milch und eine Gemüsemischung brachte, sagte leise zu sich selbst: *Es ist Weihnachten, es ist Weihnachten, es ist Weihnachten.* Ihr Mantra beruhigte nur kurz. Wahrscheinlich hätte sie es mit einem klassischen *Ommm* versuchen müssen.

Es gab aufgrund lautstarker Proteste Essen auf dem Sofa statt an dem Tisch. Da es bei Gönnhardt außerdem zum Mittagessen Pizza gab, verweigerte Tim seinen Rohkostteller, den er immer um diese Uhrzeit bekam. Anne sah vor dem inneren Auge, wie der Fuchs Monate der Erziehung zunichte machte. Dabei hatte es so viel Mühe gekostet, den kleinen Menschen abzurichten.

Gönnhardt hinterließ in dem Moment, als Anne mit einem selbst pürierten Glas Gemüsesmoothie ins Wohnzimmer kam, Fettflecken an der Balkontür. Er wollte es beim Pizzaessen schön kühl haben. Tim war von der Energie der Sprünge angesteckt. Er warf Karotten Richtung Balkon und pfefferte Sellerie an den Schädel seiner Mutter. Dieser gesalzene Treffer war zu viel des Guten.

Anne zog sich zurück. Das leise Selbstgespräch verhallte in den Kacheln des Badezimmers: *Bleib ruhig. Der eine ist ein kleiner Junge, der andere ist ein kleiner Fuchs. Sie wissen es nicht besser. Es sind wunderbare Kreaturen, du hast nicht das Recht sie anzubrüllen.*

Einen Schlussstrich konnte Anne nicht ziehen. Deshalb

handelte sie erst einen Kompromiss mit ihrem Gewissen, dann mit ihrem Spiegelbild aus.

Anne, mittlerweile nicht mehr rot angelaufen, aber zurück im Wohnzimmer: *Gönnhardt, der Tim sieht dich als Vorbild, der macht dir alles nach. Diese dreier Konstellation ... mit dir ... ist nicht gut für uns. Es wäre vielleicht besser, wenn Tim erstmal bei meinen Eltern schläft, bis wir gewisse Regeln des Zusammenlebens erörtert haben.*

Gönnhardt hatte nichts einzuwenden. Der kleine Mensch war zwar lustig, hatte jedoch einen großen Appetit und bisher doppelt so viele Stücke wie er verschlungen. So blieb mehr Pizza für ihn. Gönnhardt nickte und überzeugte Tim mit wenigen Worten. Futterneid kann eben einen Keil in jede Freundschaft treiben.

Anne schnappte sich das Telefon. Sie besprach ihren Plan mit Tims Großeltern und machte Nägel mit Köpfen. Oma und Opa waren immer froh, wenn sie den Enkel über Nacht bekamen. Schließlich mussten sie dann nicht immer wieder die gleichen, abgedroschenen Gespräche führen. In den letzten Wochen haben die beiden die spannende Wahl zwischen Streusalz und Streusand gefühlte zehnmal mal durchgekaut – inklusive Preisvergleich. Offiziell eingestanden wurde die Themenarmut freilich nicht. Der vorgeschobene Grund für die spontane Zusage war: Die teure Kindermatratze sollte sich doch gelohnt haben.

Keine Stunde später saß Tim mit Sack und Pack vor dem Fernseher von Oma und Opa. Tim machte sich am Tag nach der großen Bescherung direkt beliebt. Statt den teuren Geschenken von Weihnachtsmann und dessen Doppelgängern nahm er lieber sein ramponiertes, gebrauchtes Auto und die alte Parkgarage mit. Als er das sah, rutschte Opa ein schnippischer Kommentar raus:

Ganz die Mutter. Da macht Schenken Spaß. Da hatte der arme Opa Majeski die Geschenke von Santa Claus und seinen Zwillingsbrüdern ganz alleine bezahlt, doch der kleine Bengel wollte scheinbar nicht mit dem teuren Plunder spielen. Ärgerlich!

Opa Majeski zu Oma Majeski: *Siehst du. Ich hätte doch das spuckende, grüne Monster kaufen sollen. Die Anne hat doch keine Ahnung, die hat einen Geschmack wie ein Lehrer.*

Das wollte er seiner Tochter heimzahlen. Er setzte sich zu seinem Enkel. Die beiden schauten Stunden über Stunden fern. Opa wechselte die Programme zwischen Actionfilmen und Komödien, Hauptsache nichts Altersgerechtes.

Anne wird das erst mitbekommen, wenn Tim brühwarm erzählt, dass er nichts gespielt, nichts gelernt, sondern nur geführt hatte. Bis dahin konnte sie sich an ihrer guten Entscheidung ergötzen. Den Nachwuchs-Majeski auszuquartieren, sollte sich als richtiger Riecher bewahrheiten.

Sternzeichen Waage.

Ein Fuchs, der sprechen konnte, war einfach zu interessant. Er konnte das goldene Ticket zum Pulitzer-Preis sein. So kam, was kommen musste: Journalisten machten Anne ausfindig. Das einzig Überraschende war, dass sie verhältnismäßig lange brauchten, bis sie die Telefonnummer von Anne herausgefunden hatten. Der Prozess dauerte ein paar Tage. Es wurden dabei Komplimente ausgesprochen und Scheine zugesteckt. Außerdem benötigte das Rechercheteam ein paar Verstöße gegen verschiedene Datenschutzgesetze.

Annes Mutter war eine eingefleischte Gewinnspielerin. Es gab kaum ein Formular, das sie nicht ausfüllte, kaum eine Postkarte, die sie nicht einwarf. Ein Mitarbeiter der Sektkellerei Lases verriet nach einer nicht unbeträchtlichen Geldtransaktion, dass eine der Frauen, die das Fernsehstudio mit dem Fuchs verlassen hatte, ihr Glück bei der Verlosung, die im Vorraum der Aufzeichnung stattfand, versuchte.

Es dauerte ein wenig, bis die Teilnahmekarte mit dem großen Herz aus Lippenstift gefunden war. Der Bestechungsversuch der Losfee war einfach einprägsam gewesen. Damit waren Name, Anschrift, sogar Sternzeichen und Lieblingsfarbe bekannt. Bald darauf auch die Telefonnummer. Über Frau Alt-Majeski gelangten die beiden Journalisten schließlich an die begehrte Ziffernfolge von Frau Jung-Majeski.

Das Telefon klingelte so früh wie möglich, um nicht mehr als Ruhestörung gewertet zu werden: 6 Uhr 59. Gönnhardt wurde von einem schrecklichen Jingle, das gut zu Jeanswerbung passen würde, geweckt.

Anne müde, verwundert über die unbekannte Nummer: *Ja?!*

Eine fremde Frau: *Hallo, spreche ich mit der Frau mit dem Fuchs?*

Anne: *Ähm. Ich glaube schon. Und ich?*

Pause.

Die fremde Frau: *... und sie was?*

Anne: *Was? Wer ist da, mit wem spreche ich? Wer sind Sie?*

Es stellte sich im Laufe des Telefonats heraus, dass *Sie* die persönliche Assistentin eines baden-württembergischen Politikers war. Denn die Assistentin hatte die Reporter ausfindig gemacht, die wiederum Anne aufgespürt hatten.

Nach ein paar Androhungen von rechtlichen Schritten und drastischen Konsequenzen gewährten Herr und Frau Reporter der Assistentin vorsichtshalber den Vortritt. Gewinnspielmanipulation war schließlich kein Kavaliersdelikt.

Schlaftrunken stimmte Anne dem Vorschlag der penetranten, jungen Dame zu. Nach Ende des Gesprächs war ein abendliches Treffen ausgehandelt. Ein Blick auf die Uhr überzeugte Anne, sich nochmal hinzulegen. Gemeinsam mit Gönnhardt verschlief sie den halben Morgen.

Irgendwann war der Mittag vergangen und der Abend da.

Die Assistentin stand im Flur. Sie stellte sich mit einem breiten Grinsen vor, das so falsch wie der sagenumwobene Fuffziger war. Gönnhardt war enttäuscht, als er die junge Frau im modernen Hosenanzug kennenlernte: *Ach, Sie bringen gar keine Pizza?*

Sie war erst irritiert, dann irritierend. Die junge Frau war so fixiert auf sich und ihre Aufgabe, sie schenkte diesem sprechenden Fuchs keinerlei Aufmerksamkeit. Der blonde Wirbelwind mit leicht-verrücktem Blick hatte die überdrehte Art, die nur junge Frauen, die möglichst viele Sprossen der Karriereleiter überspringen wollen, an den Tag legen. Sie quasselte viel zu schnell und deswegen schnell zu viel.

Das Plappermaul erklärte seinen Plan so hastig, nicht mal Anne kam mit – geschweige denn zu Wort. Enthusiastisch dirigierte die junge Frau den Kameramann durch die

Wohnung, nachdem dieser mittlerweile seine Beruhigungszigarette vor der Haustüre fertig geraucht hatte und nachgekommen war. Die Räuchermännchen-Marionette musste wuseln und die Wohnung fernsehgerecht aufpäppeln. Hier wusch er Glasflächen ab, dort räumte er Möbel um. Ausnahmslos jedes Licht wurde eingeschaltet, dazu zwei Scheinwerfer und eine weiße Wand aufgestellt. Die Einwände von Anne wurden mehrfach und in immer anderen Worten abgewiesen: Das musste sein, damit der Star des Interviews auch im rechten Licht erstrahlen konnte. Ja, es wurde Licht. Jeder Showroom mit teuren Sportwagen war eine Dunkelkammer gegen das Wohnzimmer, als die beiden Gäste mit ihm fertig waren.

Gönnhardt und Anne saßen mittlerweile auf der Couch, schlürften Milch beziehungsweise Kaffee mit Zucker und Milch. Die kleingewachsene Assistentin streckte den Kopf in die Höhe wie eine Giraffe, damit ihr alle Anwesenden volle Aufmerksamkeit schenkten: *Ich gehe mal unseren Hauptdarsteller holen. Er wartet in seiner Limousine und ist sicher ganz gespannt, dich kennenzulernen, Günther.*

Anne räusperte sich. Gönnhardt schaute den Kameramann an, der wiederum peinlich berührt auf den Boden starrte.

Gönnhardt: *Nicht schämen, ich finde Günther ist ein schöner Name.*

Der falsche Günther: *Die meint damit aber dich. Ich bin der Ulli.*

Die drei Hinterbliebenen sahen sich erleichtert an, als das Karriereblondchen endlich aus der Tür verschwunden war. Ulli fragte, ob er auf dem Balkon eine *Ziggi* rauchen durfte. Diese Frau bereitete ihm nicht nur Kopfzerbrechen, sondern auch Kopfschmerzen. Anne konnte das nachvollziehen. Er durfte ausnahmsweise, aber nur wenn er die Balkontür fest zuzog.

Die zwei Hinterbliebenen sahen sich im Wohnzimmer um und schüttelten im Gleichschwung den Kopf. Anne war aufgrund der Energieverschwendung mäßig begeistert und schimpfte deshalb in ihre Tasse. In eine ähnliche Richtung ging auch Gönnhardts Wortbeitrag. Also nicht in den Kaffeebecher, sondern im Sinne von Meckern. Dessen Probleme mit der Hitze wurden nämlich durch die verschiedenen Lichtquellen, die leider schweißtreibend waren, multipliziert, addiert und dann zusammengezählt.

Wahlkampfmodus.

Das Meeting fand in der Küche statt. Auf der einen Seite standen ein Politiker der Marke *Gerade-im-Wahlkampf-daher-braucht-er-gute-Publicity*, nennen wir ihn aus rechtlichen Gründen Herr Schleimbolzen, und seine eifrige Assistentin, nennen wir sie weiterhin Assistentin. Demgegenüber standen eine Frau in selbstgestricktem Pullover und ein Fuchs, der jetzt lieber Fernseher schauen würde. Naja, Frau und Fuchs saßen, um genau zu sein. Rauchend auf dem Balkon lehnte ein junger Mann am Geländer an, der zwar unparteiisch war, aber nicht Schiedsrichter spielen wollte.

Die Assistentin erklärte mit Nachdruck, dass die Beleuchtung notwendig war. Der Schleimbolzen nickte mit gewissenhaftem Gesichtsausdruck.

Gönnhardt schüttelte daraufhin den Kopf: *Nö.*

Die Assistentin war es nicht gewohnt, von Männern Widerworte zu bekommen. Normalerweise reichte ihre Kombination aus gutem Aussehen und dem penetranten

Lächeln aus. Bei Gönnhardt zog weder das noch der Ausschnitt ihres Oberteils, den sie unauffällig nach unten zog, als sie sich vorbeugte. Sein Standpunkt war, dass er jemandem einen Gefallen tat und dabei nicht schwitzen wollte.

Gönnhardts Offerte: *Dann lassen wir es halt.*

Kampflos wollten Schleimbolzen und Assistentin nicht aufgeben. Es folgten etliche Worthülsen, doch weder der Politiker noch seine Angestellte hatten irgendwelche Druckmittel. Für Gönnhardt war es gleich, mit wem diesseits oder jenseits des Äquators er sein erstes Interview führte. Ihm war zwar klar, dass er es tun musste, die beiden in der Küche waren lediglich die ersten Bittsteller von vielen Interessenten, das war allen im Raum und auf dem Balkon klar.

Spulen wir ein wenig vor, um diesen beiden Personen möglichst wenig Aufmerksamkeit schenken zu müssen. Das Interview fand ohne Festbeleuchtung, aber mit gekippten Fenstern statt. Der Politiker konnte einem schon leid tun. Es wurde offensichtlich, dass der arme Schleimbolzen erkältet war, und ihm die Zugluft und seine Fuchshaarallergie – bis dato unentdeckt – den Rest gaben. Nichtmal die dritte Schicht Theaterschminke konnte seine leuchtende Nase überdecken. Rudolph, der rotnasige Schleimbolzen machte bei der Aufzeichnung keine gute Figur. Zu allem Überfluss zog er ständig die Nase mit einem theatralischen Seufzer hoch, während der Fuchs von der Bedeutung seines Hutes philosophierte, seinen Fernsehkonsum rechtfertigte und von Pizza schwärmte.

Das Interview wäre aufgrund des andauernden Hüstelns und Räusperns mit jedem anderen Gast längst abgebrochen worden. Doch da Gönnhardt einen

Ausweichtermin vehement ablehnte, war selbst dieses Videomaterial wertvoll. Auch diese suboptimale Aufzeichnung sollte zu Wahlkampfzwecken herhalten.

Gönnhardt zeigte sich von seiner besten Seite. Er beantwortete die Fragen der Assistentin geduldig, er ließ dem Politiker seine heisere Redezeit. Nach zwanzig Minuten komplimentierte Gönnhardt das Ende herbei. Abschließend, natürlich vor laufender Kamera, lud Schleimbolzen den Fuchs noch kameradschaftlich zum Essen ein: *Wenn du mal in der Nähe bist, dann gibt es Kalter Hund. Niemand macht besseren als meine Ehefrau, mit der ich als verlässlicher, familienfreundlicher Mann schon seit 17 Jahren verheiratet bin. Das gibt es bei uns zuhause, ganz hier in der Nähe, in der angrenzenden Nachbarschaft, immer.* Gönnhardt nickte. Heiße Katze würde er allerdings lieber mal probieren, dachte er dabei.

Klappe, Szene, Schnitt und Ende. Es ward geschafft.

Während der Abbauarbeiten telefonierte Anne schon wieder. Gönnhardt musste sich ständig strecken und recken, um dem Spielverlauf auf dem Fernseher zumindest halbwegs folgen zu können. Es war wie früher im Gebüsch vor der Kneipe.

Weiter im Programm.

Das Interview mit dem Politiker wurde ausgestrahlt, als Gönnhardt bereits das nächste gab.

Die Klingel trällerte ihr monotones Lied. Nun waren die beiden Detektive an der Reihe. Herein kamen also die zwei Reporter, die Anne ausfindig gemacht hatten. Der Lohn ihrer sittenwidrigen Mühen war das zweite Gespräch mit dem Fuchs.

Die investigativen Journalisten stellten sich vor. Sie nannten lediglich ihre Vornamen, weil sie voll cool, voll locker und voll entspannt drauf waren: Paul und Anne. Ach, war das ein Zufall. Paul hatte den Namen von Anne Zwei am Telefon gar nicht erwähnt. Taktisch nicht unklug, das Eis war gebrochen.

Paul und Anne Zwei erläuterten ihren Plan in knappen Sätzen. Das Duo war ehrgeizig. Sie wollten als Freiberufler jeweils mehrere Verlage beliefern, kamen daher mit einem ganzen Katalog von Fragen. Jeder wollte ein paar Artikel mit guten Zitaten schreiben. Sie nannten sie Feel-Good-Stories. Gönnhardt verstand durch sein Fernsehdeutsch nur Bahnhof. Diese Ausdrucksweise war zu hip für ihn. Anne übersetzte es als Geschichten zum Wohlfühlen. Gönnhardt: *Meinetwegen.*

Auch Anne und Gönnhardt waren auf dieses Interview vorbereitet. Sie hatten aus dem ersten Besuch gelernt und ihre Bedingungen schon vor der Zusage deutlich gemacht. Die beiden Schreiberlinge kreuzten folglich ohne helle Lampen und Diffusorschirme auf. Ihre Hände hatten sie trotzdem voll, als sie in der Wohnung standen. Sie brachten zwei Kartons dampfender Pizza mit. Pfiffig ist, wer die richtigen Fragen stellt. Paul wusste daher, dass Gönnhardt auf Käsepizza im Allgemeinen und Anne auf Pizza von der Flamenco Amore Pizzeria im Speziellen abfuhr. Das fettige Mitbringsel sorgte dafür, dass der Fuchs offen antwortete und zwischen kauen und schlucken auch einige zitatwürdige Aussagen machte.

Während des Interviews sollte die Chemie stimmen. Im Vergleich mit Assistentin und Schleimbolzen war das hier eine Explosion der Anziehung. Es wurden zwar die gleichen Themen abgearbeitet, die Fragen wurden jedoch ohne schroffen Unterton gestellt. Der Abend klang nett aus. Die vier lachten über gemeine Scherze. Über unsympathische Politiker und deren Mitarbeiter zu lästern, verbindet nicht nur Menschen miteinander. Wie ähnlich sich Lebewesen doch sind, wenn gemeinsame Abneigungen die Brücke schlagen.

In den nächsten Tagen stellte sich ein Trott ein.

Gönnhardt verließ die Wohnung wenig bis kaum. Wenn dann nur ein paar Zentimeter: auf den Balkon und wieder zurück. Nach all den Jahren im Wald war das auch verständlich. Er hatte schließlich genug Natur für schätzungsweise sieben Menschenleben getankt. Viel Freizeit zum Vertrödeln stand ihm ohnehin nicht zur Verfügung. Es folgten im weiteren Verlauf seiner Frage-Antwort-Treffen Interviews für Verlage, Webseiten, Fernsehsendungen und Zeitschriften. Gönnhardt musste immer wieder die gleichen Fragen beantworten und wurde dafür mit Pizza beliefert. Er entwickelte gewaltigen Respekt vor Hollywoodschauspielern, die er vor einem großen Kinostart auf jedem Sender mit einem neuen Mikrofon vor der Nase sah. Genau wie die Stars und Sternchen wiederholte sich Gönnhardt ständig, konnte viele Antworten vor den Fragen auswendig herunterbeten. Es ging immer wieder um Hüte, Essen, Fernsehprogramm, Käsepizza und Karlsruhe.

Gönnhardt war von der vielen Aufmerksamkeit zwar überfordert, aber er gab sich Mühe. Unterbrochen wurde der Gesprächsmarathon nur von entscheidenden Dartwürfen.

Ehekrach.

Gönnhardt ließ die letzten Tage Revue passieren. Wenn er keine Reporter und Journalisten vor der Schnauze hatte, saß ein kleiner Mensch mit laufender Nase neben ihm, der bei jeder zweiten Szene etwas wissen wollte. Das neue Leben hatte er sich anders vorgestellt.

Gönnhardt fühlte sich meistens unwohl bei dem Gedanken, den kleinen König aus seinem Reich vertrieben zu haben. In diesem Moment fand Gönnhardt, dass es Tim gerecht geschah, dass er woanders schlafen musste. So aufdringlich wie der kleine Mann heute wieder war.

Es kam Gönnhardt so vor, als würde Anne Tim bei jeder Gelegenheit anschleppen.

Das stimmte. Anne hatte ein schlechtes Gewissen gegenüber ihrem Erstgeborenen. Zurecht, oder nicht? Sie holte ihn zwar so oft es ging nach Hause, aber er verbrachte dennoch viel Zeit bei seinen Großeltern. Eine Rabenmutter war sie nicht, aber zumindest eine Krähenmama. Statt sich 24 Stunden um ihren Sohn zu kümmern, lebte sie Anne mit Gönnhardt wie altes Eheleute. Das ungleiche Paar ergab sich in die Art Harmonie, in der man die Macken und Gegenwart des anderen selten genießt, aber meistens erträgt. Ausnahmen bestätigen bekanntlich die Regel, die Samen für einen Streit waren also gesät.

Mittags saßen Tim und Gönnhardt im Wohnzimmer. Tim spielte endlich mit einem seiner Geschenke. Gönnhardt gesellte sich zu seinem Freund. Er schaute zu und nicht fern, weil Anne ihm zuvor Angst vor viereckigen Augen gemacht hatte. Die neuen Spielsachen gehörten scheinbar bereits zu diesem Zeitpunkt zum alten Eisen. Tim ging damit um, als wäre es der letzte Dreck. Mit ausholender Bewegung schleuderte er seinen Lerncomputer unter den Couchtisch und grinste Gönnhardt mit ausgestreckten Zeigefingern bedrohlich an. Wortlos, flink und ohne Rücksicht auf Verluste kletterte der kleine Junge auf Gönnhardts Rücken. Tim wollte reiten. Nun muss man in Betracht ziehen, dass Reiter mindestens genauso viel wiegt wie Ross. Gönnhardt hatte nicht grundlos Angst um sein Rückgrat. Er warf den Knaben ab wie der Bulle eine betrunkene Kneipenbekanntschaft beim Bullenreiten in der Kneipe. Nicht genug, dass Tim in hohem Bogen durch die Luft flog. Tim landete, indem er mit seinem Dickschädel an die Wand schlug. Als Anne ins Zimmer hetzte, stand der Fuchs mit gefletschten Zähnen vor dem weinenden Kind, weil er sich gerade unter Schmerzen den dritten Wirbel von unten einrenkte.

Tim hatte keine Gehirnerschütterung, da war einfach zu wenig zum Erschüttern. Er erlitt keine Platzwunde, nicht mal eine Beule. Gönnhardt wusste, dass der Bub heil war. Er hatte ihn nämlich kurz nach dessen Flug abgeschleckt, um sicher zu gehen. Das Kind war trotzdem in den Brunnen gefallen.

Anne zickte, woraufhin Gönnhardt pflaumte. Tim vollendete dieses schlechtgelaunte Gespann, indem er quengelte, weil Anne in ihrer Wut seinen Mittagsschlaf vergaß. Das waren die drei Zutaten des Gemisches, das zu dicker Luft führen sollte.

Doch erst die Arbeit, dann das Verprügeln.

Als Tims vierer Schwall Krokodilstränen des Tages auf dem Arm seiner *Maaamaaa, wääääh, Maaamaaa* getrocknet waren, bekamen sie auch schon wieder Besuch.

Gönnhardt war fleißig gewesen. Viele Menschen hatten sich bereits an dem verfressenen, fernsehsüchtigen Fuchs mit schlechtem Modegeschmack sattgesehen. Für die auflagenstarken Blätter war Gönnhardt daher kein Umsatztreiber mehr. Ihm war es nicht bewusst, doch er wurde zu den unbedeutenden Publikationen durchgereicht. Die Sorte von Papierverschwendung, die jedes Wochenende kostenlos verteilt wird, dann vor der Haustüre gammelt, bis sich jemand erbarmt, die Mülltonne zu füttern. Man kann nur hoffen, dass keine ehemaligen Weihnachtsbäume für diese Zwecke missbraucht wurden. Das wäre Demütigung hoch vier. Den Stress dieser Treffen hätte Gönnhardt sich bestimmt gerne erspart, aber so war es nun mal. Selbst schuld, wenn man nie liest, sondern nur glotzt.

Die Dame mit Bleistift, Notizblock und dicker Lesebrille war sich sicher, dass Anne einen Scherz machte, als sie am Vortag von Gönnhardts Wunsch nach Käsepizza erzählte. Mit ganz leeren Händen wollte die gute Frau jedoch nicht aufkreuzen. Ihr Glück! Bevor sie ihre Brille mit dem dicken, schwarzen Rand, die sie 10 Jahre älter machte, abermals zurecht rücken konnte, überreichte sie Gönnhardt einen Geschenkkorb mit gesunden Leckereien. Anne nahm das Obst stellvertretend entgegen. Sie platzierte den Korb auf dem Couchtisch, stibitzte einen Apfel und eine Birne für Tim und verabschiedete sich in die Küche. Heute würde sie Gönnhardts Gefasel über seinen dummen Hut und seine Verfressenheit nicht ertragen können.

Gönnhardt nahm der Frau vom Karlsruher Morgen, die jetzt ganz nah rutschte, die falsche Gage nicht übel. Er hatte im Kühlschrank noch genug Pizza. Bei dem Gedanken an den Kühlschrank fiel es ihm wie Schuppen von den Augen: Ich bin ja hungrig.

Gönnhardt: *Kann ich das Essen oder ist das Kunst?*

Die Dame vom Karlsruher Morgen hielt ihm eine auf Hochglanz polierte Frucht entgegen: *Da ist gar nichts künstlich, mein lieber Bursche. Das sind Naturschönheiten! Die sind nicht mal gespritzt, die kannst du einfach so essen.*

Während er Fragen beantwortete, verschlang der Fuchs den ersten Apfel aus dem stattlich gefüllten Flechtkorb. Gesitteter schnabulierten Anne und Tim im gleichen Moment und unweit entfernt Birne. Mutter und Sohn saßen nun doch im Wohnzimmer, da Tim Gönnhardt vermisste. Tim war vorgegangen, Anne kam wenige Minuten später nach, weil Anne Tim vermisste. Das Interview war ein Hingucker. Die Reporterin kritzelte manisch auf ihren Block aus Recyclingpapier, sie konnte ihren Ekel vor Gönnhardts Manieren kaum verbergen. Anne konnte gerade noch *Pfui! Pfui! Pfui!* lesen, bevor mit Schmackes umgeblättert wurde, um dem Unmut weiteren Ausdruck zu verleihen. Es lässt sich festhalten, dass die saftigen Früchte dem schmatzenden Fuchs geschmeckt, aber nicht gemundet haben.

Frau Reporterin musste ihr Brillenputztuch schon wieder aus der Hosentasche holen, um Spritzer und Stücke von den Gläsern zu entfernen. Bei jeder Bewegung stöhnte sie, als hätte sie den Muskelkater eines absolvierten Triathlons. Gönnhardt ließ sich nicht aus der Ruhe bringen, der Korb war nämlich noch nicht leer. Er hatte bereits zwei Äpfel mit Stielen, Kernen und Gehäuse sowie drei Birnen mit Stielen, Kernen und Gehäuse verspeist. Zu guter Letzt gab es nun die Trauben mit Stielen, Kernen und ohne Gehäuse. Dafür mit Aufkleber vom Feinkosthandel Hummert.

Gönnhardt verschluckte sich, hustete, bekam zu wenig Luft.

Gönnhardt: *Chr-Chr-Chr!*

In Zeitlupe würgte er den Sticker heraus, wie es Katzen mit einem Haarbüschel machen. Die Reporterin musste prusten, Anne lachte auf, Tim grinste. Hätte Gönnhardt auf und um dem Kopf eine Glatze, er wäre rot angelaufen. Erst wegen Atemnot, dann wegen Scham. Und schließlich vor Wut.

Gönnhardt wollte sich nicht anmerken lassen, dass er aufgebracht war. Ganz der Profi beantwortete er jede Frage mit einem seiner auswendig gelernten Referate. Nachdem die Reporterin noch ein paar Fotos geknipst hatte und gegangen war, konnte er seinem Frust endlich Luft machen. In der Wohnung krachte es erst, dann folgte ein Donnerwetter.

Gönnhardt: *Du hast mich ausgelacht.*

Anne: *Ich habe nicht über dich, sondern mit dir gelacht.*

Gönnhardt: *Ich habe nicht mal geschmunzelt. Ich habe gehustet, weil ich mich verschluckt habe.*

Anne: *Aber du hättest mitgelacht, wenn du dich nicht verschluckt hättest.*

Gönnhardt: *Ich hätte sterben können. Von wegen für Tierleben! Ersticken ist nicht schön.*

Anne zückte die Waffen einer Frau: Bei Streits ist Angriff ihre beste Verteidigung. Sie ließ sich gar nicht erst herab, den eigentlichen Vorwurf zu entkräften. *Schön?* Das war ein gutes Stichwort. Anne ging in die Offensive.

Anne: *Schön ist auch nicht, dass du deinen Müll überall herumliegen lässt und ich deine Putzfrau spielen darf.*

Gönnhardt: *Ich habe gar keine Zeit für Putzen, ich spiele*

Anne warf Gönnhardt vor, dass er das Wohnzimmer in eine Müllhalde verwandelt. Gönnhardt schoss mit der Behauptung, dass Anne ihn als Haustier zum Angeben betrachtet, zurück. Es folgten Worte und Widerworte, Anschuldigungen und Rückweisungen. Die Zusammenfassung ist: Anne sagt Gönnhardt ist Dieses, Gönnhardt sagt Anne ist Jenes.

Und so stritten die beiden solange, bis Anne Tim zu den Großeltern brachte.

Und dann stritten sie weiter, nachdem Anne Tim zu den Großeltern gebracht hatte.

Silvester.

Als Anne morgens die Wohnung verließ, um Tim abzuholen, stellte sich Gönnhardt schlafend. Anne hatte ihn zwar von der Küche auf die Couch huschen sehen, ist aber trotzdem ohne Gruß gegangen. Sie war eingeschnappt und hatte es sowieso eilig, denn der bevorstehende Jahreswechsel war mit einem straffen Programm verbunden.

Während Tim und Anne nach ihrer Ankunft beziehungsweise Rückkehr gemeinsam frühstückten, machte sich auch bei Gönnhardt, der beim Schlüsselrasseln wieder auf seine Couch flüchtete, Hunger bemerkbar. Die Milchreste, die er heimlich schlürfen konnte, bevor Anne aufgewacht war, konnte man höchstens unbefriedigend nennen. Tim und Anne frühstückten lautstark in der Küche, Gönnhardts Sturheit hielt ihn im Wohnzimmer. Er starrte auf den Geschenkkorb, der noch auf dem Couchtisch stand. Leer. Er schaute sich um. Nein, es war im Wohnzimmer einfach nichts Essbares zu finden. Könnte ich die Tierfiguren doch nur zum Leben erwecken, dachte Gönnhardt in seiner Verzweiflung. Gönnhardt grübelte. Er brauchte einen Vorwand, um in die Küche gehen zu können, ohne sich zu blamieren.

Was lag denn da? Gönnhardt entdeckte unter der Couch ein weißes Etwas. Er kombinierte wie Sherlock: Das war seine Eintrittskarte zum Buffet.

Mit erhobenem Haupt trug Gönnhardt den Müll in die Küche. Er streckte sein Fundstück stolz in die Luft, wie es Männer mit ihren VIP-Ausweisen bei Konzerten tun. Als Gönnhardt auf den Öffner trat und die Papierserviette in den Mülleimer beförderte, war das Kriegsbeil begraben. Tim applaudierte wie ein Seelöwe, dann nahm sich Anne ein Herz und entschuldigte sich für den Streit. Es wurde vergeben und vergessen, Gönnhardt konnte essen.

Anne schob die Zeitung zu Gönnhardt.

Anne: *Schau mal, die Tante von gestern hat ihren Artikel schon fertig.*

Der Karlsruher Morgen widmete Gönnhardt ein Plätzchen auf der ersten Seite. Auf dem Foto, das auf Verlangen ohne Blitz geschossen wurde, wirkte Gönnhardt auf Otto und Ottina Normal nachdenklich und weise. Gönnhardt fand sich alt und gebrechlich. Anne setzte gerade mit dem Vorlesen an: *Die Überschrift lautet Ein Fuchs wie du und ich: Gönnhardt hat Appetit auf das neue Jahr.*

Doch der Text war für Gönnhardt uninteressant. Anne würde ja nur seine Zitate zitieren.

Gönnhardt zu Tim: *Tim, du bist jung. Sei mal ehrlich, der Hut macht mich alt, oder?*

Tim zeigte auf den Kopf von Gönnhardt und hielt fest: *Gönnhardt sein Hut.*

Gönnhardt zu Anne: *Anne, du bist ... erfahren. Sei mal ehrlich, der Hut macht mich alt, oder?*

Anne: *Ist doch egal! Das ist dein Markenzeichen. Wie willst du dich denn sonst von den anderen Füchsen unterscheiden?*

Gönnhardt war gekränkt, er kam sich austauschbar vor. Das Zeitungsfoto war ein Wirkungstreffer. Der Niederschlag sollte folgen. Im Fernseher wurden nämlich den lieben langen Mittag Interviews mit Gönnhardt ausgestrahlt. Es gibt kaum einen Schauspieler, der nicht behauptet, dass diese Kameras 10 Kilo addieren, auch Gönnhardt kam sich dick und fett vor. Bei ihm war sogar etwas dran. Seine Käsepizzadiät hatte für Kurven gesorgt. Gönnhardt traute sich gar nicht mehr, von dem Sportsender umzuschalten. Nur dort schien er vor sich sicher. Gönnhardt befand in diesen Schreckminuten, dass er genug von sich preisgegeben hatte. Genug gefilmt, genug fotografiert! Das musste reichen, sonst würde er noch älter und noch fetter werden. Er sagte Anne, dass er keine Interviews mehr geben wollte. Als er hörte, wie Anne den Anrufbeantworter mit einer entsprechenden Ansage besprach, schnurrte er zufrieden wie ein Kätzchen auf dem Schoß einer Oma.

Der Aufwand wäre gar nicht notwendig gewesen. Das Telefon stand still. Es rief niemand mehr an. Der Karlsruher Morgen war ein Käseblatt, dessen Inhalt zum größten Teil aus Horoskop, Pauschalreisen, Kreuzworträtseln und deren Lösungen bestand. Wenn etwas darin erwähnt wurde, war es schlicht und ergreifend ein alter Hut. Selbst wenn der Hut von einem sprechenden Fuchs getragen wurde. Nachdem in den letzten Tagen des Jahres das mediale

Interesse an Gönnhardt aufgeflammt war wie ein Molotowcocktail an einer Hauswand in einem gentrifizierten Stadtviertel bei einer ultralinken Demo, erlosch es vor Beendigung des selben Jahres wieder, wie wenn dem Feuer an der Hauswand der Sauerstoff ausgeht.

Selbstredend spiegeln die landesweiten Medien nicht alle Bürger wieder. Klar, die Karlsruher waren noch Feuer und Flamme. Ich meine, ein Fuchs, der sprechen kann und in der Nachbarschaft wohnt!

Meine Einstellung.

Tim war mittlerweile wieder zu den Großeltern verfrachtet worden. Das wäre er übrigens auch ohne Gönnhardts Vorliebe für offene Fenster in der Nacht. Anne plante schon seit Monaten, zum Jahreswechsel die Korken knallen zu lassen.

Sie wuselte durch die Bude. Wenn ihre Mitstreiter aus der Tierschutzgruppe angekündigt waren, wechselte sie Teile ihrer Einrichtung aus. Poster, Schlüsselanhänger, Figuren, Flaggen: Sie hatte eine ganze Schublade mit politisch-korrekter Dekoration. Anne wollte sich keine Sprüche mehr anhören müssen. Die, die sie bei der ersten Versammlung in ihrer Wohnung einstecken musste, reichten für ein ganzes Leben. *Kleinbürgerliches Klein-Klein mit Dorfbürgermeisterbüro-Ambiente* hatte gesessen. Zum Glück war mittlerweile ein Hauptquartier eingerichtet worden, so musste sie nur ab und an umgestalten. Beispielsweise wenn Anlässe wie Silvesterfeiern anstanden. Pech hat, wer beim Würfeln verliert. Deshalb hieß es für Anne im Augenblick: Familienfotos runter, Plakate rauf. Je nach dem, in welchem Lager man sich befand, stand auf den Plakaten Propaganda und Hetze oder Aufklärung und

Aktionismus. Das gehört bekanntlich dazu. , wenn man seine Meinung für die einzig wahre hält.

Gönnhardt war nicht ganz so aufgeregt wie Anne. Leute in der Bude, das war für ihn nichts Besonderes, er hatte ja schon viel zu viel Besuch bekommen. Er wusste, mit Gästen umzugehen. Dachte er zumindest.

So stand abends die erste Begegnung zwischen dem restlichen Aktionskreis Tierschutzcrew Karlsruh' und Gönnhardt an. Klar, die wollten ihn auch schon vorher sehen. Sie drängten Anne schon seit dem Einzug und löcherten sie permanent mit Fragen, doch Frau Majeski war standhaft geblieben. Anne wollte Gönnhardt nicht überfordern. Sie sagte sich immer wieder, dass es vielleicht etwas verstörend gewesen wäre, wenn ihre Freunde die ersten Menschen sind, mit denen Gönnhardt Kontakt hat. Denn die Crew ist ... unkonventionell. Anne bekam also ein ungutes Gefühl, als sie einen letzten Kontrollgang durch ihre Alibiwohnung machte. Mist: Sie entdeckte eine ganze Ladung Lebensmittel, die im Discounter, nicht im biologisch-reformierten Haus gekauft wurden.

Ding Dong.

Jetzt war es zu spät.

Millisekunden nachdem Anne den Türsummer betätigt hatte, war Radau im Treppenhaus. Die Crewmitglieder erstürmten die Stockwerke wie Donkey Kong und hüpften über Stufen wie Super Mario über Erdlöcher. Gönnhardt stand brav im Flur, wartete artig auf die Menschen, die ihrerseits die besten Absichten hatten. Anne hat ihn zwar vorbereitet, aber nicht auf das. Es war zum Scheitern verurteilt, die Begrüßung hätte nicht unangenehmer ausfallen können.

Sayenne, ein in die Jahre gekommenes Mädchen mit aufgeweckten Augen und verfilzten Rastalocken: *Ah, da ist er ja. Ah, fein!* Und dabei tätschelte sie dem Fuchs den Kopf.

Thilo war sehr großgewachsen, aber zurückhaltender. Er zog die gehäkelte Baskenmütze ab, nahm die Schultertasche von dem Ort, dem sie ihren Namen verdankt, und zog erstmal seine Cordhose hoch. Gürtel waren schließlich nur etwas für Beamte. Er schien Respekt vor der animalischen Autorität von Gönnhardt zu haben. Leider drückte er sich ebenfalls unglücklich aus.

Thilo, mit Chipstüten als Schutzschild erhoben: *Boah, voll das wilde Monster. Der sieht echt übel aus. Aber prächtiges Fell, da kann man nichts sagen. Gibst ihm gestimmt kaltgepresstes Olivenöl, was Anne?!*

Anne in Gedanken: Nee, nur Pizzafett.

Mathilde, die man schlicht mit schön beschreiben konnte, schwieg. Gönnhardt gefiel ihr Vokuhila mit den abrasierten Seiten. Sie hatte etwas von einem Huhn, dachte er. Mathilde schwieg nur kurz. Dann hob sie ihre rechte Hand. Mathilde gackerte mit gezückter Sektflasche und so schriller Stimme, dass Gönnhardt vor Schreck aufsprang: *Das müssen wir feiern!* Sie ließ den ersten Korken des Tages ohne weitere Worte knallen. Gönnhardt fuhr zusammen. Kräftig geschüttelt durch den stürmischen Aufstieg wollte der Sekt aus der Flasche flüchten wie ein Flaschengeist nach jahrelanger Haft. Erwartungsgemäß schoss die Blubberbrause in die Höhe, sobald sie die Chance dazu bekam. Es war eine schöne Fontäne, das muss man objektiv festhalten. Nachdem die Schwerkraft ihre Ansprüche über die Lufthoheit erhoben hatte, landete der stinkende Sekt auf dem *prächtigen Fell* von Gönnhardt.

Als Sahnehäubchen musste er sich von Mathilde mit deren benutztem Papiertaschentuch abtupfen lassen, bis Anne endlich mit einem Handtuch an kam.

Die Runde machte es sich im Wohnzimmer bequem. Der Fuchs teilte seine Couch mit Thilo und Sayenne. Mathilde wählte den Schneidersitz. Anne wuselte nervös. Wie erwartet, musste er jetzt Frage und Antwort stehen. Gönnhardt sollte seine Ansichten zu Wahlrecht für Tiere, Unterdrückung durch Tierfuttermarken und der Luftverpestung durch Fußballspiele erläutern.

Wäre es nicht so kalt in der Wohnung gewesen, Gönnhardt wäre ins Schwitzen geraten. Doch das Schicksal meinte es gut mit dem Fuchs, der nach Alkohol stank wie die Dorfjugend in der Großraumdisco sonntags um 2 Uhr 11. Anne hatte glücklicherweise Raclette geplant. Bevor sich Gönnhardt für eine Partei entscheiden musste, sollte die gesamte Crew mithelfen, in der Küche die Zutaten zu schnippeln.

Dort angekommen schaute Sayenne demonstrativ auf das Regal mit den übersehenen Discounter-Konserven: *Bist du dir sicher, dass das Gemüse auch nachhaltig angebaut wurde?*

Anne überlegte, ob sie wirklich alle Plastikverpackungen und Kassenzettel der Lebensmittel auf dem Tisch entsorgt hatte. Nach der Denkpause behauptete sie überzeugend: *Was denn sonst?*

Mathilde: *Gönnhardt, du darfst auf meinem Schoß sitzen!*

Jetzt oder nie! Zeit sich aus der Gruppe zu lösen! Gönnhardt erklärte, dass er lieber allein im Wohnzimmer feiern würde. Er flunkerte: *Das ist … so Tradition bei den Füchsen. Es ist eine fußballfreie Zeit, in der meditiert und*

Tierfutter boykottiert wird.

Anne kannte ihren Fuchs, er zeigte alle Symptome seiner Lass-mich-jetzt-besser-in-Ruhe-eritis. Sie entließ Gönnhardt, scheuchte die Bande an den Tisch, drehte die Lautstärke des Fernsehers auf. Dann brachte sie Gönnhardt in unregelmäßigen Abständen Raclettekäse und schloss die Küchentür, wann immer dies möglich war.

So machte sich der Abend an, zu vergehen. In der Küche floss reichlich Alkohol. Im Wohnzimmer lief der Fernseher. Immer wenn ein Crewmitglied auf dem Weg in die heilige Porzellanstätte im Wohnzimmer vorbeischaute, was natürlich ausnahmslos jedes mal war, legte Gönnhardt seinen Kopf auf die Vorderpfoten, schloss die Augen und streckte seinen Hintern in den Himmel. Er wusste nicht, wie Füchse meditieren, aber diese Stellung kam ihm bei seiner Vogel-Strauß-Taktik passend vor.

Gönnhardt hatte sich an das Gemurmel aus der Küche gewöhnt, als er durch den Lärm der ersten Böller zusammenzuckte. Neugierig, wie er war, schlich er sich auf den Balkon.

Krach!

Bumm!

Peng!

Das Feuerwerk, das im Fernsehen so prächtig wirkte, war live und in verrauchter Farbe enttäuschend und abstoßend. Die Leute in der Karlsruher Weststadt verbreiteten nur Knall und Gestank.

Am Küchentisch waren die ersten Leuchtraketen der Startschuss, Hochprozentiges zu kippen. Der Tierschutzcrew fiel zu diesem Zeitpunkt auch die Weisheit vom wärmenden Alkohol ein. Wärme war bitter nötig. Die Menschen trauten sich nicht, die Heizung anzumachen. Das wäre trotz geschlossener Tür Tierquälerei, da waren sich alle einig. So saßen sie mit Schals, Handschuhen und Mützen da und diskutierten über Themen, die sonst niemanden interessieren würden. Gönnhardt bekam von dem Klirren, als Sayenne ein Glas durch die behandschuhten Hände auf den Küchenboden glitt, nichts mit. Allerdings von Mathildes schrillem Lachen.

Es war 5 vor 12. Aufgeregt stürmte die Meute ins Wohnzimmer und vom Wohnzimmer auf den Balkon. Ihr strikter Feuerwerk-Boykott wurde spontan etwas aufgeweicht. Sie unterstützten Herstellung und Verkauf von Böllern und Leuchtraketen weiterhin nicht, aber wenn das Zeug sowieso schon abgebrannt wurde, konnte man es sich ja anschauen. Zu Informationszwecken versteht sich.

Als die Gläser klimperten, es sich mit Fair-Trade-Prosecco zugeprostet und ein frohes, neues Jahr gewünscht wurde, war Gönnhardt schon längst unter der Couch verschwunden.

Neujahr.

Die Weltmeisterschaft der fliegenden Pfeile erlebte bereits am Vormittag ihr Finale in einer furiosen Schlacht. Der Wettfavorit scheiterte sensationell am Altmeister. Gönnhardts Liebling Paul Teimler besiegte Sebastian van Geert ganz knapp. Gönnhardt war außer sich. Er brüllte in die Richtung, in der er Anne vermutete: *Ich hab es doch gewusst! Ich hab es dir doch gesagt! Der Teimler! Der Teimler hat es immer noch drauf!*

Anne nickte in den leeren Raum. Sie war mit sich selbst

beschäftigt. Mit Kaffee, Tabletten und Salbe bekämpfte sie ihre Kopfschmerzen und schwor sich, dass sie nie wieder auch nur einen Tropfen Alkohol trinken würde.

Es war der Höhepunkt vor dem Fall. Kaum war der Pokal übergeben, fiel Gönnhardt in ein moralisches Loch. Gönnhardt hatte schlecht geschlafen. Draußen hatte es bis in die Morgenstunden in unregelmäßigen Abständen geböllert. In verwechselnd ähnlichen unregelmäßigen Abständen wurde Gönnhardt aus seinen Albträumen gerissen. Dementsprechend groggy quälte er sich durch den Mittag.

Gönnhardt bekam Lagerkoller. Es kribbelte in seinen Beinen. Die Vorfreude auf das Dartsfinale hatte ihn abgelenkt, jetzt wurde er wieder mit der Realität konfrontiert. Er war rastlos und aß, obwohl er keinen Appetit hatte. *Frohes Neues, frohes Neues, frohes Neues*: Gönnhardt konnte es nicht mehr hören! Die Melodie des Telefons entwickelte sich zu einem Schreckgespenst. Es wurde schlimmer als befürchtet: Statt Reportern kündigten sich Annes Freunde und Tims Spielkameraden für die nächsten Tage an.

Gönnhardt vermisste seine Gang. Der Spuk der Feiertage war vorbei. Nach all den Liebkosungen schlugen sich die Füchse bestimmt wieder die Köpfe ein, mutmaßte Gönnhardt. Das war seine Welt.

Nach der vierten oder fünften Tasse Kaffee bekam selbst Anne mit, dass ihr Fuchs niedergeschlagen war. Das war auch nicht schwer zu erraten. Während er früher manchmal seltsam war, war er an diesem Tag richtig komisch. Er knurrte sein Spiegelbild in der Balkontür an. Er bellte, wenn er seinen Zwilling im Fernseher sah. Per Ferndiagnose befand Dr. Internet, dass der Fuchs erste

Anzeichen von Agoraphobie hat.

Anne entschied, dass der Fuchs raus musste. Anne war zwar überzeugt, eine vorzügliche Inneneinrichterin zu sein, aber er konnte ja nicht bis in alle Ewigkeit in der Wohnung bleiben. Sie schüttete sich eine weitere Tasse Kaffee den Rachen hinunter. Anne wollte mit Gönnhardt einen Ausflug machen: Raus aus dem verqualmten Karlsruhe, rein ins beschauliche Landau. Und bei der Gelegenheit Tim bei den Eltern abholen.

Nach ein paar Diskussionen saßen die beiden gemeinsam im Auto. Anne war vorne und konzentrierte sich mit zusammengekniffenen Augen auf die Fahrbahn, Gönnhardt stand im Kofferraum und schaute aus dem Heckfenster. Je mehr Strecke sie hinter sich gelassen hatten, desto redseliger wurde Gönnhardt. Er musste dabei die Motorengeräusche und den Gesang aus dem Radio übertönen, Gönnhardt schreiend: *ICH WEIß DOCH GAR NICHT, WIE DIE LEUTE IN DIESEM LAND SIND.*

Anne brüllte von vorne: *LANDAU! NICHT LAND! DAS IST NICHT WEIT WEG.* Erst nach der Brüllerei drehte sie das Radio leiser.

Gönnhardt: *Ich hab das Gebiet von Karlsruhe noch nie verlassen. Warum sollte ich das jetzt? Ich will nicht zu anderen Menschen. Ich habe viele Sachen noch nie gemacht und muss jetzt nicht mit dieser anfangen. Es muss doch nicht gleich jeder von mir erfahren.*

Dass seine Interviews nicht nur in Karlsruhe, sondern auch in Landau und dem Rest von Deutschland rauf und runter liefen, war Gönnhardt nicht bewusst. Gönnhardt und Anne verhandelten deshalb mal wieder.

Anne nach mittellanger Fahrzeit: *SIEHST DU, GING DOCH*

FLOTT. WIR SIND FAST DA.

Gönnhardt wurde schlecht. Nicht nur die Laune, jetzt auch der Magen. Nicht mal der 90er-Jahre Pop, den Anne schon vor Minuten wieder auf die volle Lautstärke gedreht hatte, konnte den geifernden Fuchs von der letzten Reihe übertünchen. Anne hielt sich zwar an alle Geschwindigkeitsbegrenzungen, doch Gönnhardt fand sie zu schnell und meckerte: *Dieses Auto ist wirklich schnell. Warum rasen Menschen eigentlich so? Hinter jedem Busch könnte ein Tier sitzen. Sind alle Tierschützer solche Raser?* Er stieß auf taube Ohren.

Endlich waren sie am Ziel. Anne massierte erleichtert ihre Schläfen, als sie den Kofferraum öffnen konnte.

Herzlich Willkommen.

Anne: *Du hast deinen Hut vergessen.*

Gönnhardt drehte sich nochmal um. Nach einem langen Blickkontakt ließ er sich den Hut aufsetzen.

Das Herz pumpte in Technotempo Blut in seinen Kopf, Gönnhardt wäre am liebsten in seinem Hut versunken. Das Unwohlsein breitete sich aus dem Gehirn über den Blutkreislauf in Gönnhardts gesamtem Körper aus.

Er atmete tief ein und ging los.

Bedenken und innere Widerstände.

Gönnhardt hatte keine Lust auf Grübeln, er schüttelte schnell mit dem Kopf, um die negativen Gedanken zu vertreiben. Er ging weiter.

Nur noch wenige Meter, er war fast angekommen. Gönnhardt überlegte, ob er nicht doch besser mit nach

Landau gefahren wäre. Das Rauschen in seinen Ohren hatte nicht aufgehört, dennoch konnte er die lauten Stimmen hören.

Gönnhardt versuchte den angesammelten Druck auszuatmen: *Puuuh!*

Und dann stieg Gönnhardt zurück in den Fuchsbau.

Gönnhardt: *Hallo?!*

Alle Augenpaare waren auf ihn gerichtet, so als würde man nach Rufen nach einer Zugabe alleine auf der Bühne stehen. Als erstes sprang Bertram auf. Wortlos drückte er sich an Gönnhardt. Er seufzte: *Endlich. Ich habe schon gedacht, dich hätte ein Raser totgefahren, weil er zu laut diese Popmusik hört.*

Gönnhardt war genauso froh, seinen Freund wiederzusehen. Nach den Sekunden der Innigkeit entfernten sich die beiden Füchse voneinander. Gönnhardt musterte seinen Freund. Es war noch alles dran. Hager wie eh und je war er, der gute Bertram. Wäre Bertram statt Fuchs ein Mensch, er würde wahrscheinlich eine Brille, einen Pullunder und eine Tasse lauwarmen Kamillentee tragen. So schlaksig, groß und schlank, Florentine meinte oft, dass er *ganz in Ordnung* aussehen könnte, wenn er nur Sport treiben würde und nicht so hässlich wäre. Gönnhardt löste den Blick von Bertram, schaute sich im Fuchsbau um. Alles wie immer, Waldfee sei Dank. Claudette war tüchtig gewesen. Nichts erinnerte mehr an Weihnachten. Nicht mal die ominöse Silvesterfeier, die wohl Stunden zuvor stattfand, hatte Spuren hinterlassen. Kein Vergleich zu dem Chaos in Annes Wohnung.

Die ganze Bande war anwesend, also lernen wir einfach mal den Rest der Füchse offiziell kennen. Das Rudel bestand aus zwei Fähen und vier Rüden. Den zurückhaltenden Bertram und die beiden zankenden Geschwister Claudette und Reinholdt haben wir schon kennengelernt, fehlen noch Schorschi und Florentine.

Schorschi war ein gutmütiger, kleiner Tollpatsch, nichts Böses im Sinn. Er war der kleinste der Männer und vielleicht deshalb besonders harmoniebedürftig. Ihm war es am liebsten, wenn alle sich liebhatten. Wenn er zwischen die Fronten von Claudette und Reinholdt geriet, flüchtete er sich in seine Lieblingsbeschäftigung: Schmausen. Wobei: Für ihn spielte es keine Rolle, ob aus Frust, Langeweile oder zur Feier des Tages. Essen war sein Ding. Und dieses Hobby konnte man ihm ansehen. Und das bekam er auch zu hören. Besonders, wenn er zwischen gewissen zankenden Geschwistern vermitteln wollte.

Florentine könnte man als eine flotte Biene bezeichnen: schlank, wohlproportioniert, große Augen. Sie pflegte ihr Fell wie ihren Augapfel. Aufgrund ihres guten Aussehens bekam sie ihren Willen öfter, als es in einer fairen, gleichberechtigten Welt sein sollte. Claudette bewunderte Florentine, und Reinholdt war in sie verschossen. Die Geschwister konnte sie daher oft für ihre Zwecke missbrauchen.

Jetzt aber zurück in die Gegenwart wie Marty McFly auf dem Rückflug.

Gönnhardt war zwar schon oft lange weg gewesen, aber diesmal war es eben am längsten. Die anderen Füchse hatten sich Sorgen gemacht, wollten sich dies aber nicht anmerken lassen. Gönnhardt wurde begrüßt, indem er veräppelt wurde.

Florentine: *Bist du schon wieder zurück? Es war so*

angenehm ohne dich, so richtig schön. Warst du bei deinen Määänschäään?

Reinholdt, der auf Gönnhardts Hut deutete: *Für wen hast du dich so schick gemacht? Hast du dich im Fuchsbau geirrt?*

Claudette: *Oh nee, Gönnhardt. Wenn ich dich morgens wieder beim Aufwachen sehen muss, möchte ich aufhören aufzuwachen.*

Schorschi: *Endlich bist du wieder da, ich habe dich so vermisst!* Schorschi merkte offensichtlich nicht, dass Gönnhardt gerade aufgezogen werden sollte.

Reinholdt hatte noch einen auf Lager: *Du hast es dir aber gutgehen lassen. Du bist ja fast so dick wie Schorschi geworden.*

Gönnhardt musste laut lachen. Das waren gute Sprüche, Respekt. Für Heiterkeit sorgte aber auch, dass alles war wie immer. Er konterte mit ein paar flotten Sprüchen seinerseits. Er meinte, dass Florentine vielleicht alt geworden war. Dass Reinholdts guter Vorsatz noch dümmer auszusehen, gut umgesetzt wurde. Zu guter Letzt dass Claudette da hinten einen ganzen Staubhügel übersehen hatte.

Nachdem die Nettigkeiten ausgetauscht waren, schwärmten die Füchse von ihren Feiertagen. Bertram befürchtete dabei, Gönnhardt würde gleich wieder abdampfen. Die vier Partyfüchse übertrieben maßlos. Gönnhardt schwieg während der Ausführungen von Claudette und Florentine, die gar nicht aus dem Schwärmen beziehungsweise Angeben kamen. Spannend wurde die Märchenstunde erst, als Gönnhardt erzählen konnte, was er erlebt hatte.

Gönnhardt zuhause bei den Menschen – WOW! Gönnhardt musste mehrmals versichern und noch öfter schwören, dass er die Wahrheit sagte.

Claudette: *Jetzt aber in echt und ohne gelogen?*

Die Füchse diskutierten bis in die frühen Abendstunden, ob es dumm oder saudumm war, was Gönnhardt gemacht hatte. Saudumm war das endgültige Urteil. Einspruch abgewiesen, da das Rudel jetzt Jagen und Sammeln gehen musste.

Wir müssen reden.

Gönnhardt lebte sich wieder ein. Schon bald war es so, als wäre er nie weg gewesen. Und das machte ihn nachdenklich.

Es war der dritte Tag seit Gönnhardts Rückkehr. Gönnhardt bat um eine Vollversammlung. Diese Treffen wurden einberufen, wenn die Wohngemeinschaft oder mindestens ein Mitglied etwas zu besprechen hatte. Die Begeisterung hielt sich auch heute in Grenzen. Erpicht auf diese Gesprächsrunde? Niemand. Erst nach ein wenig Gezeter bildeten die Füchse einen Sitzkreis. Der, der die Vollversammlung einberufen hatte, trug sein Anliegen vor. Gönnhardts Mitbewohner saßen stumm da, ließen die Worte auf sich niederprasseln.

Schlagfertig waren sie wahrlich nicht. Es dauerte, bis die Zeit der Stille beendet wurde.

Florentine hatte sich als erste gefangen. Florentine: *Du gehst schon wieder?*

Gönnhardt nickte langsam: *Ich gehe und werde dort bleiben.*

Bertram rutschte unruhig umher. Er hatte so etwas schon befürchtet, blickte vom Boden zu Gönnhardt und wieder nach unten.

Gönnhardt: *Ich möchte, dass ihr mich begleitet. Ich denke, es ist gut, wenn wir bei den Menschen wohnen.*

Gönnhardt wusste, dass er liefern musste. Er hatte einige Details an den letzten Tagen verschwiegen, um sie jetzt vorbringen zu können.

Gönnhardt erläuterte seine guten Gründe: *Die Menschen fühlen sich schuldig, weil viele von ihnen so gemein zu Tieren sind. Wir können das ausnutzen. Die wollen ihre Fehler gut machen und wir können denen einfach sagen, was wir haben wollen. Reinholdt, du kannst die veräppeln, wie du willst. Die glauben echt alles.*

Er erzählte von der Lügengeschichte mit dem ehemaligen Fuchsbaugebiet. Dann die wahre Geschichte der großen Augen der Menschen, als er bei den Interviews über seinen Hut flunkerte. Reinholdt schaute zu Florentine. Als Florentine lachte, stimmte er ein.

Gönnhardt schöpfte Hoffnung, dass er seine Freunde überzeugen konnte. Immerhin wichen jetzt Furcht und Unsicherheit aus den Gesichtern, stattdessen waren Neugier und Häme zu erkennen. Bei Gönnhardts weiteren Ausführungen über die Treudoofheit der Menschen kringelten sich Reinholdt und Claudette vor Lachen. Sogar Bertram musste grinsen.

Bertram war die Sache allerdings nicht geheuer. Er hatte sich daher schnell wieder im Griff und gab Kontra. Fassen wir seine Gegenargumente zusammen: Menschen sind gefährlich. Die ermorden sich gegenseitig. Sie halten Tiere in Käfigen, um sie zu beobachten oder zu essen.

Gönnhardt nickte: *Ich weiß, dass viele von denen schlimm sind. Wir müssen ja nicht bei den bösen Menschen wohnen. Wir lassen uns von den guten Menschen beschützen. Die Frau, bei der ich wohne ist echt in Ordnung. Sogar ihr Kind, also ihr Welpe, ist erträglich.*

Dann schaute Gönnhardt Claudette und Schorschi an: *Und die Wohnung erst. Das ist ein Komfort, sag ich euch. Wir müssen nie wieder bis nach Einbruch der Dunkelheit jagen. Wir können den ganzen Tag unser Ding machen. Da gibt es einen Schrank, der aufleuchtet, wenn man reinschaut. Und in dem beleuchteten Schrank sind immer kühle Köstlichkeiten versteckt. Ganz egal, ob man nachts Hunger oder morgens Kohldampf hat. Der Schrank strahlt immer vor Freude, wenn man etwas essen tut. Und in der Wohnung kann so viel geputzt werden, Claudette. Da gibt es ständig was zu tun. Haushalt nennt sich das. Du wirst es lieben!*

Schorschis Miene hellte auf: *In dem Schrank ist immer Essen drin?*

Bertram versuchte, den molligen Fuchs auf seine Seite zu ziehen: *Wir leben schon immer und ewig so. Gönnhardt will nur alles ändern, weil er immer unzufrieden ist. Schorschi, dir geht es doch gut hier.*

Gönnhardt: *Aber du bist doch selbst unzufrieden. Uns allen könnte es besser gehen.*

Bertram: *Wir können den Menschen nicht trauen. Die stecken uns in den Zoo.*

Die anderen Füchse nickten. Die Angst, in diesem Tiergefängnis zu landen, war nicht grundlos das Material von schaurigen Gruselgeschichten und darauffolgenden Albträumen.

Gönnhardt: *Ich habe genauso Angst vor dem Zoo. Ist doch klar.*

Erst zögerte er, dann zeigte Gönnhardt seinem Rudel das Rattengift in seinem Hut. Er erklärte den Sinn hinter dem Päckchen. Er versprach, dass er im Fall der Fälle teilen würde. Es war nicht der beste Ausweg, aber ein Ausweg, meinte er. Das war sein letzter Trumpf.

Es war an der Zeit, die Karten auf den Tisch zu legen. So erzählte Gönnhardt den anderen, dass er mit Anne ausgemacht hatte, dass sie ihn am dritten Tag an der gleichen Stelle, an der sie ihn abgesetzt hatte, abholen würde.

Gönnhardt: *Ich werde heute Abend gehen.*

Gönnhardt sah in große Augen. Ernst schwärmte er weiter. Er wusste, dass die Stimmung auf der Kippe war. Er erzählte von seinen guten Erfahrungen, seinem Glauben an das Gute im Menschen. Er sah Claudette an, erzählte von den kuscheligen Kissen. Florentine beeindruckte er mit seinen Erzählungen von den Streicheleinheiten und dem Badezimmer mit seinen Haarbürsten, Schorschi mit der Küche und der Milch aus dem Beutel.

Schorschi: *Boah! Das muss ich sehen!*

Florentine: *Ich bin ja schon eine Frau von Welt. Wieso nicht.*

Claudette: *Ich bin bestimmt eine Frau von Haushalt. Wieso nicht.*

Dann war alles gesagt. Die Versammlung löste sich häppchenweise auf. Erst entschuldigte sich Schorschi, um zu packen. Dann suchten Florentine und Claudette ihre sieben Sachen zusammen. Die übriggebliebene Männerrunde zerbrach, als Gönnhardt aufgab, Bertram und den kleinen Fiesling Reinholdt zu überzeugen.

Gönnhardt: *Schade, aber man kann niemanden zu seinem Glück zwingen.*

Ohne mich.

Man musste es ihnen lassen, die Füchse waren genügsame Gesellen. Dieser Transport war ein Traum für jeden Umzugshelfer. Florentine war nur mit ihrer Schmusedecke bepackt. Sie sollte erst später herausfinden, dass es eigentlich ein altes Handtuch war. Der hungrige Schorschi nahm lediglich etwas Proviant mit. Claudette fand sich mit ihrem Tennisball abenteuerlustig und extravagant.

Es war der Tag, an dem die Tiere den Wald verließen. Naja, an dem zumindest ein paar Füchse den Bau verließen. Was Gönnhardt schon von Anfang an Magenschmerzen bereitet hatte, bewahrheitete sich: Bertram und Reinholdt wollen nicht mit. Reinholdt hatte sich morgens feierlich von seiner Schwester verabschiedet und ihr einen Tennisball zur Erinnerung geschenkt. Claudette bekam den Tennisball allerdings nur, weil Florentine zuvor die Annahme verweigert hatte. Bertrams Abschied war noch liebloser, er schüttelte nur den Kopf. Er schwieg, während seine Mitbewohner dabei waren, zu ehemaligen Mitbewohnern zu werden. Schorschi versuchte den Abgang mit einer positiven Note zu versehen und Bertram aufzuheitern: *Immerhin hast du jetzt viel Platz.*

Kopfschüttelndes Schweigen.

Die vier abreisenden Füchse sahen sich nochmal in ihrem Fuchsbau um und nahmen Abschied von ihrem Zuhause. Jetzt sollte ein neues Leben beginnen, meinte Gönnhardt, der stolz auf seine dezimierte Truppe war. Schorschi und

Florentine strotzten vor Vorfreude. Claudette war betrübt, wirkte aber gefasst.

Claudette wollte gerade ansetzen, ihrem Bruder ihr Herz auszuschütten, da erklang eine freche, laute Stimme: *Keine Angst, ich komm doch mit. Wer soll denn sonst auf dich aufpassen.* Claudette sprang vor Freude. Sie schleuderte den Tennisball an den Schädel von Reinholdt und grinste beim Aufprall: *Den habe ich sowieso nicht gewollt.*

Schorschi ließ sich von der guten Laune anstecken. Er hüpfte als erster aus dem Fuchsbau. Er machte sich leichtfüßig auf den Weg, den Gönnhardt beschrieben hatte. Zumindest die ersten paar Meter. Den Rest der Strecke zum Parkplatz legte er wie immer zurück. Nämlich im Rückwind des vorletzten Fuchses.

Anne machte große Augen als ihr fünf Füchse entgegenkamen. Ob ihr Blick beeindruckt oder ängstlich war, ist Interpretationssache. Fest steht, dass Anne überwältigt war: *Boah, ihr seid aber viele. Du bist immer für ne Überraschung gut, Gönnhardt. Mit so vielen von euch haben wir nicht gerechnet. Aber gut.*

Sie drehte sich um, vergewisserte sich, dass ihr Dreitürer tatsächlich so klein war, wie befürchtet. Japp, das würde gemütlich werden. Gönnhardt machte die Füchse mit Anne bekannt. Anschließend umgekehrt. Die Füchse wechselten eingeschüchterte Blicke. Erst untereinander, dann zu dem Auto. Einer der riesigen Todesmaschinen waren sie noch nie so nahe gekommen, geschweige denn darin eingesperrt gewesen.

Anne: *Immerhin reist ihr leicht. Dann versuchen wir mal, euch reinzuquetschen.*

Claudette quiekte: *Gönnhardt! Was hat die vor?*

Anne entschuldigte sich für ihre Ausdrucksweise. Sie versicherte den Füchsen, dass sie ihnen kein Haar krümmen werde. Claudette verkniff sich einen schnippischen Kommentar, als Anne ihr beim Kopftätscheln mehr als nur ein Haar zerzauste.

Lageristin hätte Anne sicher nicht werden können. Sie spielte früher zwar gerne Tetris, aber wie sie fünf Füchse verkehrssicher in ihrem Auto verstauen sollte, war ihr ein Rätsel. Gönnhardt musste nachhelfen. Er entschied: Zwei Füchse durften nach vorne, in diesem Fall war damit die Rückbank gemeint, drei mussten sich in den Kofferraum zurückziehen. Es war vorhersehbar. Die beiden Füchse, die die vorderen Plätze zuerst beansprucht hatten, stritten prompt um den linken Platz. Weil das der *voll viel bessere war*.

Anne: *Bitte anschnallen. Äh, festhalten. Ich meine, sitzen bleiben. Oder so.*

Anne nahm sich vor, nicht nur vorausschauend und nachblickend zu fahren. Sie wollte so oft wie möglich auf ihre Bremse verzichten, damit den armen Füchsen nicht schlecht wird. Eine Grundreinigung konnte sie sich schlicht und ergreifend nicht leisten.

Der Motor stotterte erst, dann brummte er. Steinchen knatterten unter den Reifen. Die Reise sollte beginnen.

Gönnhardt schrie auf: *HAAALT!*

Anne zuckte zusammen, Schorschi zuckte zusammen, Florentine zuckte zusammen. Claudette und Reinholdt bekamen nichts mit. Sie zankten immer noch um den *voll viel besseren Platz*. Reinholdt gab nämlich mit ihm an, weshalb Claudette eifersüchtig war.

Ein brauner Blitz kam angeschossen. Gönnhardt war sich sicher, so schnell hat sich Bertram noch nie fortbewegt. Dementsprechend außer Puste war er, als Anne ihm seinen Platz im Auto zuwies. Damit war der Streit um den linken Platz auch beendet, Bertram fungierte als Mauer zwischen den beiden Streithähnen. Es herrschte Stille, weil Bruder und Schwester lieber aus dem Fenster schauten, als Bertram beim Schnaufen zu beobachten.

Es dauerte einige Kilometer, bis der sich wieder beruhigt hatte. Auch dann hatte Bertram keinen flotten Spruch auf den Lippen. Ehrlich währt am längsten, dachte er sich: *Ich wollte einfach nicht alleine zurückbleiben. Das habe ich mich nicht getraut*

Die anderen Füchse munterten Bertram mit Gemeinheiten auf, auch Anne redete ihm gut zu. Und danach ließ sie sich über Tierrechte, Fellpflege und Umweltverschmutzung aus. An Gönnhardt gerichtet brüllte sie ins Heck: *TIM BLEIBT JETZT BEI MIR! EIN PAAR DINGE WERDEN SICH ÄNDERN! ICH HABE DA EIN PAAR SACHEN ARRANGIERT! ES SEI NUR SO VIEL GESAGT: ICH BIN AUCH IMMER FÜR EINE ÜBERRASCHUNG GUT!*

Reinholdt flüsterte zu seiner Schwester: *Der hat uns am Ende doch in eine Falle gelockt, der Saukerl, der blöde.*

Wenn Reinholdt flüsterte war das so laut wie sein Geschrei. Natürlich hatten die anderen Füchse die Botschaft ebenfalls vernommen. Die Aussage nährte Zweifel und Bedenken. Den anderen wurde so mulmig, wie es Bertram schon die ganze Zeit war. Selbst Gönnhardt wurde unbehaglich. Er hatte seinen Freunden genau erklärt, wie alles ablaufen würde. Jetzt faselte Anne von einer Veränderung. Er spürte Blicke auf sich, schluckte den Kloß im Hals herunter und hoffte.

Die restliche Fahrt hatte etwas von einer Stadtrundfahrt im Touristenbus. Die Insassen versanken in den eigenen Gedanken. Sie hörten nicht zu, doch der Fahrer plapperte munter vor sich hin. Grüne Welle: Der Express zog ohne Halt weiter – abgesehen von Stoppschildern – in die Innenstadt von Karlsruhe.

Überraschung.

Die Füchse schauten ängstlich aus ihren jeweiligen Fensterscheiben. Die Fahrt war holpriger geworden, seit Anne auf dem gepflasterten Weg nahe dem Marktplatz in Karlsruhe eingebogen war. Nach penetrantem Drängen und weinerlichem Bitten spannte sie die durchgeschüttelten Füchse nicht länger auf die Folter. Sie verriet endlich, dass ein offizieller Festakt anstand. Beim letzten Wort streckte sie die Arme in die Luft, wackelte mit den Händen und verfiel in Singsang: *Wir, also ich und ein paar Offizielle und so, wollen euch Füchsen zeigen, dass ihr dazugehört. Ich, also wir, also die ganze Stadt hat eine Begrüßung geplant. Eine Willkommenspaaaraaade!*

Angekommen. Anne bat die Füchse im Auto zu bleiben, während sie mit einem Mann in einer gelben Jacke die Details absprechen würde.

Weil der Mann in der gelben Jacke arg wortkarg war, saß Anne wenige Silben später schon wieder im Auto. Anne, immer noch im Singsang: *Wird alles voll eeeasy, die Leute vom Sicherheitsdienst zeigen euch den Weeeg. Geht ihr mal vooor. Einfach immer der Nase naaach.*

Schorschi wurde laut. Nochmal wollte er darauf nicht reinfallen. Schorschi protestierte: *Ja, ja. Immer der Nase nach. Den Trick kenn ich. Nein, nein, nein.*

Reinholdt musste kichern, als er an diesen Schabernack dachte. Die anderen überhörten den Einwand. Sie hatten jetzt Wichtigeres zu tun, als sich mit Schorschis Denkfehlern zu beschäftigen. Die Füchse stiegen aus dem Auto aus und formierten sich. Zu unserer Gruppe war jetzt auch der Mann mit der gelber Jacke, aber ohne sonnigem Gemüt, gestoßen. Der Ordner erklärte ihnen, was geschehen würde: *Ihr geht einmal durch das Tor hier.* Dabei zeigte er auf eine schwarze Stoffwand. Und fuhr fort: *Links und rechts sind Zuschauer. Unsere Leute sorgen für eure Sicherheit. Ihr erkennt uns an den Jacken, wenn es Probleme gibt. Ihr lauft also durch den abgesperrten Bereich über den Marktplatz. Und dann noch bis zum Schloss weiter. Am Ende der Parade ist eine kleine Bühne aufgebaut. Dort sagt irgendjemand noch ein paar Worte. Fertig.*

Anne rückte nur noch Gönnhardts Hut zurecht und war dann mit einem *Tschüüü* verschwunden. Gönnhardt atmete tief durch. Er wusste, dass er die Mannschaft anführen musste, da die Veranstaltung indirekt auf seine Kappe ging. Mit entschlossenem Blick nickte er dem Ordner zu und ließ den Vorhang anheben. Er bereitete sich auf ein tosendes Publikum vor. Ihm stockte der Atem, damit hatte er nicht gerechnet.

Es herrschte gähnende Leere. Der Anfang der Parade war spärlich besiedelt. Außer ein paar Männern und Frauen in gelben Jacken war niemand zu sehen. Der erste Ordner lehnte gelangweilt an einem Absperrgitter. Während die Füchse ihn passierten, konnte er sich einen Kommentar nicht verkneifen: *Ist vielleicht ein bisschen von den Medien aufgebauscht worden, das Ganze. Will wohl doch nicht jeder Füchse in Karlsruhe.*

Nun gut, die Füchse mussten da jetzt im wahrsten Sinne des Wortes durch. Und *da* waren etwa hundert Meter zwischen Absperrgittern. Während sie die ersten Meter noch bedächtig schlenderten und sich die umliegenden Gebäude ehrfürchtig ansahen, nahmen sie bald Fahrt auf. Möglicherweise wurde Gönnhardt von den vereinzelten Passanten angespornt, die im Vorbeigehen schimpften, was das wohl wieder für ein dummer Umzug war.

Passant: *Und dafür geben die unser Steuergeld aus. Bei denen hakt es wohl.*

Weiter entfernt trieben zwei Männer die Beleidigung auf die Spitze. Von Weitem ertönte ein dumpfer Laut.

BUUUH!

Das war der universelle Schrei der Abneigung. Das wollte sich Reinholdt nicht bieten lassen. Er eilte den Blökenden entgegen, Claudette hinterher.

Das Ende des Feldes bekam von der Ausreißergruppe erstmal nichts mit. Die beiden hinteren Füchse haderten mit ihrem persönlichen Schicksal. Schorschi war auf einen dermaßen ausgedehnten Fußmarsch nicht vorbereitet. Er rührte seinen Proviant schon auf der Autofahrt an. Mittlerweile war alles weggeputzt. Gönnhardt hatte ja davon geschwärmt, dass die Menschen immer Essen dabei haben. Schorschi war enttäuscht und bildete mit dem angespannten Bertram den Schluss. Bertram sah sich schon für Leckerli Kunststücke aufführen, damit Schorschi seinen Hunger im Zoo stillen konnte.

Schorschi: *Bertram, siehst du irgendwo das Buffet?*

Bertram überragte Schorschi theoretisch um einen Kopf, in der Praxis ließ er den Kopf jedoch so tief hängen, dass er nur Bodenbelag sah. Da er Schorschi gut genug kannte, drehte er sich demonstrativ einmal um die eigene Achse, damit sein Kopfschütteln auch das Ende der Diskussion war.

Die Karawane zog weiter. Es war ein trauriger Anblick: Die kleinen Füchse verloren zwischen den großen Metallgittern.

Die abgehängten Füchse schlossen erst wieder zu den Geschwistern auf, als diese wie angewurzelt stehen blieben. Claudette und Reinholdt hielten Sicherheitsabstand. Denn viele Menschen – nicht nur die paar Buhrufer – waren am Ende des Marktplatz versammelt und verharrten dort gepresst und gequetscht. So waren die Menschen, lieber irgendwo gegenseitig auf den Füßen stehen, statt sich gleichmäßig auf der gesamten Strecke zu verteilen.

Es herrschte dort, wo die Füchse jetzt angekommen waren, fast Ausnahmezustand. Ein Teil der kreuzenden Kaiserstraße war gesperrt, jeglicher Verkehr war umgeleitet worden. Auf den Schienen standen Bierbänke und Lautsprecher. Zum Glück bekam Schorschi nichts von den Fressständen mit, diese waren durch dickbäuchige und großgewachsene Menschen verdeckt. Er hätte sich womöglich in ein Bad in der Menschenmenge gestürzt.

Gönnhardt machte deutlich, dass sie noch nicht am Ziel waren. Unsicher tapsten die Füchse wie an einer Schnur aufgezogen hinter Gönnhardt her. Jetzt waren links und rechts nicht Gitter und Zugluft, sondern schmächtige, mickrige Gitterleinchen und viele, viele Zuschauer. Kinder zogen an den Ärmeln ihrer Eltern, Eltern drückten sich durch, damit Sohnemann oder Tochterfrau etwas sehen konnte. Immer mehr Menschen drängten nach vorne, als bis nach hinten genuschelt war, dass die Füchse endlich da waren. Der erste Applaus des Tages klang auf. In diesem Moment wäre es für die Füchse von Vorteil gewesen, nicht ausgezeichnet hören zu können. Resultat: kein Hörsturz, aber klingelnde Ohren.

Nachdem ausgeklatscht und damit ausgeklingelt war, konnten die Füchse Gesprächsfetzen aufnehmen.

Ein Kind: *Die sind aber klein.*

Ein Kind: *Mir ist langweilig.*

Ein Kind: *Können wir jetzt endlich heim?*

Ein Erwachsener: *Ich schieß nur schnell ein Foto, dann gehen wir.*

Dann flog das erste Wurfgeschoss. Es machte *Dotz.* Mitten in die Fresse rein. Schorschi konnte nicht schnell genug ausweichen. Sayenne landete einen Volltreffer. Gönnhardt drehte sich um: *Nichts passiert, oder?*

Er sah in die Menschenmenge, erkannte die Übeltäter. Die Tierschutzcrew minus Anne stand auf einem wackeligen Biertisch und streckte die Fäuste in die Luft: *Woohoo!* Dann warfen Thilo und Mathilde ebenfalls um sich. Diese beiden Schützen waren nicht so zielsicher. Sie trafen das eine gelangweilte Kind am Hinterkopf beziehungsweise im Fall von Mathilde sogar nur den Arm von Thilo.

Gönnhardt kombinierte wie bei einer Pferdewette.

Gönnhardt: *Ich kenn die Leute. Setz das Ding einfach auf, dann geben sie Ruhe.*

Schorschi gehorchte. Er zog sich die Baseballmütze mit Regenbogen mit tatkräftiger Unterstützung von Gönnhardt auf. Diese Szene gefiel den Zuschauern, endlich passierte etwas Denkwürdiges. Aus spärlichem Applaus wurde tosender Lärm. Thilo war den Tränen nahe.

Thilo, während er das Geschoss von Mathilde Richtung Füchse feuerte: *Der Fuchs kämpft für die Rechte von Homosexuellen! Nehmt euch ein Beispiel, ihr Kleingeister.*

Die anderen Zuschauer waren angesteckt. So wie Plüschtiere bei Auftritten von Boybands flogen, so wie Büstenhalter auf den Bühnen von abgehalfterten Altrockern landeten, so hagelte es Kopfbedeckungen auf die Füchse. Die Menschen standen mit Glatzköpfen, ungekämmten Haaren und plattgedrückten Frisuren da und hofften, dass einer der Füchse den ihren Kopfschmuck auserwählte.

Florentine wich einer Wollmütze aus, fragte in die Runde: *Was haben die mit ihren Hüten?*

Reinholdt musste Florentine aus dieser misslichen Lage befreien. Er wollte die weiße Fahne hissen. Er versuchte daher stellvertretend mit einer weißen Kappe in der Schnauze zu winken, damit sich die Menschen endlich zufrieden gaben. Er nahm die Mütze eines auswärtigen Fußballvereins in den Mund und schüttelte kräftig. Für die Menschen sah es so aus, als wollte er die Mütze zerfetzen. Fußballfans grölten vor Freude. Mann: *Der Fuchs hasst die Rot-Weißen genau wie wir!* Er und seine Kumpels bewarfen Reinholdt daraufhin mit Schirmkappen, die mit Logos des lokalen Fußballvereins versehen waren.

Reinholdt war von dem Bombardement nicht begeistert, doch er verstand: *Dieser Gönnhardt! Schnell alle einen aufsetzen, sonst hört das nie auf.*

Bevor sie den Marktplatz verließen, hatte jeder der Füchse einen Hut auf der Birne. Reinholdt trug eine Schirmmütze mit einem blau-weißen Wappen, Schorschi die Kappe mit dem Regenbogen. Bertram entschied sich für eine Schieberkappe, die ihm ein alter Opa vor die Füße legte. Florentine wählte die Baskenmütze mit Stoffblumen einer feinen Dame aus dem Reichenviertel. Claudette meinte eine Seelenverwandte in einer Putzfrau entdeckt zu haben. Sie ließ sich deren Kopftuch aufsetzen.

Bitte lächeln.

Die Willkommensparade führte vom Marktplatz über die Kaiserstraße in die enge Gasse zum Platz der Grundrechte. Es war ein ungemütlicher Durchgang: windig, dunkel. Nicht mal die Mittagssonne verirrte sich hierher. Das Absperrgitter verlief dort gezwungenermaßen schmal, da die Zuschauer laut Abteilungsleitung nicht zerquetscht werden durften. Es war so eng, die Füchse mussten nacheinander gehen. Schorschi zog vorsichtshalber den Bauch ein, wuchs dadurch aber eher in die Breite statt in die Höhe. Die Gasse war von riesigen Bauten umschlossen. Menschen standen an den offenen Fenstern wie Zaungäste bei einem Mord im Krimi. An den Wänden hallten Rufe und Geklatsche. So summierte sich der Geräuschpegel in dem Weg zu einem Getöse, das die Menschen unten noch weiter anstachelte.

In der Gasse: Manche klatschen, manche schrien. Einige standen mit offenen Mündern Spalier, geschlossen wurden die Luken nur für die paar Sekunden, die es zum Luftholen brauchte.

Hände wurden ausgestreckt, dann ging die erste Person auf Tuchfühlung. Der Mensch ist leider Herdentier: Die Eine sah, dass der Andere streichelte, also dachte die Eine, sie könnte die Füchse tätscheln. Was wiederum den Nächsten auf den Plan rief, der die Eine noch überbieten wollte. Was am Anfang der 20 Meter langen Gasse zaghaft begann, steigerte sich kurz vor dem Ende zu vereinzelten Umarmungen.

Am schlimmsten erwischte es Schorschi. Ein Mann schrie ihn mit schriller Stimme an: *Hiiier Pummelchen! Hiiier! Hiiiier!* Das war Olaf-Sven, der Vorsitzende des örtlichen Furry-Vereins und zugleich der Präsident des 1. Anime-Fanclubs in Karlsruhe. Das mögen für uns hochrangige, beeindruckende Ämter sein, für Schorschi war Olaf-Sven nur ein Mann mit hochrotem Kopf, der in einem Fuchskostüm steckte, sich an ihn drückte, sein Fell verwuschelte und zum Abschied auch noch auf die Schnauze küsste.

Aus der Gasse: Als auch der letzte Fuchs (Schorschi) aus dieser Gasse des Todes entkommen war, standen die Reisenden auf dem Platz der Grundrechte. Von dort sahen sie das Karlsruher Schloss und die eigentlichen Feierlichkeiten. Zwischen und über den Menschenkörpern und Menschenköpfen waren eine große Bühne und eine riesige Leinwand. Die Leinwand war der größte Fernseher, den ein Fuchs je gesehen hatte. Sogar Bertram wurde aus seiner stoischen Ruhe gerissen: *Meinst du die zeigen da Dokus für uns, wenn die Menschen endlich weg sind?*

Gönnhardt: *Mal schauen.*

Eine letzte Passage führte zum Schlossvorplatz und ihrem Ziel, der Bühne. Schorschi spürte den Kuss immer noch. Es war die schmatzige Feuchtigkeit, die jedes Kind mit einer Großtante in Angstschweiß ausbrechen lässt. Er sah überall Lippen, deshalb trat er die Flucht nach vorne an. Im Rennen rief Schorschi: *Wer letzter ist, ist ein dummer Wolf!*

Weder Claudette noch Reinholdt wollten dummer Wolf sein, die beiden flitzten los. Der Rest nahm die Verfolgung auf.

Klatschen für Tatzen.

Ein Mann, Mitte 50, mit halber Glatze und rundem Bauch stand auf der Bühne und stellte sich vor: *Für die wenigen unter Ihnen, die mich nicht kennen, ich bin der Herr Schminkfit. Ich bin der Verwalter von unserem wunderbaren Schloss und seit Kurzem auch als Lokalpolitiker zu ihren Diensten.*

Herr Schminkfit spielte sein eigenes Spiel. Technisch gesehen war er nämlich kein Lokalpolitiker, sondern ein Schlossverwalter, der Lokalpolitiker werden wollte. Dazu muss man schließlich erstmal eine Wahl gewinnen. Für die notwendigen Stimmen braucht es bekanntlich Dumme, die das entsprechende Kreuz setzen. Deswegen sah man dem Herren Schminkfit den Opportunismus ins Gesicht geschrieben. Die Sache mit dem Fuchs hatte er ganz genau verfolgt. Die Umfragewerte des Politikers Schleimbolzen schnellten nach dessen Interview mit dem Fuchs in die Höhe. Schminkfit hatte mehr zu bieten, als ein schnödes Interview. Dies war seine Gelegenheit, endlich die politische Karriere zu machen, die er sich vor dem Badezimmerspiegel seit jeher ausmalte. Seine Logik war nachvollziehbar: Wenn so ein Schleimbolzen mit einem einzigen Fuchs Erfolg hat, was blüht einem dann, wenn man eine ganze Fuchs-Familie aufnimmt? Schminkfit hatte ein goldenes Ticket in den Augen.

Schminkfit plusterte sich hinter dem Mikrofon auf: *Applaus! Applaus für unsere Freunde! Applaus für meine Freunde!* Herr Schminkfit sah sich schon als Präsident der Welt. Die

Menge jubelte, als die Füchse die Bühne betraten. Die Füchse waren peinlich berührt, aber so perplex, dass sie sich nicht schämen konnten. Schminkfit hinter zugehaltenem Mikrofon: *Wunderbar! Das läuft wie geschmiert, ohne dass ich jemand schmieren muss.*

Ein paar Frauen streckten ihre selbstgemalten Plakate und ausgedruckten Banner gen Himmel. Eine Bande blonder Mädchen war außer sich. Sie hyperventilierten als sie Plakate in die Luft hielten und Fahnen hissten: *Klatschen für Tatzen! Willkommen in unserer Kultur!* Gut gemeint, aber nicht durchdacht.

Die Füchse konnten zwar sprechen, aber nicht lesen. Immerhin kamen sich die Menschen gut vor, als sie ihre Offenheit demonstrierten. Darauf kommt es bei solchen Aktionen ja am meisten an.

Apropos Demonstration.

Es gab auch eine richtige Demonstration. Die Bewohner der Oststadt bildeten das Gegenprogramm. Deren Schilder verstanden sogar die Füchse. Fuchstotenschädel vermittelten ein eindeutiges Bild, durchgestrichene Fuchsgesichter sprachen eine unmissverständliche Sprache. Ungeschickterweise war diese Versammlung am rechten Rand der Bühne, so musste sie quasi ignoriert werden, wenn man seine Netzhaut nicht an der prallen Sonne knusprig brutzeln wollte. Böse gemeint, aber nicht durchdacht.

Anne stand links neben der Bühne. Sie winkte und klatschte den Füchsen zu, bis die Füchse Anne entdeckten beziehungsweise erkannten. Anne unterbrach daraufhin ihr Geklatsche, streckte den Füchsen beide Daumen entgegen und *woohoo*te. Gönnhardt bekam ihre übertriebene Unterstützung nicht mit, er studierte einen Zettel der Oststädter, mit denen jene um sich warfen. Dass dort eine Internetseite mit Onlineshop für Fuchsfallen, eine Notrufnummer bei Fuchssichtungen und natürlich auch ein Spendenkonto vermerkt waren, ahnte er nicht. Neugierig ließ er sich dieses Pamphlet im Visitenkartenformat von einem umstehenden Ordner in den Hut stecken.

Und dann lief das Veranstaltungsprogramm ab.

Puh.

Es sei nur so viel gesagt: Die Zeremonie zog sich hin und her wie zwei Mannschaften beim Tauziehen. Zu sehen waren verschiedene Politiker, ein paar Gesangsnummern und die obligatorische Selbstbeweihräucherung der Veranstalter, die wir allesamt überspringen wollen wie Turnierpferde Holzbalken. Erst standen die Füchse schweigend daneben, dann saßen sie stumm daneben, dann lagen sie nichtssagend daneben.

Kurz vor Schluss wurden sie eingebunden. Sie sollten ein paar Grüße an das Publikum richten. Schminkfit bat Gönnhardt in die Mitte der Bühne, wo man am medienwirksamsten stand. Schminkfit und Gönnhardt führten in trauter Zweisamkeit ein kurzes Gespräch. Vor lauter Hunger hatte Gönnhardt Schwierigkeiten, sich zu konzentrieren. Nach drei Ewigkeiten war auch dieser verkrampfte Plausch überstanden. Gönnhardt bedankte sich brav bei allen Menschen und biss im Geiste schon in eine Pizza.

Gönnhardt: ... *und das war es dann von mir auch schon gekäse.*

Schminkfit ließ nochmal applaudieren, dann wurden die Füchse endlich entlassen.

Schminkfit: *Jetzt zeige ich den Füchsen erstmal, wo sie wohnen. Für Sie, meine Damen und Herren, ist auch gesorgt. Wir haben ...*

Hunger.

Während der Führung durch das Schloss wurde das Grinsen von Gönnhardt immer breiter. Nicht wirklich aus Dankbarkeit, eher um dankbar zu wirken, damit er guten Gewissens Schweigen konnte. Er war begeistert, hatte jedoch keine Energie mehr zum Reden. Die Kraftreserven der anderen Füchse waren hingegen erst im hellroten Bereich, sie nickten immerhin mechanisch. Die kleine Bande sah aus wie eine Armee von Wackeldackeln mit einem Kriegsdienstverweigerer.

Die Menschen, die die Schlossbesichtigung begleiteten, strotzten vor Tatendrang. Das Blitzlicht gewitterte, die Münder schnatterten. Schminkfit bekam vor Aufregung ganz rote Bäckchen. Er ließ sich bei jeder seiner großzügigen Gesten ablichten. Einmal zeigte er die Küche, dann ging es zurück in den Eingangsbereich. Von dort führte Schminkfit direkt weiter: Über einen Zwischenstopp in Büroräumen gelangte der Trupp in die Bücherei. Die Füchse waren gute Komparsen. Wenn sie in die Kameralinsen schauten, machten sie große Augen – aus Angst vor den hellen Blitzen. Gönnhardt sog die Schloss-Atmosphäre auf und grinste tapfer vor sich hin.

Endlich war es soweit: Der Film in der Kamera neigte sich dem Ende zu. Vielleicht war der Speicherplatz auf der gleichnamigen Karte auch langsam erschöpft. Egal. Jedenfalls wollten sowohl die Fotografen als auch der Hausherr die letzten Fotos vom Schlossturm aus schießen. Man war sich einig: Vor dem Panoramablick über die Stadt wirkt man so weltmännisch, wie ein Politiker sein muss.

Oben angekommen sah man Schminkfit an, dass er in keiner guten körperlichen Verfassung war. Schweiß stand ihm auf der Stirn, das Gesicht von den vielen Stufen so dunkelrot, jede Tomate wäre faulig. Er brauchte eine Pause.

Für die Tiere lohnte sich der Aufstieg. Was für einen Ausblick sie in diesen ruhigen Minuten genießen durften! Da dachte Gönnhardt, der Horizont von Annes Balkon im zweiten Stockwerk wäre grenzenlose Freiheit gewesen. Als er sich auf das Geländer vom Schlossturm beugte, war er fasziniert von den unendlichen Weiten. Er sah die Willkommensgruppe und die Protestanten vor dem Schloss, den Marktplatz mit der kleinen Pyramide weiter hinten. Als er den Kopf nach links und nach rechts drehte, erkannte er noch mehr. Er fand sowohl den alten Fuchsbau als auch Annes Wohnung. Einzig die dunkle Gasse entdeckte er nicht. Die war von Hauswänden verdeckt.

Dann war es endlich so weit, das Fotoshooting war beendet. Zurück im Erdgeschoss öffnete Schminkfit eine Flügeltür: *So, das ist euer Bereich*.

Reinholdt, Schorschi, Bertram, Florentine und Claudette staunten nicht schlecht, als sie ihre neue Bleibe sahen. Gönnhardt staunte nicht schlecht, als er seine neuere neue Bleibe sah. Die Füchse bekamen ein riesiges Zimmer zugewiesen. Der Raum hatte alles, was vornehme Leute früher von ihren Sklaven verlangten. Der große Ballsaal war ausgeleuchtet, blitzblank und so geräumig, dass jeder die Größe des eigentlichen Fuchsbaus für sich haben würde. Die Blicke der Füchse rasten durch den Raum. An einer Wand lagen Decken und Kissen. In einer Ecke stand ein Fernseher, davor eine Couch. Neben der Tür machte es sich eine Bank für die Hüte der Füchse gemütlich. Unter den großen Fenstern glänzte der künftige Essbereich.

Eine Welle der Erleichterung durchfuhr Gönnhardt. Alles richtig gemacht! Da hatte er schon von Annes Wohnung geschwärmt ...

Schminkfit setzte wieder an. Da keine menschlichen Zuschauer und damit künftige Wähler anwesend waren, fasste er sich deutlich kürzer. Schminkfit erklärte, während er mit dem Zeigefinger Löcher in die Luft bohrte: *Das da ist der Schlafbereich, da ist die Kommode, da gibt es Essen. Dann mal viel Spaß!*

Die Füchse sahen sich an. Endlich allein.

Doch nicht. Noch bevor die Tiere ausschwärmen konnten, wurde die Tür wieder geöffnet. Ein ergrauter Mann in ausgebleichtem Trainingsanzug streckte vorsichtig den Kopf herein: *Hallo ihr Lieben, ich bin der Guido. Ich bin im Schloss das Mädchen für alles. Ich habe ein paar Häppchen für euch, ihr müsst ja Kohldampf schieben. Kommt mit einem Gruß von der Regierung oder so jemandem.*

Reinholdt flüsterte: *Das ist aber ein hässliches Mädchen!*

Wir wissen ja, in welcher Lautstärke Reinholdt leise war, deshalb steckte Guido nochmal den Kopf hinein und erklärte mit einem Lächeln auf den Lippen: *Also ich bin schon ein Mann. Das mit dem Mädchen, das sagt man bei uns so.*

Reinholdt trotzig: *Ein hässlicher Mann ist er auch.*

Dazu fiel Guido nichts ein.

Kurz darauf schob er einen prächtigen, vergoldeten

Servierwagen mit Obstplatte, Schnittchen und Radieschen herein. Die neuen Schlossbewohner bildeten einen Kreis um den Wagen. Es war nicht gerade das, was Gönnhardt angekündigt hatte, aber nach der Anstrengung willkommen. Die Füchse waren hungrig, sie stürzten sich auf ihr ungewöhnliches Mahl.

Die ausgehungerten Tiere waren so mit futtern beschäftigt, sie merkten nicht, dass Guido auch noch die schweren Geschütze auffuhr. Er rollte einen Bollerwagen, der nicht ganz so edel, aber mit mehr Essen beladen war, in das Zimmer der Füchse.

Guido musste sich durch lautes Räuspern bemerkbar machen.

Die Laute gingen jedoch im Schmatzen unter.

Guido: *Hey, Hallo, hier!*

Es war Guido unangenehm, so viel Aufmerksamkeit zu haben, aber es lohnte sich. Guido hatte sich von Anne beraten lassen, was Füchse gerne essen. Käsepizza, Milchschüsseln, Obststücke und Schokolade, die sich auf seinem Werkzeugwagen befanden, kamen dann doch etwas besser an, als die Gourmethäppchen der Anzugträger und Kostümträgerinnen. Gönnhardt rannte vom einen Wagen zum anderen, als er realisierte, was passiert war. Die anderen folgten.

Die Füchse drängten Guido ab und fingen an zu schmausen. Guido graute davor, die Sauerei später zu beseitigen. Vergeblich versuchte er die übereifrigen Füchse zu besänftigen. Guido: *Bleibt ruhig, es ist genug für alle da.* Keine Reaktion, der Fressturbo lief auf vollen Touren. Guido entfernte sich vom Tatort dieser Essensschlacht.

Sekunden später: Frisch gestärkt nahmen die Füchse ihr Reich unter die Lupe. Es war gut, aber konnte noch besser werden, befand Florentine. In ihrem Auftrag machte Reinholdt ein paar Veränderungen. Florentine ließ sich von Reinholdt eine Wohlfühloase bauen. Sie beanspruchte die Hälfte der Kissen und zwei Decken für sich. Der Standort ihres Herrschaftsgebietes war genau dort, wo man es erwarten würde: vor dem Spiegel. Ebenso klar wie Kloßbrühe: Reinholdt richtete seinen Schlafplatz direkt daneben ein.

Claudette streunte durch den Raum, erkundete jede Ecke. Es konnte doch nicht sein, dass alles sauber war. Sie schnüffelte hier, schnupperte da und fand dort irgendwann den Putzschrank, der so lecker nach Zitronenreiniger roch. Das sollte ihr Gelände werden.

Schorschi schnappte sich ein Kissen und machte es sich neben dem Essbereich bequem. Dort beschäftigte er sich. Nachdem er sich erkundigt hatte, ob die anderen satt waren, wurde er experimentierfreudig. Schorschi kam sich vor wie ein Erfinder, als er verschiedene Geschmackskombinationen ausprobierte. So gab es im Laufe des Abends unter anderem Pizza mit Apfel, Schokolade mit Käse, Milch mit Radieschen, Schokolade mit Lachs und Brot mit Pizzarand.

Auch Bertram hatte auf Anhieb seinen Stammplatz gefunden. Dieser war direkt vor dem Fernseher. Er ließ sich sofort die Funktionen erklären. Gönnhardt wiederholte geduldig, was er von Anne gelernt hatte, während Bertrams Augen wässrig wurden: *Hier kannst du aufnehmen. Das ist die Programmliste. Da sind die Empfehlungen. Das ist ein Smart-TV.*

Bertram war begeistert, das Gerät konnte so viel. Bertram

stotterte unter Freudentränen: *Smart, d-d-das ist ne gute M-m-marke, oder? Die kenne ich von der Werbung, die machen doch auch Telefone.* Bertram meldete sich ab. Er wählte die Ecke neben dem Sofa, die schön versteckt war. Der Winkel seines Schlafplatzes war so gut, dass man ihn fast nicht sehen konnte. Aber man hörte ihn. Also man hörte, was er schaute. Es lief der erste Teil eine zweiteiligen Dokumentation über einen Guerillakrieg mit Kampfführung unter falscher Flagge.

Und Gönnhardt? Der war erleichtert, dass er seine Freunde nicht ins Verderben geführt hatte. Erschöpft und mit Muskelkater aufgrund des vorangegangenen Dauergrinsens fiel er ins Bett. Das war bei ihm die Mitte der Couch, von der aus er den ganzen Raum im Blick hatte.

Licht aus, Licht an.

Kaum waren die Füchse aufgewacht, wurden sie auch schon besucht. Wenn man jemanden, der einfach seiner Arbeit nachgehen will, denn einen Gast nennen kann, war Guido der erste Gast.

Seine Schicht begann am gähnenden Morgen. Zu dieser frühen Stunde wollte er unauffällig und leise sein. Bei dem Versuch, die Füchse nicht zu wecken, schlich er sich auf Zehenspitzen ins schwarze Fuchszimmer. Mit ausgestreckten Armen ins Leere tastend, wie wir das alle im Dunkeln machen, tapste er vorwärts. Als er sich fast am Ziel wähnte, nämlich an seiner Abstellkammer, trat er gewaltig ins Fettnäpfchen. Er trampelte auf Claudettes Schwanz.

Die arme Füchsin jaulte auf: *Auuuuuuuuua!*

Guido wischte panisch über die Wand, schaltete

schnellstmöglich das Licht an. Er begriff sofort, was er angerichtet hatte. Er war nichtsahnend mitten durch das Schlafquartier der Füchsin gelaufen, ein Zusammenstoß war unvermeidbar gewesen. Guido hob die Arme noch weiter nach oben und betete Entschuldigungen herunter wie Sünder Ave Marias.

Die Füchse sprangen auf, landeten in Kampfformation, bereit Claudette zu verteidigen. Der Angriff wurde umgehend wieder abgeblasen. Claudette und Konsorten erkannten Guido als ihren Essensbringer, sie hatten ihn in guter Erinnerung. Den armen Hausmeister plagte jedoch das schlechte Gewissen. Er verbrachte die nächsten zehn Minuten damit, Claudette auf seinem Arm zu streicheln und ihr dabei die verschiedenen Reinigungsmittel in seinem Putzschrank zu präsentieren. Er ließ sie an den Flaschen und Dosen schnuppern. Sie fand das Schnüffeln beruhigend. Die Ablenkung half, sie spürte rasch keinen Schmerz mehr. Vielleicht wurde Claudette auch einfach von den chemischen Dämpfen zugedröhnt. Diese Zeit am Putzschrank sollte der Beginn einer dicken Freundschaft werden.

Nach dem Frühstück – gut, technisch gesehen war Schorschi noch am frühstücken – kam dann auch Besuch-Besuch: Anne, ihr Sohnemann und die Tierschutzcrew.

Da Anne sofort nach dem Aufstehen zu den Füchsen wollte, hatte Tim an diesem Tag noch nichts gegessen. Schorschi bekam somit jemanden, der ihm Gesellschaft leistete. Die beiden verstanden sich auf Anhieb. Schorschi zeigte dem Kind, wie gut es schmeckt, wenn man erst Schokolade kaut, diese dann mit Milch herunterspült. Tim: *Mhmmm, das ist fein.* Schorschi konnte nur zustimmend nicken – der Mund war gerade wieder voll.

Auf der einen Seite wurde geschmatzt, auf der anderen Seite geflucht. Die meisten Füchse waren geistesgegenwärtig und taten so, als würden sie sich mit irgendwas Wichtigem beschäftigen. Sie durften ganz offensichtlich nicht gestört werden. Außer Gönnhardt, deshalb musste er sich mit den Erwachsenen beschäftigen. Gerade als Mathilde Wutsalven über Umweltsünder abfeuerte und Thilo zu Hasstiraden über die demonstrierenden Leute, von denen einige aus der Oststadt stammten, ansetzte, platzte Tim in die Gruppe auf der Couch, die gegen den Fernseher anschrie. Nachdem Schorschi Tim beeindruckt hatte, wollte Tim beweisen, dass er ein großer Bub war. Er trommelte mit seiner kleinen Faust auf dem Oberschenkel seiner Mutter: *Taba trinken, Taba trinken!*

Tim schaute spitzbübisch verschmitzt zu Schorschi, als Anne seinem Befehl fast wortlos Folge leistete. Seine Mutter wollte möglichst wenig Stoff der spannenden Diskussionsrunde verpassen. Klar: Ein paar Ermahnungen über Hauen und Schlagen mussten sein, danach organisierte Anne zwischen Ausführungen über Kleingeisterei und Tierfeinden zwei Portionen Schokoladenmilchgetränk von der Tankstelle um die Ecke.

Schorschi war beeindruckt. Das Kakaogetränkepulver vermischt mit der 3,5% Milch war noch besser als sein Rezept. Es war nämlich weniger Arbeit. In diesem Moment fixte Anne Schorschi genauso an, wie sie es vor gut fünf Monaten mit ihrem Eigen Fleisch und Blut getan hatte. Was Käsepizza für Gönnhardt war, wurde Taba für Schorschi – auf Steroiden! Der gute Schorschi wurde zum Schokoladenmilchgetränk-Junkie.

Zurück auf der Couch nickte Anne interessiert. Thilo und

Sayenne argumentierten, dass Wasserverschwendung ein vernachlässigtes Problem der heutigen Zeit sei. Sayenne: *Also unser Wasserverbrauch ist ja voll zurückgegangen. Seit Thilo und ich über Eimern duschen, verbrauchen wir voll wenig. Das Wasser kann man beim nächsten Duschen wiederverwerten. Ist ja nur kalt.*

Da sie nun schon seit fünf Tagen und vier Nächten keine Lust auf eine kalte Dusche hatten, müffelten die beiden konsequenterweise. Sayennes Aroma etwas sauerer als Thilos.

Florentine spitzte die Ohren, dann rümpfte sie die Nase. Als sie gewahr wurde, dass sie sich den üblen Geruch nicht einbildete, bekam sie ihn nicht mehr los. Sie konsultierte Claudette, die ihr zustimmte und einfach erleichtert war, dass es nicht an Guidos Putzfähigkeiten lag, dass die Luft modrig roch. Claudette und Florentine waren die ersten, die die Flucht nach vorne ergriffen. Das Geschehen verlagerte sich nach draußen.

Dort wurden die Füchse schon sehnsüchtig erwartet. Es hatten sich rund um den Hinterausgang vom Schloss Menschentrauben gebildet. Fast alle wollten etwas sehen, aber wenige trauten sich in die erste Reihe. Überall Kinder, dazu einige Eltern. Die Stimmung ähnelte Hotelhallen am Morgen des Konzerts einer angesagten Musikgruppe.

Die Füchse begrüßten die Menschen und verbrachten etliche Stunden mit ihnen. Allerdings nicht mit den selben Menschen, obwohl es immer das gleiche war. Da die Menschen dieser Zeit eine erschreckend kurze Aufmerksamkeitsspanne hatten, blieb Bewegung in der Masse. Es war wie am Bahnhof. Es herrschte ein stetiger Betrieb im Schlossgarten, weil Besucher kamen und nach kurzem Aufenthalt wieder gingen. Abgesehen von ein paar

Schreien und vielen heimlichen Fotos wurden die Füchse an ihrem ersten richtigen Tag unter Menschen mit Respekt behandelt. Familien, Schaulustige und Besucher schossen Schnappschüsse. Neugierige plauderten sogar mit den Füchsen, nachdem die Berührungsängste überwunden waren.

So lässt es sich leben.

Fuchs musste man in jenen Tagen sein. Sie lebten ein Leben wie Arbeitslose im wohlverdienten Urlaub. Es ging ihnen sogar noch besser. Den Hintergedanken, dass ihr Lotterleben bald vorbei sein könnte, kannten sie nicht.

Es hatte sich ein angenehmer Alltag entwickelt. Morgens kam Guido mit dem Frühstück. Nach dem gemeinsamen Schmaus teilte sich die Gruppe auf, um den jeweils eigenen Hobbys zu frönen.

Ja, die Welt meinte es in diesen Tagen gut mit unseren Füchsen. Aber man kennt die weiseste aller Weisheiten: Wo Licht, da Schatten.

Florentines gutes Aussehen war sowohl Fluch als auch Segen. Wenn sie nicht gerade von kleinen Mädchen belästigt wurde, wurde die Arme umgarnt. Als tierische Version einer Strandschönheit, badete sie standesgemäß den halben Tag in der Sonne. Und wurde dabei entweder von Kindern angestarrt oder von Reinholdt angeschnurrt. Dadurch, dass Reinholdt ihren Leibwächter mimte, konnte sie sich den anderen Füchsen gegenüber so manche Unverschämtheit leisten. Dass Schorschi aufgrund seiner Figur Einiges zu hören bekam, gehörte zum guten Ton. Ebenso offensichtlich war es, dass Bertram sich die Augen durch das Glotzen im Halbdunkeln ruinierte und man seinem Fell ansah, dass er ein Stubenhocker war. Es wagte niemand ihr Gegenworte zu geben. Reinholdt wartete nur darauf, Florentine mit seiner Männlichkeit zu imponieren.

Er ging in seiner Rolle voll auf, folgte Florentine wie ein Hund seinem Herrchen. Reinholdt war zufrieden damit, Florentines Anhängsel zu sein. Diese Lösung hatte nur Gewinner: Die anderen Füchse waren einfach froh, dass er ihnen nicht mehr ständig auf die Nerven ging. Da seine Beschäftigungen im Fuchsbau neben dem Anhimmeln von Florentine nur generelles Meckern, überproportioniertes Essen und unnötige Streitigkeiten mit Claudette waren, machte er durchaus eine positive Entwicklung durch. Dass er viel Luft nach oben hatte, kann man ja wohlwollend unter den Teppich kehren.

Unter den Teppich gekehrt wurde von Guido nicht mal mehr eine einzige Staubfluse, dafür sorgte sein Schatten. Claudette war immer auf Sauberkeit bedacht. Das riesige Schloss war ein Paradies gegen den kleinen Fuchsbau. Es gab so viel zu tun! Und wie es duftete, wenn sie mit Guido putzte. Sie liebte Glasreiniger, daher hüpfte sie vor Freude, wenn Guido Fensterwischen musste. Sie versuchte durch jede Brise zu springen. Nicht nur mit der guten Unterhaltung – so ein Freudensprung in eine Reiniger-Wolke war einfach eine Pracht – unterstützte Claudette ihren Guido. Wo sie konnte, nahm sie ihm Arbeit ab. Die beiden wurden immer mehr zum dynamischen Duo. Sogar die Mittagspause verbrachten sie gemeinsam. Und die fiel immer länger aus. Nicht weil die beiden faul waren, sondern weil das Team immer eingespielter und dadurch schneller wurde. Die Zeit verging während der Mittagspause dennoch wie im Flug. Mal ließ sich Claudette aus der Zeitung vorlesen, mal spielten sie verstecken, mal plapperte Claudette irgendwelche Informationen nach, die sie von Bertram hatte.

Wenn Bertram seinen Augen eine Pause gönnte, versuchte er Konversation zu betreiben. Er schlich dann zu dem Fuchs, der in diesem Augenblick im ruhigsten Eckchen war, und brachte diesen auf den Stand der Dinge. Er zitierte mit Vorliebe Nachrichtensprecher. Wenn es keine Neuigkeiten gab, erzählte Bertram von einer der unzähligen Dokumentationen, die er seit der letzten Unterhaltung geschaut hatte. Seine Predigten hielt er mit geschlossenen Augen. Er sah aus wie ein Priester, der gerade einen Vers zum tausendsten mal herunter leierte.

Schorschi war noch geduldiger als früher. Er hatte die Gewissheit satt ins Bett zu gehen und direkt nach dem Aufstehen satt zu werden. Das Menschenleben war einfach klasse, es war so einfach an Essen zu gelangen. Alle Menschen hatten immer Essen dabei. Pausenbrote, Müsliriegel, Butterbrezeln, Schokoladentafeln, Obststücke – so verschieden wie die Persönlichkeiten der Gäste war deren Proviant. Schorschi liebte es, besucht zu werden. Es hatte sich herumgesprochen, dass er sich mit Fressalien bestechen ließ. Er lag viel, oft und gerne im Gras und ließ sich streicheln. Natürlich gegen Entlohnung. Wenn er davor aus ihnen mit Süßkram gefüttert wurde, störten ihn selbst klebrige Hände nicht. Er empfand es zwar als unaufrichtig, so zu tun, als hätte er den ganzen Tag genau auf diesen Besucher gewartet. Aber das war scheinbar notwendig, um an Leckerli zu kommen. Sein indianischer Name wäre wohl *Der mit dem vollen Mund lacht*.

Die Pfunde, die sich Schorschi drauf packte, verlor Gönnhardt. Der war nämlich fleißig: Gönnhardt machte jeden Morgen vor dem Frühstück Sport im Schlossgarten. Er drehte seine Runden durch den Park und genoss die

Stille. Außer einer Yogagruppe, zu der an 6 Tagen der Woche niemand außer dem Yogalehrer gehörte, war zu Gönnhardts Sportstunde meistens keine Menschenseele in Sicht. Er weckte die Enten auf, meckerte die Schwäne an, vertrieb die Krähen und sah den Eichhörnchen nach. Der Auslauf tat ihm gut. Er war bitter nötig, um nicht zu Schorschis Zwilling zu werden. Seinen Käsepizzakonsum hatte er zwar heruntergefahren, nachdem er erfahren hatte, wie dick Doppelkäse-Vierkäse macht. Selbstredend gab es diese Pizza aber immer noch jeden Tag zum Abendessen.

Nach seiner Bewegung war er so gut gelaunt, dass ihn nicht mal seine Mitbewohner aufregen konnten. Es machte ihm einfach Spaß, speziell die süßen Enten zu ärgern. Die armen Schwimmvögel hatten bestimmt jeden Mittag Muskelkater in ihren Flügeln. Gönnhardt war nicht nur Ententrainer, er war auch Entertainer. Gönnhardt wechselte die Szenen wie ein Hauptdarsteller die Sets beim Filmdreh. Er schaffte es, für jeden der Füchse Zeit zu haben. Mal schaute er Fernseher mit Bertram, mal schnupperte er Reinigungsmittel mit Claudette, dann ließ er sich von Schorschi in die hohe Kunst der Kombinationen einweisen. Den Verdauungsschlaf konnte er beim Sonnen mit Florentine machen. Natürlich in dem angemessenen Sicherheitsabstand, den Reinholdt ihm empfahl.

Bei der schwersten Rolle, in die er zu schlüpfen hatte, war der schwarze Hut sein Erkennungszeichen. Wie alle anderen Füchse zog auch er seine Kopfbedeckung auf, wenn er unter Menschen kam. Der Unterschied war, dass der Fuchs mit dem schwarzen Hut nicht gestreichelt und gefüttert wurde. Er saß am Verhandlungstisch, er beantwortete Anfragen, er traf Entscheidungen und nahm Termine wahr. Alle Füchse kamen den ausgehandelten

Verpflichtungen nach. An fast jedem Abend wurde beispielsweise geladener Besuch empfangen.

Aber auch unangekündigte Karlsruher kamen in den Schlossgarten, sahen, knipsten und gingen mit leeren Händen. Denn es wurden ordentlich Mitbringsel verteilt. Die hübsche Florentine war zwar eindeutig der Publikumsliebling, doch jeder Fuchs wurde mit Geschenken beglückt. Es verging in den ersten Wochen kein Tag, an dem nicht mindestens drei Kinder mit selbstgemalten Bildern und/oder selbstgebastelten Figuren angerannt kamen.

Es war aber nicht so, als würden sich die Füchse nur bedienen lassen. Sie lernten auch dazu. Zum Beispiel in Sachen Mülltennung. Seit einem Anpfiff von Gönnhardt, währenddessen er Anne mehrfach nachäffte, warfen die anderen Tiere ihren Abfall nicht mehr einfach auf den Boden. Unerwünschtes Papier und ungewollte Pappe landeten fachgerecht im Mülleimer. Dieser Mülleimer quillte jeden Abend mit Kartonfüchsen und Zeichnungen über. So taten die Füchse indirekt eine gute Tat. Aus den weggeworfenen Kinderkunstwerken, die bei den Altpapiersammlungen von gemeinnützigen Vereinen mitgenommen wurden, entstand bestimmt Recyclingpapier.

Hoffen wir mal, dass es nicht für neue unerwünschte, ausgefuchste Geschenke verschwendet wird.

Und die so.

Da haben wir so viel von den Füchsen erzählt, es wird Zeit, den Gemütszustand der Menschen anzusprechen. Die Alteingesessenen in Karlsruhe wurden bisher nur beiläufig erwähnt, widmen wir ihnen doch ein paar Sätze. Die sollen sich ja nicht vernachlässigt fühlen.

Für die Menschen war es verständlicherweise ein gewaltiger Schock, als Gönnhardt im Fernsehstudio aufgetaucht ist. Es brauchte einige Interviews und etliche Beteuerungen, dass es kein Scherz war, um die Menschen zu überzeugen, dass von nun an tatsächlich ein sprechendes Tier in Karlsruhe wohnt. Die Einschaltquoten und Auflagenzahlen schossen in die Höhe, wenn Gönnhardt einen Auftritt hatte beziehungsweise auf der Titelseite zu sehen war. Ein sprechender Fuchs, das ist schon eine Hausnummer. Das musste man erstmal verdauen. Und dann kam der Nachschlag: noch mehr sprechende Füchse

Obwohl es viele Menschen gab, die begeistert waren und Kontakt mit den Füchsen suchten, war der schweigenden Mehrheit das Ganze nicht geheuer. Sie waren skeptischer, als es die überschwänglichen Artikel und Reportagen vermuten ließen. Manche interpretierten die Füchse als Zeichen des Untergangs. Andere fürchteten, dass sich ihr eigenes Leben durch die sprechenden Tiere verändern würde. Es wurden viele Worte gewechselt – gute wie schlechte Zeilen. Klar, die Füchse waren gefundenes Fressen, wenn die eigenen Gesprächsthemen ausgingen oder der Redefluss ins Stocken geriet. Und das passiert bekanntlich bei jedem Telefonat. Manch einer argumentierte für sie, andere sprachen sich dafür aus, dass die Füchse statt nach Karlsruhe lieber in das Land des wachsenden Pfeffers ziehen sollten. Es wurden Fragen aufgeworfen, die sich um die Zukunft des Zusammenlebens drehten. Ob die Füchse jetzt für immer dort im Schloss leben durften? Ob Karlsruhe zur Touristenattraktion schlechthin werden würde? Ob

Fernseher in Zukunft Deutschlehrer in der Grundschule ersetzen konnten? Sollten sich Tiertrainer oder Lehrer um die Füchse kümmern? Ob Lehrer generell zu viel verdienten? Was so ein Fuchs an Arbeitslosengeld bekommen durfte?

Fragen, Fragen, Fragen, aber Gönnhardt konnte in seinen vielen Interviews einfach keine allumfassenden Antworten liefern.

Als der große Knall ausblieb, als sich herausstellte, dass alles so bleibt wie bisher, beruhigte sich die Lage im Großen und Ganzen. Es gab zwar noch Statusberichte über das Leben der Füchse, aber sie dominierten nicht mehr das Geschehen. Man war erleichtert. Der Mensch bleibt Mensch, Tier bleibt Tier. Abgesehen von ein paar sprechenden Füchsen, versteht sich.

Während sich die Füchse einlebten, ging auch für die meisten Menschen das Leben weiter. Den Füchsen kam es zwar so vor, als ob sich die ganze Welt um sie dreht, dem war aber nicht so. Für viele Familien ersetzten sie lediglich den Zoobesuch, der in diesem Jahr schon wieder teurer wurde. Und das trotz der erdrückenden Abgabenlast!

Es braucht keine Gehirnakrobatik, sich vorzustellen, dass es auch Konflikte wegen den Füchsen gab. Die Gunst der Stunde wurde genutzt, um die Füchse als Rammbock für gutgemeinte oder krude Ideen einzusetzen. Es wurde unter dem Deckmantel der Fuchshilfe versucht, die eigenen Ziele durchzudrücken wie Kartoffeln, die zu Kartoffelbrei werden. Es sollten Autos verboten werden. Hier wurde das Argument vorgeschoben, dass die Füchse von ihrer Angst vor Autos erzählt hatten. Eine andere Gruppe wollte ein Gesetz, das auch Menschen erlaubt, nackt bis auf einen Hut durch die Gegend zu laufen.

Andere wollten den Verzehr von tierischen Produkten unter Haftstrafe stellen. Es gab zu viele Spinnereien, bei denen die Füchse als billige Ausrede herhalten mussten, um sie alle zu erwähnen. Die ganzen Vorhaben scheiterten früher oder später an mangelnder Unterstützung, doch wichtig ist dieses Resultat: Ein Teil der Menschen, der von Anfang an skeptisch gegenüber den Füchsen war, fühlte sich aufgrund der Schwemme hirnrissiger Forderungen verständlicherweise überrumpelt. Sie wurden sauer. Sündenbock waren leider die, die gar nichts mit dem Irrsinn zu tun hatten.

Eigentlich hätte der Streit zwischen den menschlichen Gruppierungen ausgetragen werden müssen, doch da jeder die Füchse als Ausrede vorschickte, wurden die armen Tiere zum Ventil des Ärgers und zum Schild gegen Argumente. So entwickelte sich in gewissen Kreisen eine Wut auf die Füchse. Im Osten der Stadt verfestigte sich der Widerstand, der ebenfalls eine Entwicklung durchmachte.

Während Gönnhardts ersten Tagen und den ersten Forderungen war es ein loser Haufen der Ablehnung. Als die Willkommensparade großzügig und spendabel geplant wurde, als Veränderungen penetranter gefordert wurden, nahm der Protest Form an. Und so standen am Tag des Einzuges viele Demonstranten vor dem Schloss. Sie wollten, dass die Füchse wieder dahin gingen, wo sie her kamen. Doch da die Füchse keinerlei Anstalten machten zu gehen, weil sie blieben, wo sie waren, wurde an jedem Tag der ersten beiden Wochen demonstriert.

Nun waren die meisten Demonstranten keine Wilden, die sonst nichts zu tun hatten und sich von blankem Hass ernährten. Es waren verärgerte Bürger, auch sie mussten an jedem nächsten Morgen früh raus, wenn denn kein

Wochenende war. Es zehrte an den Kräften, bis in die späten Abendstunden Parolen zu grölen. Daher wurde die Gruppe in der zweiten Woche auch immer kleiner. Am zweiten Dienstag war nur noch der eiserne Kern der Abneigung übrig. Im inneren Kreis des eisernen Kerns hatte ein gewisser Marc das Sagen.

Marc tat sich in den ersten Tagen als Wortführer der Gegenbewegung hervor. Er war es, der bald den Takt des Sprechgesangs anführte. Marc sah ein, dass seine Kopf-Wand-Taktik nicht aufging. Eine neue Strategie musste her. So sah er sich in der Pflicht, die eigenen Reihen besser zu organisieren. Am Mittwoch wollten die Demonstranten pausieren, um am Donnerstag mit vollen Kräften skandieren zu können.

Und das taten sie. Die Kehlen nicht mehr heiser, die Energiespeicher gefüllt, war es ein eindrucksvoller Gesang, der angestimmt wurde. Die Teilnehmer waren von sich selbst begeistert, sie summten ihre melodischen Reime noch auf dem Heimweg.

Seitdem trafen sich die Oststädter jede Woche zu ihrer Kundgebung am Karlsruher Schloss. Mal waren es mehr, mal waren es weniger. Doch unter dem Motto *Donnerwetter am Donnerstag* waren immer Menschen zu finden, die zusammen mit Marc lautstark protestierten.

Regenwetter.

Aufstehen fiel heute schwer. Gönnhardt vermutete, das musste die bequemste Couch sein, die jemals hergestellt wurde. Der Fuchs kannte seine inneren Widerstände genauso gut wie sich selbst. Er wusste: Wenn er es einmal schleifen ließ, dann würde er die Sache mit der Bewegung wahrscheinlich komplett aufgeben. Diäten waren auch bei Füchsen ein fragiles Gut, quasi das Fabergé-Ei unter den guten Vorsätzen. Gönnhardt quälte sich aus dem Bett, um Frühsport zu machen.

An diesem Tag lag Niederschlag und damit Niedergeschlagenheit in der Luft. Die Wolken waren blau-grau gefärbt. Während seiner verspäteten Runde durch den Park sah Gönnhardt nur Menschen, die sich vorsichtshalber die Kapuzen tief ins Gesicht gezogen hatten. Er wurde weder gegrüßt noch beäugt. Sogar die Enten und Schwäne suchten lieber unter Bäumen Schutz vor dem drohenden Regen, statt sich von Gönnhardt ins Bockshorn jagen zu lassen. Es konnte jeden Moment anfangen zu schütten, Gönnhardt legte seine Strecke daher in Rekordzeit zurück.

Gönnhardt war im Ziel wider Erwarten heiter: Der Zeiger der Uhr hat sich nur ein kleines Stückchen bewegt. Das war viel weniger, als er normalerweise für sein Programm brauchte. Mangelnde Ablenkung und Angst vor einem Schauer waren ein guter Trainer.

Im Schloss traf er auf übelgelaunte Füchse, die es schafften, selbst beim Kauen heruntergezogene Mundwinkel zu haben. Es war Donnerstag. Da war die Stimmung auf dem Tiefpunkt der Woche. Obwohl sich das Schauspiel nie änderte, konnten sich die Tiere damit nicht abfinden, geschweige denn anfreunden. Die Füchse wussten, dass die Beleidigungen von der Vorderseite gnadenlos durch das Schloss bis nach hinten in den Park hallen würden. Aus diesem Grund mieden Besucher donnerstags das Areal. Wobei sie das bei diesem miesen Wetter ohnehin getan hätten. Am Frühstückstisch wurde schweigend gegessen. Lustlos vertilgte die Bande das

Essen, das Guido ihnen servierte. Nichtmal Schorschi hatte dabei Freude, die Lage war also ernst. Gönnhardt fragte die Runde, was heute so anstand: *Na, was habt ihr für Pläne?*

Das Schmatzen wurde nicht unterbrochen, die Blicke hoben sich nicht von den Schüsseln. Jeder der Gefragten, spekulierte darauf, dass ein Anderer antworten würde.

Gönnhardt beerdigte den Versuch, seine Meute aufzuheitern gerade im Geiste, da erhob sich ein Stimmchen. Claudette mühte sich eine Antwort ab. Einigermaßen neutral erzählte sie, dass sie mit Guido putzen würde. Das war keine Überraschung. Außer *Oh, schön* fiel Gönnhardt leider nichts ein. Gespräch beendet.

Nach dem Frühstück versammelte sich das Rudel vor dem Fernseher. Es kam eine stumpfsinnige Reportage. Die flimmernden Bilder und der gefilterte Sprecher sorgten wenigstens für Ablenkung. Bertram war überzeugt, als Herrscher des Fernsehers anerkannt zu sein, doch zur Sicherheit versteckte er die Fernbedienung in der Ritze der Couch. Erwartungsgemäß war nicht jeder Fuchs von der Reportage über Wärmedämmung in Fachwerkhäusern begeistert.

Florentine: *Ich will eine Einkaufssendung sehen. Bertram, du schaust doch sowieso den ganzen Tag fern. Richte dich nach mir!*

Reinholdt war vor Langeweile fast eingeschlafen. Er konnte Florentine nur im Halbschlaf zustimmen: *Ja, du solltest dich nach mir richten.*

Gönnhardt wollte Reinholdt verbessern: *Nach Florentine soll er sich richten.*

Florentine: *Siehst du Bertram, Gönnhardt stimmt mir auch*

zu. Drei gegen einen! Überstimmt!

Nach etwa einer halben Stunde lebendigen Diskutierens sah Bertram ein, dass seine Taktik des Aussitzens nicht funktionieren würde. Er wurde von Reinholdt mittlerweile auch mit mehr Wucht geschubst und konnte sich kaum auf seinem Platz halten. Bertram fischte die Ferne aus der Lehne. Nachdem er sich mit ein paar Kratzern im Polster verewigt hatte, schaltete er auf einen der unzähligen Shoppingkanäle. Präsentiert wurde ein Wischmop, der sich selbst auswringt. Das wäre etwas für Claudette gewesen.

Die Gute war allerdings nicht nur beschäftigt, sie war sogar fleißig. Guido und sie hatten eben die Mülleimer geleert und waren dabei, sich der nächsten Aufgabe zu widmen. Vorher, also in eben jenem Moment, legten sie eine Verschnaufpause ein. Wohlverdient, damit das klar ist! So richtig durchatmen konnte Guido nicht. Claudette verlangte, dass er jeden Atemzug zum Reden nutzte.

Claudette: *Guido, weißt du eigentlich, dass du mein bester Freund auf meiner Welt bist?*
Claudette: *Ist es schwer eine Ausbilderung zu deinem Beruf zu machen?*
Claudette: *Meinst du, ich würde das schaffen tun?*
Claudette: *Dann wären wir Kollegen und Freunde, oder?*
Claudette: *Darfst du den Reiniger mit nach Hause nehmen?*
Claudette: *Schmeckt der eigentlich gut?*

Guidos Antworten waren in dieser Reihenfolge: *Oh, Nein, Ja, Ja, Nein, Hmm.*

Und nach dem abschließenden *Hmm* war das Päuschen schon wieder vorbei. Naja, fast. Eigentlich wären heute die Fenster dran gewesen, aber Guido hielt nichts von unnötiger Arbeit. Wieso sollte er an einem Tag mit 90-prozentiger Regenwahrscheinlichkeit denn *bitteschön* die Fenster putzen? Claudette war nicht so begeistert. Beim Fensterputzen konnte sie zwar nicht behilflich sein. Aber dieser Reiniger. *Mhmmm.*

Claudette ließ einfach nicht locker: *Aber Guido, gestern hast du gesagt, dass wir heute fenstern.*

Guido bekam Panik, als er sich vorstellte, diese haushohen Fenster heute und morgen putzen zu müssen. Ein Ablenkungsmanöver musste her. Damit Claudette endlich aufhörte, so eine Fresse zu ziehen, bot Guido an, ihr vorzulesen.

Der Karlsruher Morgen berichtete auf seiner ersten Seite über eine anstehende Messe rund um Touristik, über die Abstiegsangst des lokalen Fußballvereins und den Diebstahl eines Tresors.

Claudette: *Boah, Karlsruhe ist so aufregend!*

Die beiden überflogen auch die nächsten Seiten. Guido fand, dass es genügte, die Überschriften zu lesen. Claudette hatte zu Guidos Glück keine Ahnung, dass da eigentlich noch mehr Text stand. Claudette blieb nichts übrig, als zufrieden zu sein, die Artikelfotos zu sehen und die Überschriften zu hören.

Auf Seite 7 angelangt stupste Guido Claudette an: *Ach, schau mal an. Da geht es über den Herrn Schminkfit. Ist sogar mit Bild.*

Es handelte sich obendrein um eines der Fotos von dem Shooting mit den Füchsen. Schminkfit stand auf dem Schlossturm, links neben ihm war Gönnhardt zu sehen. Also zumindest der Hinterkopf von Gönnhardt. Guido und

Claudette waren gleichermaßen interessiert. In seinem stockenden Lesefluss las Guido nicht nur die Überschrift, sondern auch den Artikel vor.

Ich bin daaa.

Tock.

Tock.

Verschlafen hob Gönnhardt den Kopf. War da was? Hatte er nur geträumt?

In kürzeren Abständen: *Tock. Tock. Tock,*

Er reckte den Hals, wollte herausfinden, woher das Geräusch kam. Er schaute nach oben, nach links, nach re... *AAAAH!* Gönnhardt entdeckte eine verschwommene Fratze hinter einer beschlagenen Glasscheibe. Der Arme! Das war nämlich genau so ein schrecklicher Anblick, wie du ihn dir vorstellst.

Gönnhardt war in Schockstarre. Eine Hand wischte Spritzwasser weg.

Und dann entlud sich Gönnhardts Anspannung in einem verbitterten *GRRR*.

Nachdem Anne Gönnhardt aus seinem Mittagsschlaf gerissen hatte, weckte Gönnhardt die anderen Füchse aus ihren jeweiligen Nickerchen. Der Grunzlaut war zwar auch nicht angenehm, doch nichts im Vergleich mit Gönnhardts Todesängsten.

Als Anne im großen Saal stand, gab es daher erstmal eine Standpauke von Gönnhardt: *Willst du dass ich den Herztod sterbe? Warum bist du nicht einfach reingekommen?*

Anne: *Ich wollte euch nicht wecken.*

Diese Antwort war ebenso absurd wie liebenswürdig. Gönnhardt musste lachen. Wie jeden Donnerstag kam Anne auch heute als moralische Unterstützung. Sie tauchte immer auf, nachdem sie Tim von der Kita abgeholt hatte. Mal kam mehr, mal weniger dazwischen, doch sie erreichten das Schloss stets pünktlich. Spätestens einen Wimpernschlag bevor die Demonstration begann. Daran hätte Gönnhardt ja auch denken können, oder?

Als Schorschi Tim entdeckte, hellte sein Gesicht zum ersten mal an diesem Tag auf. Tim sorgte immer für gute Unterhaltung. Er schaffte es sogar, donnerstags die Laune zu heben. Heute war die Freude aufgrund der Kombination von angekündigter Demonstration und anbahnendem Donnerwetter besonders groß. Schorschi brauchte nicht lange, um wieder glücklich zu sein. Tim organisierte nämlich umgehend eine Portion Taba in seiner unnachahmlich charmanten Art und Weise.

Nachdem sie ausgetrunken hatten, versuchten die Säufer ihr Glück draußen. Es war ja noch trocken und so ein Zuckerrausch baut sich am besten rennend ab. Anne packte ihren Sohn in Regenjacke und Regenmütze, Schorschi musste sich mit seinem Fell und einem Klaps auf den Hintern begnügen.

Das vorangehende Gespräch war für Außenstehende zu wirr, um entschlüsseln zu können, wessen Idee dieser wilde Ritt war. Es spielt auch keine Rolle. Feststeht, dass Tim fest saß. Nämlich auf dem Rücken von Schorschi. Er hatte schon oft lautstark davon geträumt, jetzt durfte er ausgerechnet in diesem verlassenen Schlossgarten endlich auf einem Fuchs reiten. Wozu Freude und Zucker einen Fuchs verleiten konnten! Nie hätte sich Schorschi träumen lassen, mal den Packesel für einen Menschen zu spielen.

Tim: *HÜÜÜJA! Seller, Sorsi, Seller!*

Aber schneller ging nicht. Der dicke Schorschi war einfach kein Sportler. Sein Tempo war so langsam, dass Tim seiner Mutter mit zwei Händen zuwinken konnte.

Und frech die Zunge rausstrecken konnte.

Und immer noch zu sehen war.

Nicht nur Anne war von den Freudenschreien und Anfeuerungsrufen angelockt worden. Man hörte Astblätter rascheln und Grashalme knicken. Da trieb sich doch noch jemand im Schlossgarten herum?! In einer Geschwindigkeit, die Schorschis Galopp wie Zeitlupe aussehen ließ, rannte ein Mann auf Ross und Reiter zu.

Er fuchtelte wild mit den Armen. Als er sich in Hörweite wähnte, ergänzte er die Gestikulation. Dann schrie er: *Hier, hier!*

Gefahr in Verzug! Der Mutterinstinkt setzte ein. Sie brauchte einen Satz, um von Fenster zu Tür zu kommen. Anne legte aus dem Stand einen Vollsprint hin, der ihr bei den Paralympics bestimmt eine Bronzemedaille beschert hätte. Anschließend segelte sie durch die Luft wie ein Weitspringer. Sie hatte abgehoben, bevor der Mann abdrücken konnte. Goldrichtig! Punktlandung! Sie schaffte es, als menschlicher, schwarzer Balken Schäden zu verhindern.

Die Schnappschüsse gingen zwar nicht ins Leere, sie waren aber unbrauchbar. Der Plan war aufgegangen. Anne konnte mit ihrer Jacke die Linse der Kamera blockieren. Sie wollte auf keinen Fall, dass Tim mit den Füchsen auf Klatschseiten oder Tratschblättern abgebildet wurde. Die

Hassbriefe, die sie derzeit bekam waren schon genug.

Der Blogger wollte diskutieren: *Das ist das Foto, das meine Karriere retten könnte. Ich kann damit groß rauskommen.*

Nicht mit Anne!

Anne: *Ich vermarkte mein Kind nicht. Das ist unethisch und verletzt die Selbstbestimmung eines Lebewesens, das sich dem Umfang seiner Entscheidungen nicht bewusst ist.*

Der gute Mann konnte darauf nicht viel antworten, er war sprachlos.

Ein Seufzen beendete das Gespräch. Ein Blogger ist eben kein hartnäckiger Reporter. Was fällt einem normalen Menschen zu so einer Ansage schon ein? Mit dieser Furie wollte sich der Blogger nicht anlegen. Demonstrativ schraubte er den Deckel auf das Objektiv. Der Herr mit der Kamera und dem Blog zog murrend von Dannen. Er machte sich wieder auf die Suche nach den Schwänen, das waren sowieso viel schönere Tiere als Füchse. Es sollte jedoch nicht sein Tag werden. Die Motivsuche sollte ergebnislos enden. Die Vögel waren unauffindbar, sie trauten dem Wetter einfach nicht.

Die Lage um Anne entspannte sich schnell. Ausgepowert nach so viel Bewegung brauchten die beiden kleinen Körper von Schorschi und Tim eine Pause. Sie legten sich in das kalte Gras. Prompt fielen die ersten Tropfen.

Anne: *Tiiim, kommst du bitte mit ins Schloss. Ich will nicht, dass du krank wirst.*

Gönnhardt war von der Fürsorge angesteckt: *Schorschi, komm her, ich will nicht, dass du schlank wirst.* Entweder ein Freudscher oder ein Freundschafts-Versprecher, man weiß es nicht.

Tim und Schorschi suchten sich drinnen ein Plätzchen. Sie aßen, erholten sich vom Essen und redeten. Die beiden saßen bis zu Dämmerung nebeneinander und sinnierten über den Sinn des Lebens. Schorschi: *Tim, meinst du die Schwäne schmecken lecker?*

Tim nach einer Gedenkminute, in der er unzählige Rezepte vor dem inneren Auge kochte: *Bestimmt, Nuggets ist fein.*

Nicht jeder war so gedankenverloren wie der frittierende Junge. Der Rest des Schlosses war mental in der gegenwärtigen Situation. Die anderen Füchse standen mit den Köpfen in den Nacken am Fenster. Erst waren Blitze zu sehen, dann Donner zu hören, dann Tropfen zu spüren. Dann machte Anne das Fenster wieder zu. Der Regen hatte ein gewaltiges Gewitter mitgebracht.

Es goss in Strömen, als Marc seinen ersten Spruch abließ. Anne zelebrierte ihre Schadenfreude. Sie verhöhnte die Demonstranten durch die Scheibe und tanzte einen Regentanz.

Aufgrund der schlechten Wetterlage fand sich an diesem Donnerstag nur ein kleines Grüppchen, das sich erweichen und durchweichen ließ. Neben dem Rädelsführer Marc und seiner neuen Flamme kam etwa eine Handvoll Fuchsgegner. Eines muss man ihnen lassen: Sie dachten mit, die Plakate waren laminiert. Die Tropfen perlten an den Schildern genauso ab, wie die Schmährufe an den Füchsen. Durch Regen und Donner gab es kein Durchdringen für die Schallwellen.

Oder sonst.

Die Füchse versammelten sich nach der Verabschiedung von Anne und Tim vor dem Fernseher. Nicht mal dessen volle Lautstärke schaffte es, das Gewitter zu übertönen. Aufgrund der hohen Decken polterte das Himmelsgrummeln quasi ununterbrochen durchs Zimmer. Die Blitze nagten zusätzlich an den Nerven. Die leuchtenden Stromfäden schüchterten die Füchse ein. Trotz ungeputzter Fenster, erhellten sie den Raum mit einem unheimlichen Licht.

Draußen war es ungemütlich, drinnen war die Stimmung aufgeheizt. Die Füchse stritten mal wieder über das richtige Fernsehprogramm. Bertram zappte durch die Liste. *Nein. So ein Schrott. Nö. Weg damit. Umschalten.* Es schien unmöglich, einen Sender zu finden, mit dem sich alle Füchse anfreunden konnten. Oder vielleicht doch?

Florentine: *Zurück! Warte doch mal!*

Florentine wollte *diesen* Werbeblock abwarten. Weibliche Intuition! Sie war sich sicher, dass auf Kanal 27 eine gute Sendung kam. Reinholdt war sich sicher, dass sie recht hatte.

Es lief gerade ein Spot einer Bank, die laut eigener Aussage viel besser als die Konkurrenz wusste, wie man Geld spart. Claudette sprang auf, stellte sich vor den Bildschirm. Geistesblitz! Ihr war eingefallen, dass sie den anderen noch etwas erzählen wollte.

Reinholdt: *Claudette, geh weg, hier kommt gleich eine gute Sendung.*

Das dürfte ein Debüt gewesen sein. Claudette ging nicht auf die Stichelei ihres Bruders ein. Sie musste etwas Wichtiges berichten. Noch wichtiger, als dem dummen Reinholdt zu zeigen, wer der Chef war. Unbeirrt fing Claudette an zu reden. Sie erzählte von ihrem Vormittag mit Guido. Natürlich wurde sie dabei mehrmals unterbrochen, aber sie ließ sich nicht abbringen. Nach einer längeren Einleitung kam sie schließlich auf den Sinn der Sache, auf den Grund des Anlasses, auf den Artikel zu sprechen: *In der Zeitung steht, dass wir jetzt den Menschen das Geld kosten. Und dass die rechnen müssen.*

Ähm. Da es schwer war, Claudettes Ausführungen zu folgen, versuchen wir mal halbwegs verständlich zusammenzufassen: Der Artikel im Karlsruher Morgen handelte vom Schlossherren und ehemals-angehenden Politiker Schminkfit. Er war mittlerweile nur noch Schlossherr. Da er seine Vorwahl krachend verloren hatte, begrub er seine Politikpläne. Nun erwähnte der Artikel auch, dass die Versorgung der Füchse, die Instandhaltung des Schlosses und alles Drumherum aus dem Wahlkampfbudget von Schminkfit stammte. Die Kosten für Unterkunft und Verpflegung wollte der Mann nun nicht aus der eigenen Schatulle zahlen. Nachvollziehbar oder? Daher musste die Stadt einspringen und die Kosten übernehmen. Die Stadt war der Bürger. Und der Bürger war bekanntlich in seiner Nebenbeschäftigung Mensch.

Claudette: *Der Guido meint, dass er und alle anderen Menschen für uns zahlen tun. Aber der Guido meint, dass er das gerne macht. Ich habe gesagt, du Guido, du bist nett. Und der Guido hat gesagt, aber nicht jeder ist nett.*

Nachdem sie fertig mit ihrem Vortrag war, setzte sich Claudette wieder auf ihren Platz. Sie war stolz. Wie auf Knopfdruck war die Reklame vorbei, es fing eine neue Sendung an. Dann ging die Diskussion auch schon wieder um das Fernsehprogramm. Der Artikel war wohl doch nicht so wichtig, wie Claudette vermutete. Egal, sie war zufrieden mit ihrer Rede.

Der Heimatfilm bekam übrigens vier Jastimmen, eine

Gegenstimmen und eine Enthaltung. Bertram schüttelte nur den Kopf. Er hoffte, dass dieser Streifen nichts Wissenswertes in seinem Gehirn überschreiben würde. Gönnhardt hätte vielleicht auch gegen die Almschnulze votiert, aber er war in Gedanken versunken.

Da alle zu müde zum Streiten waren, rauften sich die Füchse bei der ersten Gesangseinlage mit Jodler wieder zusammen. Sie kuschelten und schmusten beim ersten Filmkuss. Während der Hochzeit waren sie bereits zu einem einzigen Bündel aus flauschigem Fell verschmolzen. So wie früher im Fuchsbau, wenn es draußen gewitterte.

Regentraufe.

Es trippelte in den Straßen von Karlsruhe.

Zwischen gespitzten Ohren leuchteten aufmerksame Augen in der Nacht auf. Ein Blitz ermöglichte den Blick auf struppige Gestalten in einer verlassenen Stadt. Zu kurz, um zu erkennen, zu lang, um zu vergessen. Dann war es wieder schwarz.

Das nächtliche Gewitter war weitergezogen. Es hinterließ Felle, die noch zerzauster als sonst waren.

Sie kamen in der Dunkelheit, nun standen sie vor dem Schloss.

Sie machten sich bemerkbar. Ein lautes Heulen erklang. Mit dem Beginn der Morgendämmerung verlangte eine Handvoll schmutziger Gäste Einlass.

AHHH-UHHH!

Der Lärm fuhr durch Mark und Bein, die Gastherren wachten auf. Die Füchse standen am Fenster, sie sahen einander entgeistert an. Gönnhardt: *Kann mal jemand den Schlossgraben ausrollen, damit die ertrinken.*

Drohl entdeckte von draußen die halben Fuchsköpfe. Er kniff die Augen zusammen. Er knurrte.

Schwupps duckten sich die Füchse unter das Fensterbrett und schlichen hinter die Couch. Dort blieben sie, bis sie zum Frühstück robbten. Guido wusste auch keinen Rat. Das überstieg nicht nur seine Entscheidungsgewalt, sondern auch seinen Horizont. Er hatte in den letzten Monaten viel erlebt, aber jetzt wurde es aberwitzig.

Guido: *Das glaube ich jetzt einfach nicht! Das ist doch absurd. So was gibt es doch nicht.*

Oh doch.

Die Wölfe warteten geduldig vor dem Schlosstor.

Obwohl Gönnhardt es sich so sehr gewünscht hatte, blieben die Wölfe nicht unbemerkt, verschwanden nicht einfach. Es dauerte eine Weile bis Schminkfit Wind bekam, dann noch ein bisschen, bis er seinen Schock verarbeitet hatte. Und obendrein eine gefühlte Ewigkeit, bis er den Wölfen Tür und Tor öffnete.

Vorsichtig streckte er vormittags erst den Kopf, danach den dazugehörigen Körper raus. Er stand mit Pfefferspray hinterm Rücken einem kleinen Rudel Wölfe gegenüber. Ein Wolf löste sich von den anderen. Mit heiserer, ungeübter Stimme, die jeden Satz zu einer Bedrohung werden ließ, flüsterte er: *Ich ... bin Drohl.*

Drohl war der Anführer der Wölfe. Er war buckelig, krummbeinig und auch sonst unförmig. Der Kerl war so hässlich, Medusa wäre bei seinem Anblick peinlich berührt errötet. Dafür, dass er der Anführer war, mutete er erstaunlich schmächtig, fast zerbrechlich, an. Was ihn noch gefährlicher wirken ließ.

Schminkfit hatte sich seit der Entdeckung der Wölfe einige Beruhigungsschnäpse einverleibt. Er reagierte deshalb verhältnismäßig unbeeindruckt. Drohl und Schminkfit hielten etwas, das aussah wie ein Plausch.

Schminkfit: *Ja, was gibt es?*

Drohl: *Wir einziehen im Schloss.*

Schminkfit: *Puh, noch mehr …*

Drohl: *Nein, nur ich und Wölfe da.*

Noch so ein sprechendes Tier, das schwer von Begriff war. Schminkfit war genervt, wollte die Sache schnell hinter sich bringen. Eigentlich hatte er ja schon im Wochenende. Freitag war für ihn technisch gesehen sein freier Tag, da ging er nämlich direkt nachdem er gekommen war wieder heim – wegen *Termine*. Schminkfit atmete lange aus. Er verzichtete auf überschwängliche Gesten. Der Anblick des Pfeffersprays würde nur für unnötigen Gesprächsstoff sorgen. Er deutete hastig mit dem Kopf Richtung Eingang. Schminkfit machte es kurz: *Kommt halt rein.* Das Schloss war ohnehin zu einem Stall der Luxusklasse verkommen. Ob da jetzt sechs Tiere, elf oder sechzehn wohnten, war ihm egal. Er wusste, dass er das Viehzeug so schnell sowieso nicht raus bekam.

Obwohl die Füchse ihm nur ein paar Minuten zuvor ihre Ängste und Befürchtungen mitteilten, führte der Schlossherr die Wölfe schnurstracks in den Ballsaal. Er nahm den Füchsen übel, dass sie ihm die Weltherrschaft oder zumindest ein gutbezahltes politisches Amt mit dickem Pensionsanspruch versaut hatten. Schminkfit kam sogar schon eine List in den Sinn. Die Sache mit den Wölfen konnte er zu seinem Vorteil nutzen. Jetzt wollte er an seinen Mietern wenigstens verdienen. Sein Gedankengang war leicht verständlich: Da es doppelt so viele Tiere waren, konnte er nach seiner Rechnung dreifache Kosten veranschlagen. Da er dreifach abrechnen, aber keine doppelte, sondern einfache Leistung erbringen wollte, würde er wenigstens Gewinn machen.

Und so standen die Wölfe mitten im Ballsaal und sahen sich genauso verwundert um, wie die Füchse in einer unweit entfernten Vergangenheit.

Panisch rannte Gönnhardt zu seinem Vermieter. Gönnhardt musste es nochmal versuchen. Mit bebender Stimme sagte er: *Bitte Herr Schminkfit, tun sie uns das nicht an. Die Wölfe können doch woanders wohnen.*

Schminkfit: *Lieber Herr Gönnhardt, wir können keine Extrawürste für euch braten. Es gilt gleiches Recht für alle Tiere.*

Flink versenkte Schminkfit das Pfefferspray in seiner Sakkotasche, sah auf seine Armbanduhr und fuchtelte wild mit den Fingern herum. Während er dorthin deutete und hierhin zeigte: *Füchse, ihr zeigt den Wölfen, wie es hier läuft. Ihr räumt den südlichen Bereich frei und macht den Wölfen Platz. Und ihr Wölfe, ihr müsst der Stadt sagen, dass ihr teuer seid.*

Bevor er das Zimmer verließ, wandte sich Schminkfit noch an die beiden Rudel, die sich mittlerweile gegenüberstanden und einander beschnupperten: *Aber dass ihr mir nicht händelt, damit das klar ist. Gebt mir euer Wort drauf. Ich will am Wochenende nicht nochmal kommen müssen, weil ihr was kaputt gemacht habt. Das ist entgangene Lebensqualität, das bezahlt mir niemand!*

Gönnhardt schaute in die verunsicherten Gesichter seines Rudels. Drohl, der begriff, dass Gönnhardt der Anführer war, heftete seinen Blick an den Fuchs. Gönnhardt senkte die Augen, schaute auf den Boden und nickte fast unmerklich. Als Drohl das sah, breitete sich ein Grinsen auf seiner Schnauze aus. Er drehte den Kopf zu Schminkfit. Drohl krächzte, doch jedes Wort war verständlich: *Klar doch.*

Unverhofft hatten die Füchse Nachbarn. Es waren Mitbewohner so ungewollt wie Post vom Inkassobüro.

Mehr Essen jetzt.

Die Wölfe ließen die Füchse kommentarlos stehen, sie stürzten sich lieber auf das Essen.

Guido betrat den Raum, um Claudette für ihre Runde abzuholen. Er ließ seinen Putzeimer fallen. Der erste Schock: die neuen Bewohner. Der zweite Schock: Ihre Tischmanieren erinnerten an eine Ritterrunde nach dem zwölften Humpen Wein pro Person. Die Wand sah aus, wie ein Fresko, das von einem Blinden mit seinem Krückstock gekritzelt wurde. Farbenfroh waren die Essensreste, die an den Wänden klebten, immerhin. Guido stellte sich schon mal auf streichen statt abwischen ein. Der größte Wolf registrierte Guidos Anwesenheit. Er hob den Schädel aus einer Schüssel voll Milch und Haferflocken. Er deutete Guidos Blick richtig. Ja, der arme Mann war für den Schlamassel hier zuständig. Hammak grunzte Guido an: *Mehr Essen jetzt!*

Drohl hatte sein Rudel gut vorbereitet. Alle konnten mehr oder weniger sprechen. Gut, nicht direkt in diesem

Moment. Die Wölfe waren dabei, alles leer zu essen und hatten dementsprechend viel im Mund. Aber die Wölfe hatten die Fähigkeit erworben. Während die Wölfe so schlingen, können wir es auch hinter uns bringen: Lernen wir die Wölfe kennen.

Mit dem dünnen, hinterlistigen Anführer Drohl haben wir zuerst Bekanntschaft gemacht. Sowohl in unserer Geschichte als auch in der Hierarchie der Wölfe kam Hammak an zweiter Stelle. Hammak war nicht nur der Bruder vom Boss, er war auch dessen Stellvertreter. Er war ein kraftvolles, pralles Bündel Zorn. Man sah Hammak an, dass er jederzeit auf Krawall aus war. Bei Streitigkeiten zog er schlagfertige Argumente langen Diskussionen vor. Sein Fell wirkte löchrig. Das Narbengewebe, das über seinem Körper verteilt war, verweigerte den Haarwuchs. Diese kahlen Stellen, diese Andenken an einige seiner zahlreichen Kämpfe, betrachtete Hammak als Abzeichen. Sie waren die Orden seiner Verdienste, ein Beweis seiner Stärke.

Die große Wölfin mit dem schmierig-grauen Fell war Zmirka. Sie war erst seit Kurzem die Frau von Drohl. Etwa ungefähr ziemlich genau seit ihr vorheriger Partner auf mysteriöse Weise verschwunden war. Wie es der Zufall so wollte, war Hammak am Abend des Verschwindens mit Wunden übersät, die sich zu kahlen Stellen entwickeln sollten, zurückgekehrt. Er war mit Zmirkas Ex zur Jagd aufgebrochen, verlor ihn aber ganz plötzlich, ganz zufällig und ganz bestimmt ohne Fremdeinwirkung aus den Augen. Auf Nimmerwiedersehen! Da das Feld der Verehrer dezimiert war, musste sich Zmirka mit dem abgeben, was noch da war. Und das war Drohl. Unsereins kann die beiden guten Gewissens als Mann und Frau bezeichnen. Wobei Zmirka die sinnbildlichen Hosen anhatte. Zmirka war ein durchtriebenes Biest, das ihren Göttergatten eher anstachelte als bremste. Weil sie immer mehr wollte, war sie die treibende Kraft, hinter der Entscheidung es den Füchsen nachzumachen. Jeden Tag forderte sie ihren Mann aufs Neue auf, seinem Rudel sprechen beizubringen.

Ironischerweise war Gorra die beste Schülerin und dadurch bald die Lehrerin. Ihre dunklen Augen waren immer wachsam. Wahrscheinlich landete man an den Toren zur Hölle, wenn man zu lange in sie schaute. Gorra war ein ausgemachter Menschenfeind. Die Füchse waren ihr lästig, aber Menschen hasste sie. Sie dachte immer daran, dass die Menschen ihre Rasse beinahe ausgerottet haben. Sie wollte in der Wildnis bleiben, doch all ihre Argumente verpufften. Ihr fehlte einfach der Charme. Gorra konnte man getrost als Mannswölfin bezeichnen, deshalb konnte sie weder mit weiblichen Argumenten noch mit brutaler Gewalt punkten. Ihre Gegenstimme ging unter, als es darum ging, den Schritt ans Schloss zu wagen. Da sie ihre Überlebenschancen als Alleingängerin als noch gering einschätzte, folgte sie zähneknirschend Drohls Marschbefehl.

Bleibt noch Bugar. Er war die gute Seele der Mannschaft, quasi das Pendant zu Schorschi. Ein harmloser Geselle mit riesigem Kopf, dem es genügte, wenn er genug Futter fand. Er war den Füchsen nicht abgeneigt, die Menschen fand er in Ordnung. Leben und leben lassen war sein Motto, das allerdings alles und jeden ausschloss, auf das oder den er gerade Appetit hatte. Er war eher Mitläufer als Führer, eher friedlich als kämpferisch.

Geschafft. Das war dann auch schon das Rudel Wölfe. Mangelnde Intelligenz konnte man den Wölfen nicht vorwerfen. Dafür, dass sie erst vor ein paar Monaten angefangen hatten, sprechen zu lernen, erteilten sie gut Anweisungen. Guido war schon nach einer Viertelstunde in Schweiß gebadet, so viel musste er schleppen.

Den Raum hatte Guido mittlerweile in einen Fuchsbereich und einen Wolfsbereich aufgeteilt. Schränke, Paravants, Tücher und Stühle sorgten dafür, dass die Wölfe nicht von den Füchsen belästigt wurden. Umgekehrt sorgten die Gegenstände leider nicht für die Sicherheit, die sich die Füchse wünschten. Den Füchsen war die räumliche Trennung dennoch nicht unrecht. Unfair war sie allerdings. Die Füchse bekamen eine Ecke mit Fenster, die Wölfe den Rest. Da halfen selbst Guidos Meterstab und die gerechte Mitte, die Guido und Zollstock ausgemessen hatten, nichts.

Auch außerhalb des Schlosses waren die Wölfe für Hektik verantwortlich. Natürlich behielt Schminkfit nicht für sich, dass er sich um noch mehr Tiere kümmern musste. Trotz seines freien Tages ließ er es sich nicht nehmen, Mitleid zu schinden und Bewunderung zu erhaschen. Er tat Kunde und ließ die Telefonleitungen glühen, die Satelliten rotieren, die Schallwellen reiten. Noch bevor er sein Mittagessen in der Badner Bierhütte bestellt hatte, wusste die halbe Stadt Bescheid, dass die Wölfe da waren.

Und so dauerte es nicht lange, bis Leute da waren. Als er die ersten menschlichen Körperumrisse wahrnahm, ergriff der kaputte Hausmeister die Flucht. Sollten sich diese Neugierigen, diese Schaulustigen doch um das Pack kümmern. Claudette lief hinter ihm her. Guido fluchte über die unverschämten Wölfe, Claudette schimpfte im Kanon. Die beiden versteckten sich im Keller bis für Guido Schicht im Schacht war. Guido saß auf einer Kiste, Claudette zerstörte Spinnweben mit ihrem wedelnden Schwanz.

Guido: *Ich habe vielleicht einen Hunger, Claudi. Ich freue mich schon auf mein Essen und meinen Sessel. Mir tut jetzt schon alles weh. Ich glaube, bei mir gibt es einen riesigen Muskelkater.*

Claudette sah ihren Guido verträumt an. Sie waren einfach ein Herz und eine Seele. Claudette schnurrte: *Guido, du wirst mir immer sympathischer. Ich esse auch so gerne Kater. Die sind viel zäher als Miezen.*

Wieso, weshalb, warum.

Natürlich waren die ersten Ankömmlinge Damen und Herren von der Presse. Es ist ja bekannt, dass die sich immer vordrängeln. Den Wölfen sollte der Affentanz vor den Kameras also auch nicht erspart bleiben.

Während Gönnhardt brav Rede und Antwort gestanden hatte, schlang Drohl zwar unbeeindruckt die mitgebrachten Käsepizzen herunter, war aber nicht ganz so ausschweifend in seinen Erzählungen. Drohl stellte mit aufgedrehtem Bass in der Stimme klar: *Nur heute reden. Sonst immer Ruhe.* Die Reporter lernten den Wolf als Mann weniger Worte kennen. Er beschränkte sich auf einsilbige Antworten, schroffes Nicken und sachtes Kopfschütteln. Kurz: Es lief ein wenig anders ab als bei den Füchsen. Wenn Drohl sich nicht sicher war, verweigerte er die Aussage. Er wollte keine Fehler machen, denn Zmirka passte auf.

Wie es bei Ehemann und Ehefrau so ist, oft wusste sie es besser als er. Zmirka platzte immer wieder in die unterschiedlichen Gespräche rein. Sie schrie von hinter der Kamera, zitierte Drohl zu sich, woraufhin Drohl wiederholte, was er zu hören bekam. Das ging so, bis sie eine gute Idee hatte.

Nachdem ihm Zmirka etwas ins Ohr geflüstert hatte, wurde

der Spieß umgedreht. Drohl stellte jetzt Fragen: *Und was ist dir das wert?* Drohl fing an, Dinge gegen Antworten zu tauschen. Man könnte es Erpressung nennen. Drohl formulierte seine/ihre Bedingungen bei einer Frage über das Leben in der Wildnis erstaunlich detailliert: *Du mir große Bett, Melonen ohne Kerne und ein Sonnenblumen geben. Ich dir Antwort geben, sonst nix.*

Panik brach aus. Es wurde wild telefoniert, Journalisten gingen aus und ein. Verkehrschaos im Karlsruher Schloss, denn: Wer nichts zum Handeln hatte, musste gehen. Es wurde somit im Laufe des Tages eingekauft, versprochen, besorgt und versichert. Stockend erfuhren die Menschen die Beweggründe der Wölfe. Drohl erklärte nach den notwendigen Tauschvorgängen, dass sie neidisch auf das füchsische Lotterleben waren. Es blieb ihnen nicht verborgen, dass die Füchse nicht mehr im Wald hausten. Bei einem Raubzug durch die Vorgärten des Stadtteils Mühlburg, kamen sie auf den Trichter. Und wurden eifersüchtig. Schnell war ausgemacht, dass es ihnen natürlich zustand, besser zu leben als die Füchse.

Die Füchse saßen währenddessen geknickt unter einer großen Eiche, die Hüte tief in die Gesichter gezogen. Für sie interessierte sich heute niemand. Gönnhardt war gekränkt. Waren die Wölfe so viel spannender als er? Wenn Gönnhardt gewusst hätte, was sich derweil im Ballsaal abspielte, wäre seine Laune gestiegen wie ein Heißluftballon ohne Sandsäcke.

Die Wölfe benahmen sich … grenzwertig. Mittlerweile wurde Drohl von seinem Rudel unterstützt. Sie waren an seine Seite gedrängt, um an den Geschäftsbeziehungen teilhaben zu können. Nur Gorra verharrte in ihrer Ecke. Das war schließlich der beste Platz, um von den Menschen in keinen Hinterhalt gelockt werden zu können.

So saßen gelassene Wölfe gehetzten Reportern gegenüber. Es war die wohl ungewöhnlichste Pressekonferenz aller Zeiten. Keiner der Wölfe war sich seiner Außenwirkung bewusst. Sie gaben sich so, wie sie waren: laut, unsympathisch, böse. Genauso wenig Geduld und Sorgfalt wie für ihre Antworten brachten die Wölfe für die Mitbringsel auf. Die Gastgeschenke wurden sofort nach der Übergabe in zwei Haufen eingeteilt. Die nützlichen Sachen durften vor den Wölfen liegen bleiben. Alles, was sie nicht wollten, wurde durch wilde Kopfbewegungen im Raum verteilt.

Es wurden nicht nur politisch-unkorrekte und menschenverachtende Zitate aufgeschrieben, sondern auch unschmeichelhafte Fotos geschossen. Die Fotografen schienen von der aggressiven Stimmung aufgestachelt. Alles, was in einem schlechten Licht stand, wurde geknipst. Niemand machte sich die Mühe, die Wölfe professionell auszuleuchten. Die Chance, dass die hochpreisigen Leinwände und teuren Scheinwerfer von abgelehnten Geschenken getroffen wurden, war zu groß. Es fanden sich viele interessante Motive. Beispielsweise die mitgebrachten Hüte, die verschmäht wurden und vor, auf oder neben dem Mülleimer lagen. Zmirka war empört, als eine Dame vorschlug, ihr eine Bommelmütze aufzusetzen: *Wir sind nicht Unterrasse wie Fuchs.* Ebenfalls geknipst wurden die zerfetzten Kissen, die Guido als Schlafgelegenheit herrichtete, die zwar 300 Jahre Schloss, aber keine 300 Sekunden Wolfszahn überstanden hatten, weil sie *zu weichlich* waren.

Den schlechtesten Eindruck machte überraschenderweise der Wolf, der sich zurückgezogen hatte und nichts verlangte. Gorra saß wie eine Irre in ihrer Ecke. Sie heulte jeden Besucher zur Begrüßung an. Vor Schreck zuckende Menschenkörper komplettierten daher das verrückte Bild im Schloss. Mit schrägem Kopf fixierte sie im Halbsekundentakt jeden der Anwesenden. Eine nach dem Anderen. Und dann wieder von vorne. Sie wollte vorbereitet sein und ihre Feinde kennen, wenn sie angegriffen wurde. Gorra schätzte, dass sie drei Schreiberlinge und vier Knipser in den Tod reißen konnte, bevor sie heldenhaft ihren Verletzungen erliegen würde. Auf den Angriff konnte sie lange warten, Gorras Kopfkino stellte sich als Hirngespinst heraus. Sie schob einen Film, denn die Presseleute konnten nicht pazifistischer sein. Dennoch sollte der Tag nicht ohne Blutfließen enden. Gorra war jedoch unbeteiligt.

Ein Neuankömmling machte einen schweren Fehler. Es war ein Verzweifelter, der versuchte seinen Durchbruch zu erzwingen. Er wollte nicht zurück in seinen alten Job. Metzgereifachangestellter war einfach nichts für ihn. Aufgeregt wuselte er durch den Raum und verlor die Realität hinter der Linse seiner Kamera aus den Augen. Er dachte wohl, dass der wilde Wolf ein ausgehungertes Model war. Der Wolf sollte seinen Kopf drehen, damit sein Profil vor dem bunten Hintergrund zur Geltung kam. Der Mann packte Hammak an der Schnauze, er rückte sein Gesicht in den rechten Winkel. Was geschah? Klar: Die Fragestunde fand ein abruptes Ende, als Hammak dem Blogger, ja *dem* Blogger, herzhaft in die Hand biss.

Schreiend rannte der Mann aus dem Zimmer. Die Kamera baumelte an seiner Schulter von links nach rechts und rechts nach links wie bei einem Newtonpendel. Der Blogger: *Ich verbluuute! Tollwut! Tetanus! Nie wieder lebende Tiere, ich mach die Prüfung zum Schlachter!*

Der Schock war kurz, die journalistische Riege war schließlich schlagfertig. Es folgte ein unruhiges Mauscheln. Es lagen große Worte in der Luft. *Solidarität, Pressekodex, Integrität*. Hätten die Anwesenden gewusst, dass der Blog *karlsruher-luegenpresse-bekaempfen-jetzt-oder-nie.aluhuthotspot.de* hieß, wäre die Reaktion vielleicht eine andere gewesen.

Unwissend entschieden sie sich, für ihren *Kollegen* einzustehen. Der Herr, der jetzt in der ersten Reihe stand, blickte ernst durch seine Brille, auf deren Gläser Reste seiner Willkommensgeschenke (Bienenstich und Linzer Torte) klebten: *Wir haben uns entschlossen, wir brechen das jetzt hier kollektiv ab.*

Er bewegte sich jedoch nicht. Er hatte noch einen Trumpf in der Hinterhand. Nein, in der Hinterhand war er doch nicht. In der Vorhand? Nee. Er drehte sich orientierungslos um die eigene Achse und durchsuchte jede seiner Taschen. Der Brillenträger tastete schließlich die Hemdtasche ab. Dort, zwischen Kugelschreiber und Bleistift, war sein Ass versteckt. Er hielt den Tieren seinen Presseausweis hin: *Das hier ist bei uns Menschen viel wert. Damit sind Rechte verbunden, die wir auch einfordern.*

Er war gewohnt, dass dieses Stück Papier den Gegenüber einschüchterte. Die Wölfe reagierten überhaupt nicht schuldig-ertappt. Zmirka war die Erste, dann brachen auch die anderen in schallendes Gelächter aus. Durch die hohen, hallenden Decken fühlten sich die Wölfe mehrfach bestätigt. Hammak schnappte nach dem Zettel, doch der Mann sicherte sein Heiligtum blitzschnell.

Erheitert baten die Wölfe ihre Gäste hinaus: Sie schwärmten aus und bissen in die Luft. Die Menschen waren aufgescheucht wie Gänse, die Angst hatten vom

Fuchs gestohlen zu werden. Gorra wartete regungslos in ihrer Ecke. Das musste das Ablenkungsmanöver vor der großen Offensive sein. Ihr Angriff, möglicherweise war es auch Verteidigung, musste jedoch vertagt werden. Gorra war binnen Sekunden außer Gefecht gesetzt, ihr wurde schwindelig, weil sie jeden der umher eilenden Menschen im Blick haben wollte.

War klar.

Es dauerte ein paar Tage, bis auch die letzten Reporter die Ereignisse verarbeitet, auf Papier gebracht, Korrektur gelesen und veröffentlicht hatten. Nach Qualitätskontrollen und Auslese wurde gedruckt. Guido entging keiner der Artikel. So viel wie in der letzten Zeit hatte er in den letzten sechs Jahren zusammengerechnet nicht gelesen. Die Eindrücke der Reporter deckten sich mit den seinigen. Es tat gut, Zustimmung zu erfahren. Der Feind meines Feindes ist mein Freund, dachte Guido. Jede Zeile seiner Kumpels ging ihm runter wie Öl.

Es war morgens. Die Wölfe waren vollgefressen und schon wieder im Tiefschlaf, als Guido seine Schnellhefter auspackte. Guido hatte fleißig gesammelt. Er legte vor jeden Fuchs eine eigene Artikelsammlung. Dann begann er, wie ein Grundschullehrer zu unterrichten.

Guido fing, mit dem Rücken zu den Füchsen gewandt, an: *Schaut euch das mal an. Da steht jeweils, dass sie undankbar sind.*

Guido, mittlerweile umgedreht, zu Schorschi: *Und dort steht, dass sie verfressen sind und keine Manieren haben.*

Guido blätterte den Ordner von Claudette um, erklärte ihr den Artikel, der der Aufmacher der gestrigen Ausgabe vom

Karlsruher Morgen war. Überschrift und Foto zeichneten ein düsteres Bild. Es war die Rede von Tieren, die jegliche menschliche Leitkultur ablehnten, Tieren, die nur auf den eigenen Vorteil aus waren. Das Foto zeigte einen der Wölfe, wie er wütend in der Ecke saß und aussah, als ob er gleich die Kamera fressen wollte. Oder vielleicht die Person hinter der Kamera.

Gönnhardt platzte in die Versammlung als Guido *Schnellhefter wechsel dich* spielte. Er setzte sich an den Frühstückstisch und wurde von seinen plappernden Freunden auf den Stand der Dinge gebracht. Er reihte sich mit seiner Kritik direkt ein, und schlug in die gleiche Kerbe. Gönnhardt, der gerade vom Frühsport gekommen war, hatte eine traurige Entdeckung gemacht. Gönnhardt: *Die Schwäne und Enten haben sie auch schon vertrieben. Ihr habt doch mitgekriegt, wie sie die gestern bedroht haben. Eben waren alle weg. Die sind bestimmt in den Zoo umgezogen.*

Es folgten die Phasen der Empörung: Lästern, Verwünschen, Schimpfen, Beleidigen. Die Füchse konnten nachvollziehen, dass die Schwäne und Enten geflüchtet waren. Sie selbst waren zwar auch gemein zu den Schwimmvögeln gewesen, haben sie aber nur freundschaftlich geneckt, wie sie sich gegenseitig beteuerten. Die Wölfe hingegen haben regelrecht Jagd auf die Armen gemacht. Einige entkamen nur um Haaresbreite. Halt. Schorschi hatte einen Einspruch: *Enten haben keine Haare!*

Gönnhardt: *Dann eben Federsbreite!*

Es war also bestätigt, dass die Wölfe einen rundherum schlechten Eindruck machten. Nicht mal die gutmütigen Enten ertrugen sie. Die Füchse waren ebenfalls bedient.

Egal, wo man hinschaute, überall war mindestens ein Wolf. Diese Nähe war erdrückend, es gab kein Entkommen. Die Füchse fanden einfach keinen Rückzugsort.

Lassen wir die letzte Zeit Revue passieren. Sie hatten es anfangs mit Verständnis versucht. Ja, die Wölfe waren größer, deshalb sahen sie es ein, dass der Fuchsbereich kleiner sein durfte. Aber damit gaben sich die großen Raubtiere nicht zufrieden. Je mehr sich die Wölfe eingelebt hatten, desto weiter wurde ihr Revier ausgedehnt. Mittlerweile war das Territorium so klein wie zu Fuchsbauzeiten.

Nicht nur in Sachen Raumaufteilung waren die Wölfe fies. Am ersten Tag feierten die Wölfe ihre Ankunft lautstark und bis in die Nacht. Sei ihnen gegönnt, die Füchse übten sich in Nachsicht. Man konnte glücklicherweise nur einmal einziehen. Beendet wurde die Feier damit, dass die Wölfe *zufällig* auf ihre Schlafplätze traten und danach kicherten.

Der Trend, der sich am ersten Tag abgezeichnet hatte, war bald der Lauf der Dinge. In diesem gemeinen Stil ging es nämlich nicht nur am darauffolgenden Tag, sondern auch den darauf-darauffolgenden Tagen weiter. Die Wölfe zeigten ihre Überlegenheit durch rücksichtsloses Verhalten.

Es fing beim Frühstück an. Nach bedrohlichem Zähnefletschen war geklärt, wer sich zuerst am Buffet bedienen durfte. Die Füchse mussten sich mit den Resten abfinden. Viel war es nicht, satt wurde man nur, wenn man keinen Hunger hatte. Die Gemeinheiten zogen sich wie ein roter Faden durch die Tageszeiten. Die Wölfe spielten am Fernseher herum, verdeckten mit ihren massigen Körpern die Sonne, blockierten den Putzschrank. Sie machten Witze über die Hüte der Füchse, über die Größe der Füchse und über die Freunde der Füchse. Unsere Helden wurden gemobbt wie Kinder mit roten Haaren, Zahnspangen und Kleidung aus der alten, namensgebenden Sammlung auf dem Pausenhof der Hauptschule im Problembezirk der Großstadt. Juckte es den Wölfen in den Beinen, verlangten sie, dass die Füchse mit ihnen spielten. Statt Fangen und Verstecken nannten sie es Jagen und Erbeuten. Als hätten die körperlichen Vorteile nicht genügt: Während die Wölfe frisch gestärkt vom reichlichen Mahl waren, kämpften die Füchse mit ihrer Erschöpfung. Es gab wenig zu lachen. Versuchten die Füchse, sich abseits auszuruhen, nahmen die Wölfe Fährte auf. Schließlich war Entdecken und Vertreiben ein weiteres lustiges Spiel der Wölfe.

Ja, so war das mit den Wölfen, nicht gerade leicht. Immerhin fühlten sich die Füchse an diesem Tag gut. Über andere zu lästern reinigt die Seele so ähnlich, wie es die Tränen eines Heulkrampfes tun. Guido packte seine Ordner wieder ein, er verabschiedete sich. Er und Claudette hatten viel zu tun. Viel zu viel zu tun.

Nicht nur den Füchsen und Guido machten die Wölfe zu schaffen. Die Wölfe wurden sich ihrer Sache im Schlossbereich generell immer sicherer. Die Hemmschwelle tanzte Limbo – sie sank. Den Wölfen waren normale Gepflogenheiten Schnuppe wie ein abstürzender Stern. Sie benahmen sich dreist wie Urlaubsgäste, die ihre Reise beim Preisausschreiben gewonnen hatten: Sie meckerten das Personal an, sie warfen ihren Müll überall hin, Einrichtung flog aus dem Fenster, Essensreste auf den Boden, nahmen keinerlei Rücksicht auf Umwelt, Mensch und Natur. Jeder, der im Dunstkreis der Wölfe war, bekam sein Fett weg.

Es hatte sich zwar herumgesprochen, dass die Wölfe

bösartig und unberechenbar waren, aber der Mensch lernt bekanntlich erst, wenn er selbst fühlt. Statt sich bei den Besuchen im Schlossgarten einfach an die Füchse zu halten, versuchten viele Besucher auch mit den Wölfen zu spielen.

Diese hatten bei den Interviews gute Erfahrungen mit Forderungen gemacht, also wollten sie für ihre Aufmerksamkeit weiterhin entlohnt werden. Ihre Tauschpreise waren Wucher. Da kam manch eine großköpfige Familie in Zahlungsschwierigkeiten, sollte es neben dem Erinnerungsfoto auch eine Streicheleinheit sein. Die Wölfe waren so aufdringliche Geldeintreiber, sie verfolgten manche Menschen bis an die Haustür, um auch sicher die geforderten Geschenke zu bekommen. In voller Stärke oder auch nur zu zweit wussten sie, sich Respekt zu verschaffen. Entsprachen die Dinge nicht den Vorstellungen, kannst du dir ausmalen, was passierte.

Auch sonst waren die Wölfe bissig. Gorra machte beispielsweise mit Vorliebe Kindern Angst. Sie erzählte ständig von einem Aufstand gegen Menschen, von einem Krieg der Tierwelten. Sie flüsterte den Mädchen und Jungen zu, dass sie einen Bürgerkrieg gegen ihre Eltern anzetteln sollen. Die Sache mit den aufständischen Kindern hat sie wohl falsch verstanden.

Alles in allem ziemlich viel Negativität. Du kannst dir also vorstellen, was nach den Ausflügen über die Tiere aus dem Schlossgarten erzählt wurde.

Übernahmeangebot.

Die Wochen vergingen, es baute sich Druck auf. Aufgestauter Druck suchte sein Ventil.

Auch heute trafen sich die Füchse mit Guido, diesmal war es der Hausmeister, der Dampf abließ und dann Zuspruch brauchte.

Claudette: *Das solltest du dir nicht bieten lassen. Nicht du. Wir vielleicht, aber nicht du!*

Gönnhardt stimmte zu: *Du bist nicht der Sklave von denen.*

Das Mädchen für alles konnte einem leid tun. Guidos Arbeitspensum steigerte sich durch die undankbaren Wölfe nicht nur, es schoss in die Höhe wie ein Junge in der vierten Klasse. Als er so da saß, die Füchse an ihn geschmiegt, war er den Tränen nahe. Guido: *Ihr habt recht. Das wird mir alles zu viel. Die Wölfe, die machen alles kaputt. Vom Leuchter bis zum Blumenbeet, immer wird was zerstört.*

Die Füchse trösteten so gut es ging. Gönnhardt machte einen Vorschlag, an dem Bertram weiter feilte.

Guido konnte überzeugt werden. Allerdings musste Claudette ihn im Laufe des Arbeitstages mehrmals bearbeiten, seine Entscheidung nicht rückgängig zu machen.

Nach Feierabend klopfte Guido an der Bürotür von Schminkfit. *Klopf, klopf.*

Schminkfit: *Wer ist da?*

Guido konnte es sich nicht verkneifen, die Witzseite war nun mal sein Lieblingsteil der Zeitung: *Wiebke. Grummel, Murmel, Grummel.*

Schminkfit: *Wiebke?*

Guido: *Wiebke-omme ich die Tür auf?*

Schminkfit: *Guido, den kannte ich noch nicht.*

Hereinspaziert!

Schlagartig übernahm Panik Guidos Körper. Mit bebender Unterlippe trat er vor seinen Chef. Es war das erste mal in 14 Jahren Anstellung, dass er ein solches Gespräch suchte. Eines, in dem er etwas fordern wollte.

Er hatte zwar Angst um seinen Job, aber es musste sein.

Guido: *Herr Schminkfit, ich brauche Hilfe. Ich kann das alleine nicht stemmen. Die Füchse ja, aber die Wölfe ... das wird mir zu viel. Ich sag ihnen ganz ehrlich: Bitte entlassen sie mich nicht, aber ich brauche Hilfe.*

Schminkfit lehnte sich zurück. Sein Bürostuhl knarrte und knarzte, der dicke Hintern hatte bleibende Schäden hinterlassen.

Schminkfit legte die Stirn in Falten, atmete tief ein und laut aus.

Guido bekam nasse Handflächen, Schweiß rann von seinem Rücken in die Unterhose. Schminkfits Augen bewegten sich von links nach rechts. Und wieder zurück. Dann hellte sich sein Gesicht auf. Schminkfit: *Guido, das ist doch gar kein Problem. Wir stellen noch jemanden ein, und ich übernehme die Vermittlung und Verwaltung!*

Guido hatte seinen Chef da auf eine tolle Idee gebracht. Er konnte sich etwas dazuverdienen. Das zusätzliche Gehalt würde nicht aus seinem Geldbeutel kommen, doch den Aufwand von Organisation und Leitung der neuen Mitarbeiter wollte er sich fürstlich entlohnen lassen.

Eine Gehaltserhöhung, die man sich selbst genehmigen kann, ist schon eine feine Sache. Schminkfit fühlte sich wie ein Bundestagsabgeordneter bei der Diätenerhöhung.

Schminkfit abschließend: *Die Rechnung kriegt die Stadt.*

Was ne Verschwendung.

Schminkfit stand im Türrahmen.

Gönnhardt wurde gebieterisch herbeigerufen. Nach einem kurzen Wortwechsel wurde der Fuchs damit beauftragt, Drohl zu suchen. Schminkfit hatte in der letzten Woche viel über die Wölfe gehört. Darunter war viel Schlechtes, er wollte daher kein Risiko eingehen.

Es gab Neuigkeiten. Nur wenige Tage nach seiner großzügigen, gönnerhaften Zusage an Guido und den darauffolgenden Einstellungen musste Schminkfit Abstriche machen. Geld wuchs auch in Karlsruhe höchstens an Weihnachtstannen. Wobei das Heu im Normalfall in Umschlägen unterm Baum lag.

Die Unterredung fand in einem der Bürozimmer im Nordflügel statt. Wir können die Lokalität in diesem Fall nicht Tagungsraum nennen, schließlich wollten alle Beteiligten die Sache innerhalb weniger Minuten hinter sich bringen. Schminkfit war vorbereitet, er hatte Verstärkung dabei. In dem hellen Raum saßen sich Schminkfit, die beiden Rudelsführer und zwei Gäste gegenüber beziehungsweise kreuz und quer. Letztere, die Gäste, waren nicht weiter wichtig. Wir nennen sie Zwillingsbruder und Klonschwester. Gekleidet in schwarzem Kostüm/Anzug mit Bluse/Hemd in Weiß, braunen Stiefeletten/Stiefel sowie straßenköterblonden Haaren im Mittelscheitel/Seitenscheitel sahen sie/er aus wie die Sprösslinge eines Mutterkonzerns. Jedes Gebäude im Karlsruher Gewerbegebiet konnte mehrere Exemplare dieser Gattung vorweisen.

Schminkfit stellte vor: Zwillingsbruder war von der Finanzverwaltung der Stadt Karlsruhe, Klonschwester von der Öffentlichkeitsarbeit. Hätten die Tiere schon mal einen Behördengang hinter sich gehabt, ihnen wäre die Bürgerbüro-Atmosphäre bekannt vorgekommen. So war es allerdings befremdlich für Gönnhardt und Drohl, wie von flüchtigen Floskeln zu anspruchsvollen Aussagen gewechselt wurde. Gereicht wurde übrigens der gute Kuchen aus der Folie. Dazu servierte man Kaffee, der sich als trübes Wässerchen entpuppte. Der krümelige Kuchen war kein gutes Vorzeichen, da war sich Gönnhardt sicher. Recht sollte er haben, denn während er die Krümel, in die sich sein Stück aufgelöst hatte, aufschleckte, prasselten Worte auf ihn ein. Es wurde eher Vortragsreihe denn Gespräch.

Der Klonbruder erklärte, dass es an der Zeit war, zu sparen. Dass es mit den Ausgaben nicht so einfach war, wie Schminkfit es sich ausmalte, war irgendwo voraussehbar und intern auch schon durchgekaut. Jetzt wurde es Drohl und Gönnhardt verklickert.

Die neuen Angestellten wurde die Verwaltung so einfach nicht wieder los. Der Rotstift musste an anderer Stelle angesetzt werden. Zwillingsbruder erklärte den Tieren, dass niemand mehr bereit war, Unsummen für sie auszugeben. Neben den Personalkosten waren die Kosten für Reparaturen exorbitant.

Schminkfit hakte sich mit Beispielen von irrsinnigen Kosten ein: *Sekundenkleber, Nadel und Faden, Farbe zum Überstreichen der Pfotenabdrücke an den Wänden und Decken*. Schminkfit nach einem ausgedehten Kopfschütteln weiter: *Und dann die Lampenschirme! Am Dienstag wurden drei neue gekauft. Am Mittwoch zwei. Was macht ihr denn damit?*

Drohl: *Beißer putzen.*

Alle anwesenden Menschen schüttelten beim Gedanken an diese Luxus-Zahnstocher im Gleichschwung den Kopf. Das Fazit von Zwillingsbruder war: *Wenn ihr Sachen kaputt macht, gibt es keinen Ersatz mehr. Das Budget ist aufgebraucht.*

Die Finanzen waren abgehakt. Jetzt war die Klonschwester dran. Sie hatte den strengen Ton einer Deutschlehrerin, wenn die Schüler Großschreibung mit Kleinschreibung verwechseln. Sie philosophierte von Tourismus, von sinkenden Einnahmen, gebundenen Ressourcen, Entschädigungen, weniger Übernachtenden und schlechten Rezensionen. Klonschwester trommelte dabei mit einem Kugelschreiber auf einem Diagramm herum.

Drohl sah Gönnhardt grimmig an. Bei jedem Wort, das er nicht verstand, wurde sein Blick finsterer. Klonschwester: *Imageverlust. No-Go-Area in und um dem Schloss. Unappetitliche Stürme auf sozialen Medien. Städteranking.* Immerhin konnte Drohl seine Gesichtszüge von da an nicht weiter verdunkeln. Das war zu viel des Verwirrenden, Drohl verstand nur noch Bahnhof.

Bei jeder Station trat er Gönnhardt nun unterm Tisch vor das Schienbein. *Wohlfühlfaktoren! Parallelgesellschaften! Gesellschaftliche Akzeptanz!*

Gönnhardt: *Au!*

Gönnhardt: *Uff!*

Gönnhardt: *Autsch!*

Gönnhardt biss auf die Zähne, versuchte, sich an den

Schmerz zu gewöhnen. Die Dame ließ sich von dem Fuchs, der zuckte wie ein Fisch an Wasser, nicht beirren. Schminkfit starrte an die Decke, seine Lippen bewegten sich lautlos. Zwillingsbruder saß am Tisch und machte sich Notizen. Die Dame fand einfach kein Ende. Sie hypnotisierte Fuchs und Wolf mit ihrem Fachchinesisch so sehr, dass sie aus ihrem Bann erst aufwachten, als Schminkfit mit der flachen Hand auf den Tisch schlug.

Es folgte betretenes Schweigen. Ein *Gluck* durchbrach die Ruhe. Das war der Schluck, als Zwillingsbruder seinen trockenen Kuchen mit dem hellbraunen Kaffee herunterspülte. Schminkfit schaute hilfesuchend zu Schwester, dann zu Bruder. Er sträubte sich, sein Machtwort zu wiederholen. Doch er musste, schließlich hatten die beiden Tiere nicht zugehört: *Wichtig ist, dass es jetzt reicht. Schluss und aus. Ihr und eure Bagage müsst weniger Essen, weniger nerven, weniger kaputt machen und netter sein!*

Gönnhardt nickte. Drohl war … verwirrt im Zug. Er hatte auch den letzten Halt dieses Gesprächs, das damit beendet war, nicht wahrgenommen und folglich verpasst. Die Verabschiedung fiel wortkarg aus. Gönnhardt und Drohl zogen sich zu ihren jeweiligen Freunden zurück. Schminkfit suchte das Weite. Klonschwester drückte sich im Schlossmuseum herum, um heute nicht mehr ihren Schreibtisch hüten zu müssen. Zwillingsbruder war ohne weitere Worte verschwunden. Zwillingsbruder legte sein Schweigen erst ab, als keiner der Konferenzteilnehmer mehr in Hörweite war.

Auf dem Heimweg erzählte er seiner Schwester die Geschehnisse brühwarm. Diesmal war es die leibliche Schwester, ihrerseits Reporterin für Lokales beim

Wut.

Es dauerte ein paar Minuten, bis Drohl endlich all diese unangenehmen Fremdworte und großen Begriffe vergessen hatte. Er musste seinen Kopf so arg schütteln, sich so oft im Kreis drehen, dass ihm noch schwindelig war, als er sich vor versammelter Mannschaft wiederfand. Zur Begrüßung wurde er von Zmirka mit Fragen gelöchert. Drohl war nach der dritten verstummt. Denn Drohl musste nachdenken. Es war ein seltsames Bild: Drohl, der gedankenversunken die Decke musterte, während die anderen Wölfe ihn gespannt anstarrten.

Drohl heulte den nackten Mann von der Freskomalerei an: *AAAH-UUUH*. Er hatte seinen Schlachtplan entworfen.

Als erstes beschrieb er die drei Menschen. Während die anderen lauschten, rastete Gorra fast aus. Sie unterbrach Drohl mehrfach. Sie schrie bei der Ausführung über Schminkfit: *Dem beiße ich ins Bein!* Als es um Zwillingsbruder ging: *Dem zerfetze ich die Hose!* Auch der Dame im Kostüm drohte sie mit einer Abreibung. Zum Glück wusste sie nicht, dass die Klonschwester nur wenige Luftmeter entfernt war. Deren Strumpfhose hätte sonst die ein oder andere Laufmasche davongetragen. Drohl erzählte, was er noch wusste (wenig, sehr, sehr wenig) und reimte sich den Rest zusammen.

Das Sahnehäubchen der Übertreibung und Wahrheitsverzerrung hielt sich Drohl bis zum Schluss auf. Dabei wurde ein ziemlich negatives Bild von Gönnhardt gezeichnet. Drohl zog nicht ohne Hintergedanken über Gönnhardt her. Er wollte einen Sündenbock liefern, damit er sich heute Abend keine dummen Sprüche von Zmirka anhören musste. So behauptete Drohl, dass Gönnhardt sie bei der Besprechung angeschwärzt hatte, dass es eine Verschwörung war, dass Gönnhardt mit den Menschen unter einer Decke steckte.

Drohl war glaubhaft.

AAAH-UUUH.

Gorra war außer sich, als sie von den Vorschriften dieser verdammten Menschen erfuhr. Diesmal stimmten ihr die anderen Wölfe zu. Bugar versuchte noch zu schlichten, er wollte die Wogen glätten. Vergeblich. Das Urteil war gefällt wie ein entwurzelter Baum. Die Füchse waren intrigant, unzuverlässig und verräterisch, deshalb musste man diese Feinde bestrafen.

Zur gleichen Zeit stand auch Gönnhardt Rede und Antwort. Seine Einschätzung war der Realität näher angesiedelt. Was er bei dem Gespräch nicht verstanden hatte, interpretierte er auf seine Weise. Die war zwar nicht korrekt, aber fast richtig. Es war schon etwas Wahres dran, dass die Füchse von den Karlsruhern verwöhnt und ausgehalten wurden. Die Füchse kamen zu dem Ergebnis, dass sie auf die Menschen zugehen und ihnen ihre Dankbarkeit zeigen sollten. Sie waren auf die Gunst der Menschen angewiesen. Alles, was sie nutzen durften, fast alles, was sie besaßen, kam von den Menschen und war nur geliehen, jedoch nicht geschenkt.

Ab dafür.

Bugar: *Hey, pssst.* Bugar flüsterte Schorschi etwas ins Ohr.

Schorschi versuchte sich alles ganz genau zu merken. Er

war jedoch ziemlich aufgeregt, das war schließlich wie eine Runde stille Post. Bloß nichts vergessen! Schorschi eilte zu Gönnhardt und den anderen. Auf dem Weg verarbeitete der feiste Fuchs Bugars Botschaft. Am Ziel angelangt war der dümmliche Gesichtsausdruck einer ängstlichen Maske gewichen. Eigentlich wollten die anderen Füchse gerade raus, doch der Anblick des Ankommenden machte deutlich, dass etwas in der Luft lag.

Schorschi: *Die Wölfe haben gemeint, dass wir sofort in den Keller umziehen müssen, sonst beißen sie uns so fest, dass wir blutig sind.*

Gönnhardt fiel bei der Nachricht aus allen Wolken. Gönnhardt vergewisserte sich voller Unglauben und Entsetzen: *WAS?!?*

Schorschi sah Gönnhardt verwirrt an, wiederholte laut und langsam: *DIE WÖLFE HABEN GEMEINT, DASS WIR SOFORT IN DEN KELLER UMZIEHEN MÜSSEN, SONST BEISSEN SIE UNS SO FEST, DASS WIR BLUTIG SIND!*

Gönnhardt: *Na großartig.*

Schorschi: *Ich finde das nicht großartig.*

Bevor Gönnhardt einen klaren Gedanken fassen konnte, platzten Drohl und Hammak ins Zimmer. Die beiden bauten sich bedrohlich auf. Die zweite Angriffslinie bildete das Wolfsluder Zmirka. Die Nachzügler Gorra und Bugar sahen unbeteiligt beziehungsweise peinlich berührt aus, als sie die letzte Reihe der vorderen Front bildeten.

Angriff? Verteidigung! Auch die Füchse formierten sich. Ganz vorne Schorschi und Gönnhardt, dahinter Claudette, Reinholdt, Bertram, Florentine.

Hammak wiederholte die Forderung der Wölfe: *Füchse*

weg, runter Keller.

Drohl nickte zufrieden. Zmirka grinste teuflisch hinter den Hintern der Brüder hervor. Sie war es, die auf die Idee gekommen war. Claudette ergriff das Wort: *Was? Ich soll in einem Keller leben? Kommt gar nicht in Frage, so weit unten bei all dem Staub und der Erde wohnen, nee, nicht.*

Reinholdt verdrehte die Augen, aber verkniff sich seinen spöttischen Kommentar. Zu ernst war die Lage, obwohl er Claudette gerne aufgezogen hätte. Hat sie ernsthaft schon vergessen, wo sie früher gewohnt haben?

Zmirka stupste Drohl an. Der drehte sich um, sah die bösen Augen seiner Frau und verstand: *Runter, sofort!*

Ach wie herrlich, die entsetzten Gesichter dieser kleinen Opfer, Zmirka wollte mitmischen. Zmirka zu Florentine: *Du runter oder Knoten im Fell.*

Drohl: *Ja.*

Hammak hatte genug gehört. Hammak beendete die Diskussion. Hammak ließ Taten statt weitere Worte sprechen. Kaum hatte Drohl seiner Gattin zugestimmt, sprang Hammak vor. Der kräftige Wolf biss Schorschi ansatzlos und unerwartet in die Schulter. Drohl verstand das Zeichen. Er rempelte Gönnhardt an. Die beiden Wölfe beugten sich synchron nach unten, senkten die Köpfe und knurrten.

Es verging kein Augenblick, höchstens ein Blinzeln. Jeder der folgenden Schritte dauerte nur eine halbe Millisekunde: Schorschi wurde gebissen, Claudette sah es, sie riss die Augen auf, Gönnhardt stolperte in sie, sie verlor ihr Gleichgewicht.

Dann dauerte es nicht lange, bis sich Claudette wieder

gefangen hatte und fest auf allen Vieren stand. Claudette ließ sich so etwas nicht bieten. Weiter im Takt: Sie sprang ab, verbiss sich in Drohls rechtem Bein. Keine Frage, ohne nachzudenken eilte Reinholdt seiner Schwester zu Hilfe. Er zog und riss an Drohls linkem Bein.

Nachdem auch Florentine und Bertram aktiv in das Geschehen eingegriffen hatten, herrschte ein heilloses Durcheinander. Es war ein grau-braunes Chaos: Fell über Fell neben Fell hinter Fell. Es flogen Knäuel aus Tierhaar durch die Luft – ein Albtraum für jeden Allergiker. Die beiden Wölfe und die sechs Füchse waren ineinander verkeilt und wirbelten durch den Raum.

Die anderen Wölfe bekamen eine wilde Show geboten. Die Schlägerei wirbelte durch den Ballsaal. Stühle wurden umgeworfen, Lampenschirme rissen, Schüsseln zerbrachen. Das Getöse hinterließ ein Feld der Verwüstung.

Boink!

Die Kämpfer prallten an die Wand, dopsten ab wie ein Gummiball. Sie hinterließen Fußabdrücke und Blutspuren auf der Tapete. Kurz darauf waren sie wieder in der Mitte des Zimmers. Dort verharrten die anderen Wölfe verdutzt/amüsiert/genervt. Zmirka wollte gerade zu einem Biss ansetzen. Zu spät, Sieg und Niederlage waren bereits besiegelt. Selbst in Unterzahl wurden die Wölfe ihrer Favoritenrolle gerecht. Drohl und Hammak hatten ihre Gegner abgefertigt. Triumphierend schauten sie auf die am Boden liegenden Füchse herab.

Gönnhardt rappelte sich als erster auf. Gönnhardt begutachtete die Wunden der Gruppe. Es hatte niemanden lebensbedrohlich erwischt, es war aber auch keiner glimpflich davon gekommen. Jeder der Füchse hatte Bisse sowie ausgerissene Haare erlitten. Beschwichtigend keuchte Gönnhardt: *Ok, gewonnen.*

Die Füchse drängten sich gegenseitig zurück. Sie brauchten Sicherheitsabstand. Drohl und Hammak waren zwar ebenso außer Puste, doch Zmirka strotzte vor negativer Energie.

Zmirka fauchte: *Keller oder Kampf.*

Claudette und Reinholdt, sahen einander an. In stiller Eintracht richteten sich die zwei auf, waren bereit für die nächste Runde. Claudettes Hinterlauf war aufgerissen, sie humpelte hölzern los. Reinholdt war treu an ihrer Seite.

HALT!

Gönnhardt stoppte die beiden, bevor sie kritisches Terrain erreichten. Er überholte seine Freunde, stellte sich schützend vor sie. Gönnhardt schloss die Augen: *Wir gehen in den Keller. Verstanden, Roger.*

Die Füchse verließen geknickt das Schlachtfeld.

Zmirka lachte hämisch, während sie anfing, die Besitztümer der Füchse an die Tür zum Keller zu tragen. Bereits nach einem einzigen transportierten Teil schnauzte sie die anderen an: *Den Rest ihr tun.*

Noch mehr Arbeit. Drohl stöhnte erschöpft auf. Hammak wollte erst noch etwas klären. Er schaute seinen Bruder verwirrt an: *Dein Name Drohl?! Nicht Roger?!*

Malerischer Ausblick.

Als die geschlagenen, gebissenen und getretenen Füchse nach einer Bleibe im Keller baten, wies Schminkfit ihnen einen ungemütlichen Raum zu. Das neue Wohnzimmer der Füchse war eigentlich die ehemalige Lagerhalle des Museums. Schminkfit meinte lapidar zu Gönnhardt, dass sich auf die Schnelle kein besserer Raum finden ließ. Er hatte allerdings auch keine Lust gehabt, überhaupt zu suchen. Das *eine Zimmer da*, auf das er vom oberen Treppenende zeigen konnte, war perfekt. Schminkfit verabschiedete sich mit fadenscheiniger Begründung, er schob eine Stauballergie vor. Treppenphobie traf es eher.

Damit wohnten die Füchse von nun an im Keller. Sie richteten sich zwischen Kisten und Kartons, zwischen Spinnweben und Staubflusen ihr kleines, dunkles Reich ein. Man kann sich die Stimmungslage vorstellen, nachdem all der Besitz der Füchse eine Etage tiefer war. Düstere Gedanken geisterten durch das Gewölbe. Gönnhardt versuchte, seiner Truppe nach dem Umzug Mut zuzureden: *Wir müssen ja nur hier unten sein, wenn wir schlafen gehen. Mit geschlossenen Augen ist es sowieso dunkel.*

Gönnhardt bekam Murren als Antwort. Besonders für Bertram war das ein schwacher Trost. Es war langweilig hier unten. Er vermisste seinen Fernseher, und wollte immer noch nicht mit den anderen Füchsen im Garten spielen. Die einzige Scheibe, durch die er noch glotzen konnte, war begrenzt unterhaltsam. Aus dem vergitterten Kellerfenster sah man lediglich einen kleinen Ausschnitt vom Schlossvorplatz. Bertram fühlte sich gefangen im Gefängnis!

Nun gut. Die Kellerkinder machten sich mit ihrer Umgebung vertraut. Sie fanden in den Schachteln und Boxen Utensilien von alten Ausstellungen des Schlossmuseums. Für gute Laune sollten Kostüme und Requisiten von Aufführungen sorgen.

Die Tage verstrichen, doch die Ideen gingen nicht aus. Die Füchse verkleideten sich und spielten Theater, wenn sie sich im Keller gefangen fühlten. Man muss es ihnen lassen, sie machten das beste aus der Situation. Sie lebten sich so gut es ging im Untergeschoss ein. Guido unterstützte sie tatkräftig, trotz begrenzter Mittel wurde renoviert. Alte Vorhänge wurden Betten, Bierbänke zu einer Snackbar, alte Leuchtreklame zur Lichtquelle. Während die Stimmung unter der Erde ein wenig stieg, sank sie an der Luft ins Bodenlose.

Die Angestellten, die sich um die Pflege der Beete und Grünanlagen kümmern sollten, hatten zu diesem Zeitpunkt längst resigniert. Wenn die Wölfe die grüne Kunst sowieso zerstören, worin lag dann der Sinn der Gartenarbeit? Statt Blumen und Blüten dominierten Gruben und Erdlöcher den Bereich um das Schloss. Es sah aus, als hätte Muttern am ersten Frühlingstag Lust auf einen Garten voller Beete gehabt, aber nach dem Umgraben wegen Kreuzschmerzen aufgegeben. Wenn es schon schlimm aussah, wollten die Füchse wenigstens für heitere Stimmung sorgen. Die meiste Zeit auf der Erdoberfläche verbrachten die Füchse mit den paar Menschen, die sich noch in den Schlosspark verirrten. Sie taten überschwänglich fröhlich, und versuchten sich auch gegenseitig mit ihrer gespielt-guten Laune aufzuheitern.

Ein Tag lässt sich hervorheben, für die Füchse war es der schönste seit der Invasion der Wölfe. Es begann, als die Füchse morgens in ihrer Kammer des Schreckens saßen und sie laute Rufe hörten: *Füüüchse! Haaaallo.* Bertram vermutete eine Falle. Da Bertram paranoid war, schreckte seine Warnung niemanden auf. Die Füchse waren neugierig. Gönnhardt war der erste, der sich raus traute.

Der Mut wurde belohnt, denn der Anblick ließ sein Herz vor Freude hüpfen. Als er im Schlossgarten ankam, traf er auf eine Horde Kinder. Wohin das Auge reichte: Kleine Mädchen mit Zöpfen und Zahnlücken sowie Buben mit Brillen und Bällen.

Gönnhardt drehte sich wortlos um und rannte zurück in den Keller. Er verhaspelte sich vor Aufregung: *Schnell Tüte aufhetzten und koch hommen. Äh. Schnell Hüte aufsetzen und hoch kommen.*

Gekleidet mit individuellem Kopfschmuck stand die Fuchsbande einer Schulklasse gegenüber, die sich schon seit Wochen auf diesen Ausflug freute. Es herrschte ein heilloses Durcheinander, als die Kinder realisierten, dass es endlich losging. Mädchen schrien, Jungen kreischten. Diesmal war die gute Laune nicht gespielt, deshalb steckte sie an. Sogar Bertram schwebte auf Wolke Sieben. Nach all den deprimierenden Vorkommnissen sollte es heute ein schöner Tag werden.

Die Lehrerinnen begrüßten die Füchse, erklärten den Kindern demonstrativ die Regeln für ein friedliches Miteinander. Sie sprachen langsam, laut und deutlich – damit auch die Füchse verstanden. Und dann ging die Post ab wie nach der Briefkastenleerung. Wie es bei Klassen so ist: Es bildeten sich Grüppchen. Jeder der Füchse fand schnell seine Clique.

Ganz vorne auf den harten Sandsteinen saß Bertram mit seiner Gang. Keiner der Anwesenden war scharf auf anstrengende Bewegung oder aggressive Sonnenstrahlen. Er war umringt von Strebern, die ihm alle Vokabeln vorlesen wollten. Die Leseratten suchten den Schatten und fanden ihn den ganzen Tag unter einer großen Eiche.

Claudette wechselte von der Rolle des Putzteufels in die des Wachhundes. Da ihr die Kinder zu albern und vor allem zu schmutzig waren, gesellte sie sich zu den Lehrerinnen. Die Damen drehten ihre Runden durch den Park, um überall nach dem Rechten zu schauen. Claudette hatte den Dreh schnell heraus und gab den Kindern ebenfalls Kommandos: *Heee Darian, nicht so wild. Die Tante wird mächtig böse, wenn die Schuhe kaputt gehen tun!* Darian: *Tschuldi.* Nachdem Darian zwei Schritte geschlendert war, rannte er wieder.

Florentine bekam natürlich ein Verwöhnprogramm von den Mädchen, die auf Prinzessinnen und Einhörner standen. Auch Jungen kamen ab und zu vorbei, wenn sie eine Verschnaufpause brauchten. Dabei pflegten und streichelten sie die hübsche Füchsin. Florentine sorgte effektiver für Ordnung als Claudette. Die Kinder warteten geduldig, bis sie an der Reihe waren. Vielleicht sorgten auch Reinholdts scharfe Zähne für die nötige Ruhe. Florentines Haarbürste war an diesem Tag wertvoll und mächtig wie ein Zepter. Reinholdts Ding war diese Haarrauferei nicht, aber er musste halt auf Florentine aufpassen. Mitgehangen, mitgefangen: Im Laufe des Tages bekam er Zöpfe geflochten. Er sah abends aus wie ein Rasta-Fuchsi.

Schorschi hatte Laufkundschaft. Er verstand sich mit allen Kindern. Wenn sie bei ihm waren, waren sie noch stiller. Bei Schorschi wurde zwangsweise geschwiegen. Voller Mund und so. Es gab bei Schorschi natürlich Essen. Schorschi verweilte auf den Treppen, die der Picknickbereich waren. Er wurde immer wieder gefüttert und lehnte keinen Bissen ab. Natürlich nur aus Höflichkeit und ganz bestimmt nicht weil er verfressen war, damit das klar ist.

Auch Gönnhardt war glücklich. Er konnte endlich wieder in Gesellschaft toben. Die Kinder waren noch unterhaltsamere Laufkameraden als die Enten. Gönnhardt jagte mit den wilden Jungs und den verwegenen Mädchen über Wiesen und spielte die Version von Fangen, die nicht weh tat.

Die Klasse blieb zur Freude aller Beteiligten – Aufsichtspersonal abzüglich Claudette ausgenommen – bis in die Abendstunden. Nachdem der Ausflug endete, waren die Füchse erschöpft und glücklich. Sie stützten einander auf der Kellertreppe ab und waren bereit, todmüde ins Bett zu stürzen.

Kurz nachdem sie gefallen waren wie Kriegshelden, ging es los: *BUH! WÄH! WUUUUSELFITZ!*

Die Füchse hatten die Rechnung ohne ihre Nachbarn gemacht. Es hallte Schmährufe und andere Blödeleien vom oberen Ende des Treppengeländers hinab. Die Wölfe konnten der angestauten Wut endlich freien Lauf lassen. Den ganzen Mittag und halben Abend waren sie am Fenster zum Hof gestanden. Immer wieder lästerten die Wölfe über das Treiben da draußen. Füchse, die sich amüsierten, wurden nur noch von Füchsen, die sich mit Menschen amüsierten, übertroffen. Gorra stieß besonders übel auf, dass es die Sorte Mensch war, die immer noch nicht gegen ihre Erziehungsberechtigten rebellierte. Selbst wenn Bugar es geschafft hatte, die Wölfe für ein paar Minuten zu beruhigen, stachelte Gorra das Rudel wieder an. Sie hatte Kinder im Geiste gefressen. Gorra: *Diese Kinder sollte man alle weh tun, dann lachen und hüpfen sie nicht mehr.*

Drohl war der Wolf, der tagsüber die beste Laune hatte. Sah er doch seine Lügengeschichte bestätigt: *Da Zmirka.*

Verräter Fuchs plus Mensch. Doch auch er war Feuer und Flamme, als die Wölfe sich Gemeinheiten ausdachten. Die Mission: Sie wollten die Kellerkinder am Schlafen hindern.

Man muss es ihnen lassen: Für Abwechslung war gesorgt. Es gab beispielsweise ein Pfeifkonzert, das sich zu einer Schimpfaufführung entwickelte. Auf Frechheit folgte Gemeinheit, nach Krach begann Lärm. Wenn die Wölfe nicht an der Treppe jaulten, trampelten sie herum. Wenn sie nicht herumtrampelten, warfen sie Töpfe, Pfannen und ähnliche Quälgeister die Stufen runter. Das Sahnehäubchen des Psychoterrors war, dass sie gegen Mitternacht minutenlang den Deckenleuchter anheulten. Solche Albernheiten machten eigentlich nur Wölfe in Filmen, aber an diesem Tag war der Gruppe um Drohl nichts zu blöd.

Die Lärmbelästigungen gingen bis tief in die Nacht. Das letzte Geräusch dieses Frühstmorgens war ein heiseres, hämisches Gelächter von Hammak. Erst dann war für Gönnhardt an Einschlafen zu denken. Gar nicht so einfach bei einem Blutdruck, der vor Wut bis in die Ohren pocht.

Heute, Kinder, wird's was gähnen.

Die liebe Sonne strahlte wie ein Verliebter vor dem dritten Date. Guido und Claudette teilten sich ein Plätzchen im Schatten. Mittagszeit bedeutete Mittagspause. Claudette schaute verträumt zu den zwitschernden Vögeln, die durch die Baumkronen tanzten. Guido aß seine Stulle und blätterte in einer Zeitung. Guido hatte Schwierigkeiten, sich auf die Nachrichten zu konzentrieren. Wie üblich löcherte Claudette ihn mit Fragen. Claudette: *Kannst du gut lesen?*

Guido: *Nö, nur Bilderbücher kann ich gut lesen.*

Guido schmunzelte. Er amüsierte sich sichtlich über sein Späßchen.

Claudette verstand den Witz nicht. Es folgte die nächste Frage. Claudette: *Bringst du mir Lesen bei?*

Guido: *Irgendwann mal.*

Claudette hielt inne. Dann: *Ist jetzt irgendwann?*

Guido: *Das dauert noch.*

Claudette: *Was liest du gerade? Lies mir mal vor.*

Claudette war zwar niedlich, wenn sie um Vorlesen bettelte, doch Guido war einfach nicht in Stimmung. In der Hoffnung, dass Claudette mal wieder im nächsten Moment vergaß, was sie in diesem dachte, reagierte Guido nicht.

Claudette: *Ich bin auch ganz leise.*

Leise. Das war ein Reizwort, bei dem Guido sofort reagierte.

Guido: *Deal.*

Guido fasste die 16. Seite des Karlsruher Morgen kurz und knapp zusammen: *Neuer Trend, dieses Jahr muss man blaue Hüte tragen.*

Claudette hauchte eine Frage, ganz leise, mit gesenkter Stimme: *Aber mein Hut ist ein Kopftuch und das ist gar nicht blau. Darf ich das nie wieder anziehen?*

Guido musste grinsen, als er realisierte, dass die Kleine ihn wieder ausgetrickst hatte. Er war dennoch nicht auf lange Erklärungen aus, von Mode hielt er sowieso nichts. Guido: *Das hast du wirklich leise gesagt. Gut gemacht, Claudi. Nee, das macht nichts, auf Modetrends reagieren nur unsichere*

Menschen.

Er ertappte sich dabei, Claudette wieder eine Chance für dumme Kommentare zu lassen. Guido: *Und Füchse auch.*

Claudette war erleichtert, sie mochte ihr Kopftuch. Guido blätterte auf Seite 18. Oben thronte dick und fett, sogar unterstrichen: **Lokales**. Der Aufmacher war der Beitrag der Schwester von Zwillingsbruder. Alarmstufe Hellrot, Wortgefecht im Anmarsch. Guido wollte den ganzseitigen Artikel galant überblättern, als Claudette einen Blick auf das Foto warf. War ja klar, dass Claudette auf das Bild mit der tierischen Beteiligung ansprang. Abgebildet waren die Wölfe vor einer Wand, von der die Tapete abgekratzt war. Die Neugier hatte sie gepackt. Claudette sprach mindestens mittelleise: *Was steht da?*

Guido war nicht gut im Improvisieren. Schlagfertig war er nur, wenn es schon zu spät war. Erst auf dem Heimweg fielen ihm gute Erwiderungen ein. Er trank einen Schluck Milchkaffee aus seinem Thermobecher, knabberte an seiner Butterbrezel.

All das Zeitschinden war vergebens. Leere im Kopf.

Claudette erhöhte den Druck, legte ihre Tatze auf die Zeitung.

Da er keine Lügengeschichte parat hatte, musste die Wahrheit herhalten. Guido stotterte: *Kosten für Füchse und Wölfe steigen weiter. Regierung erwartet mehr Ausgaben, potenzielle Finanzierungsmodelle auf dem Prüfstand.*

Guido überflog den Artikel. Mehr als die Überschriften und Einleitungen las er selten. Es dauerte daher ein bisschen, bis er die kleine Schrift entziffert und gedeutet hatte. Der

Artikel endete theatralisch. Die Tiere hätten wichtige Kunststücke zerstört. Die Kosten seien das eine, die ausgelöschte Geschichte das andere. Klonhalbschwester, wenn wir sie so nennen wollen, hatte dick aufgetragen. Guido ließ die skandalösen Mutmaßungen weg und beschränkte sich auf eine knappe Zusammenfassung. So bekam Claudette erklärt, dass möglicherweise Leute spenden sollten, vielleicht würde auch eine Steuererhöhung oder Sonderabgabe fällig werden.

Nun denkt man sich, dass die paar Tiere nicht teuer sein können. Viel kann deren Verpflegung ja nicht kosten. Teuer waren sie eigentlich auch gar nicht. Jedenfalls hätten sie es nicht sein müssen. Hätte, wäre, könnte – das waren für einen wie Schminkfit Chancen, die nicht vertan wurden. Der Schlossherr nutzte trotz der Unterredung, die Grundlage dieses Artikels war, weiterhin jede noch so kleine Möglichkeit, um Geld aus der Anwesenheit der Tiere zu pressen. Schminkfit hatte beispielsweise die Miete erhöht. Er schraubte sein Gehalt nach oben, da sein Verwaltungsaufwand mittlerweile sooo viel höher war. Sogar Arbeiten am Schloss wurden fürstlich entlohnt. Die Unternehmen, die unterm Tisch am meisten Schmiergeld fließen ließen, bekamen die Aufträge. Das Geld der Anderen gibt sich bekanntlich leicht aus.

Der Karlsruher Morgen, der sonst nicht für journalistische Sorgfalt bekannt war, platzierte links neben dem Artikel eine Tabelle mit den größten Kostentreibern: Reparaturen, Restaurierungen und sonstige Flickschusterei. Da wurde das Eine zum Anderen addiert, Jenes summierte sich zu Diesem. Guido zog Bilanz: *Unterm Strich ist das schon ein Batzen, der wegen euch anfällt.*

Claudette war empört und protestierte: *Aber das machen*

doch alles die Wölfe kaputt. Wir wohnen im Keller und tun gar nichts anstellen.

Mit ihrem Einwand traf sie ins Schwarze, Differenzierung ist immer das Salz in der Suppe. Leider wurde auch in den folgenden Beiträgen nicht erwähnt, dass die Wölfe teuer waren, während die Füchse genügsam lebten. Obwohl sich die beiden Rudel spinnefeind waren, wurden sie in einen Topf geworfen. Da hatten die Wölfe den Füchsen vielleicht ein Süppchen eingebrockt!

Nach dem Vorlesen stand die von Guido gefürchtete Diskussion im Raum – oder in diesem Fall unter dem Baum. Claudette schnaufte wie Darth Vader. Das war das Zeichen, dass sie gleich zu einer ihrer patentierten Tiraden ansetzen würde. Guido versuchte die Auseinandersetzung im Keim zu ersticken. Er meinte, dass die Abgaben und Steuern in Karlsruhe schon so horrend hoch waren, den Menschen würde es gar nicht auffallen, wenn sie von ihrem hart erarbeiteten Geld noch mehr abgeben müssten.

Guido schaute auf die Uhr. Er war erleichtert, dass er jetzt einen Termin hatte.

Geknickt und gekränkt.

Die paar Leser, die der Karlsruher Morgen vorweisen konnte, und deren Anteil, der sich bis zum Lokalteil quälte, nahm die Nachricht grummelnd auf.

Es rief ihnen und den Menschen, denen es zugetragen wurde, ins Gedächtnis, dass sie die Tiere und den gesamten Bereich um das Schloss durch ihre Steuergelder, Gebühren und Abgaben finanzierten. Viele erinnerten sich, schon länger keinen Abstecher mehr durch die Grünanlagen gemacht zu haben. Ein plumpes *Jetzt erst recht* war das Gebot der Stunde. Wenn die Tiere schon so viel kosten, sollten sie wenigstens den Schlossgarten teilen müssen.

Wer im Schlossgarten war, traf auf die Füchse. Denn diese verbrachten viel Zeit draußen. Es blieb ihnen auch nichts anderes übrig. Den Innenraum besetzten die Wölfe die meiste Zeit. Den Keller tagsüber als Aufenthaltsraum zu nutzen war keine Option. Zu eng, zu dunkel, zu sehr Keller.

Die Füchse versuchten offen und nett zu sein, doch trafen auf Ablehnung. Nicht nur die Tatsache, dass sie zahlen mussten, sondern besonders die Selbstverständlichkeit, mit der sie zur Kasse gebeten wurden, ärgerte die Bürger. Die Tiere bekamen alles ohne Murren, man selbst musste berechtige Forderungen mehrfach beim jeweiligen Amt des Misstrauens rechtfertigen und erstreiten. Man kann es nachvollziehen, dass die Menschen dachten, dass sie ungerecht behandelt wurden, dass die Behörden in zweierlei Maß maßen. So lässt sich festhalten: Diese Unfairness erzeugte Gegenwehr.

Die Menschen waren abweisend geworden, Leute reagierten anders auf die Füchse als zu Beginn. Was aufhellte, verdunkelte sich, aus lauten Grüßen wurden leise Flüche.

Fellzeug.

Verlaustes Pack!

Zurück in den Wald mit euch!

Solche Sachen bekamen die Füchse nun nicht nur donnerstags zu hören. Aber was soll man sagen, die Füchse hatten sich eingelebt. Sie hatten sich an die Vorzüge gewöhnt, ihnen gefiel es unter den Menschen.

Also trotzten sie den trotzigen Gesellen.

Gönnhardt hatte seine Freunde beim Frühstück überzeugt, heute besonders nett und höflich zu sein. Wer weiß, was er in der Nacht geträumt hatte.

In der Mittagszeit sagte Gönnhardt: *Guten Tag, werter Herr!*

Schorschi: *Sie tragen aber einen schicken Hut, Herr Werter!*

Der Mann, dessen Name unbekannt war, blieb stumm. Er tat ganz offensichtlich so, als ob er die Füchse weder sah noch hörte. Doch dazu hätte man blind und gehörlos sein müssen.

Schorschi: *HERR WERTER! GUTEN TAG!*

Nur ein Naserümpfen. Diese stille Form der Abweisung schmerzte am meisten. Der Herr blickte stur nach vorne, sah durch die Füchse hindurch, als er vorbeiging. Schorschi lächelte und startete einen weiteren Versuch, diesmal fragend und nicht gebrüllt: *Ich grüße Gott?* Nichts, keine Regung, schweigende Ignoranz.

Als der Mann außer Hörweite war, zischte es aus der dritten Reihe. Bertram: *Das ist doch unerhört!* Die ständigen Ermahnungen von Anne an Tim hatten nun endgültig auf Schorschi abgefärbt. Zum Leidwesen der anderen verbesserte Schorschi bei jeder Gelegenheit: *DOCH! Der hat uns gehört.*

Bertram ging es da wie Tim, er fand diese Einwände nicht fürsorglich, sondern nervig. Er rollte mit den Augen: *Der hat uns ignoriert, weil wir unter seiner Würde sind. Der hat uns gehört und gesehen.*

Schorschi: *Habe ich doch gesagt.*

Gönnhardt: *Die einen verachten dich, die anderen akzeptieren dich. So ist das halt bei den Menschen.*

Gönnhardt nach einer kurzen Pause: *Wir müssen einfach nett sein, dann merken die Leute, dass wir nicht böse sind. Wie es in den Wald hineinruft, so schallt es heraus.*

Schorschi: *Aber wir sind doch gar nicht mehr im Wald.*

Gönnhardt: …

Bertram: …

Reinholdt: *Darf ich ihn beißen?*

Die Szene mit dem schneidenden Mann war symptomatisch. Sie konnten sich noch so viel Mühe geben, von einem wachsenden Teil der Besucher wurden die Füchse missachtet. Ein Gespann von Mutter und Sohn sorgte am übernächsten Mittag für den traurigen Höhepunkt der Niedergeschlagenheit.

Schorschi rannte freudig auf die Kleinstfamilie zu. Weil er Tim vermisste, wollte er mit diesem Kind spielen. Nichts da! Als Schorschi zu nahe kam, zog die Mutter ihr Kind zurück. Sie stellte sich schützend vor ihren Nachwuchs und fauchte wie eine Katze: *Sch! Sch! Pfui! Nein! Weg, weg! Husch!*

Die Füchse waren gekränkt und bedient. Sie gaben sich so viel Mühe, höflich und aufgeschlossen zu sein, doch niemand wollte auch nur in ihrer Nähe bleiben. Klagend zogen sie von Dannen suchten einen abgelegenen Bereich, um auch ja keinem Menschen mehr auf die Nerven zu gehen. Sie steigerten sich im Laufe ihres Spaziergangs in ihre Opferrolle. Die Köpfe hatten sie tief gesenkt, wären sie Schweine, würde es aussehen wie eine Trüffelsuche. Sie schlurften durchs Gras, hinterließen eine traurige Spur von Grashalmen, die genauso geknickt waren wie sie selbst.

Glück im Unglücklichsein: Unbewusst hatten die Füchse die Lichtung entdeckt und erreicht, in der sie sich fortan vor den Wölfen (und manchmal vor Menschen) versteckten. In dieser einsamen Geborgenheit fanden die Füchse nicht nur Ruhe, sondern auch ihre Bissigkeit wieder. Claudette war die erste, die anfing, die Menschen nachzuäffen. Sie tat so, als ob sie telefonierte: *Oh wichtig, wichtig, wichtig. Ich muss Müll verkaufen, um Müll kaufen zu können. Blaaa, Blaaa, Blaaa.*

Davon inspiriert ahmten auch andere Füchse die Marotten der Männer und Frauen nach. Während ein Fuchs in der Mitte Menschen veralberte, feuerten die anderen ihn an. Die Zuschauer saßen im Halbkreis und genossen die Impressionen vom aktuellen Imitator. Wer einen guten Einfall hatte, war an der Reihe.

Florentine ging auf zwei Beinen auf und ab wie ein Model auf dem Catwalk: *Ohhh, ich bin ja so toll und schön. Ich bin aber so dumm, dass ich jemanden zum Fell schneiden, zum Krallen feilen und für alles andere brauche, um nicht hässlich zu sein.*

Reinholdt wackelte lasziv mit seinem Hinterteil und zwinkerte den anderen neckisch zu: *Schau mich an, ich rasiere mein Fell, damit ich kein Tier bin. Aber ich ziehe Haut von Schweinen und Haare von anderen Tieren über meine glatt rasierte Haut, um nicht zu frieren. Deshalb bin ich eine dumme Kuh.*

Gönnhardt wollte nicht undankbar sein, aber er konnte sich diesen Einwurf nicht verkneifen: *Muuuh.* Dann ging er gebeugt, humpelte ein wenig, zog ein Bein nach und krächzte: *Früher war alles besser! Früher waren Füchse noch Pelze!*

Schorschi: *Ich bin so doof, ich brauche Werkzeug zum Essen.*

Und so ging es eine ganze Weile weiter. Kreativ waren ihre Späße nicht, sie hätten aus einem Witzbuch stammen können. Die Füchse amüsierten sich dennoch köstlich. Es war ein guter Kompromiss aus Fuchssicht: Die Menschen wollten sich nicht mit ihnen amüsieren, also amüsierten sie sich über die Menschen.

Mit jedem Sketch wurde die Stimmung ausgelassener. Das Gelächter wurde immer lauter. Und wer gehört werden kann, wird auch bald gesehen. Das Komödiantenstadl auf der Waldblöße blieb nicht unbeobachtet.

Es hat Klick gemacht.

Hätte man versucht, es ihnen zu erklären, sie hätten es nicht verstanden. Zum Glück machte sich niemand die Mühe die Zusammenhänge von Technik, Reichweite und Stimmungsmache im Internet zu erklären. Der Auftritt der Füchse wurde über Nacht zum viralen Hit.

Der Zaungast während der Menschenparodien war ein schlaksiger, junger Mann gewesen. Er war immer auf der Suche nach Material, das er ins Internet stellen konnte. So zog er in fast jeder freien Minute durch die Gegend. Auch an diesem Tag war der lange Lulatsch auf der Suche nach Motiven, die er gegen die virtuelle Währung der roten Herzen, ausgestreckten Daumen und leuchtenden Sterne tauschen wollte. Mit gezückter Kamera streifte er durch den Park hinter dem Schloss von Karlsruhe. Er rechnete mit betrunkenen Schwedenschachspielern, die er zu einer lustigen Collage zusammenschneiden wollte, stattdessen bekam er freche Füchse vor die Linse.

Das war es! Nachdem sich die Füchse wieder abgeregt hatten, trat auch der Lulatsch leichten Schrittes und voller Vorfreude den Heimweg an. Er sah sein Video schon tausendfach geteilt und gemocht. Am selben Abend schnitt er die Szenen zu einem kurzen Clip zusammen und legte Soundeffekte drunter und drüber. Kurz vor Mitternacht waren alle visuellen und akustischen Zutaten verrührt. Garniert wurde das hochgeladene Video mit einem knackigen Klickköder-Titel: *Schockierend! Du wirst nie erraten, was die Füchse über* **dich** *denken!*

Es dürfte keinen Internetnutzer in Karlsruhe geben, dem im Laufe der Nacht und des Morgens der Clip nicht mindestens dreimal geschickt wurde. Spätestens nach der Frühstückspause waren alle im Bilde. Der Skandal war perfekt, die Empörung war groß. Das mit dem Geld war das eine, aber diese unsägliche Undankbarkeit brachte viele Menschen endgültig auf die Palme.

Von der neuerlichen Aufregung bekamen die Füchse zunächst nichts mit. Sie hatten mit eigenen Problemen zu kämpfen. Die gesamte Mannschaft beklagte Kopfschmerzen und Augenringe. Die Füchse waren groggy, unausgeschlafen und dementsprechend gereizt. Der letzte Tag endete zu spät, und dieser begann zu früh, fand Gönnhardt. Die Wölfe hatten in der Nacht unsägliche Töne von sich gegeben. Man könnte es am ehesten als Karaoke auf einem feucht-fröhlichen Junggesellenabschied mit Schnulzen der diversen Popdiven beschreiben. Zu hören war ein unerträgliches Gejaule mit Höhen, Tiefen und ordentlich Timbre.

Den Füchse klingelten an diesem Morgen die Ohren, der

Hunger tat sein Übriges. Die Wölfe zeigten am Tag ebenso wenig Erbarmen wie in der Nacht. Beim Frühstück bekamen Gönnhardt und Kollegen nur noch Krumen, Krümel und Krusten. So sieht es die Hackordnung leider vor, wenn man schwächer als ein böser, fieser, gemeiner Wolf ist.

Guten Mittag.

Die Füchse wähnten sich in Sicherheit, ein entspannter Vormittag sollte anstehen. So überfressen, wie die Wölfe sein mussten, sollte der Verdauungsschlaf ein paar Stunden in Anspruch nehmen. Flüsternd und auf Zehenspitzen schlichen die Füchse aus dem Schloss. Dann machten sie es sich in der erstbesten Grünanlage gemütlich. Dieses Gras war vielleicht weich. Die Gähner wurden länger, die Augenlider schwerer, der Körpermittelpunkt tiefer. Irgendwann begann Florentine zu schnarchen. Reinholdt übernahm alsbald die Zweitstimme. Der Rest der Füchse komplettierte den Holzfäller-Chor Minuten später.

Doch dieses himmlische Baumsägen war nur von kurzer Dauer.

Ich wünsche einen wunderschönen guten Mittaaag!

Der Singsang ließ die Füchse aufschrecken. Anne stand mit breitem Grinsen auf dem Kiesweg. Sie winkte den Füchsen, die sich auf einer kleinen Wiese verteilt hatten und erschöpft aufblickten, euphorisch zu. Anne hatte übertrieben-gute Laune im Gepäck. Es war die Sorte quirliger Art, die nicht ansteckend war, sondern krank machte. Es dauerte ein paar Sekunden, bis die Spinnweben des Halbschlafes weg waren. Dann fiel den Füchsen auf, welcher Tag heute war: Donnerstag – Demotag. Die Laune fiel vom Keller in die Tiefgarage.

Reinholdt: *Oh nein, nicht die.*

Gönnhardt: *Na toll.*

Claudette: *Wieso nicht Guido?*

Welch nette Begrüßung, dachte Anne.

Einzig Schorschi war von Annes Antlitz angenehm überrascht. Er zapfte ein paar Energiereserven aus einem seiner unzähligen Fettpolster an. Schorschi war so schnell, Scotty musste ihn binnen zweier Augenblicke in die und aus der Enterprise gebeamt haben. Er saß urplötzlich erwartungsvoll vor Annes Füßen, während er mit dem Schwanz wedelte.

Anne räusperte sich, guckte verlegen in die Luft. Schließlich legte sie einen milden Ton auf und flötete Worte Richtung Schorschi.

Anne: *Duhuuu, der Tim, der kommt heute nicht.*

Schorschi war verdutzt. Der erwartungsvolle Blick blieb daher erhalten. Anne setzte nach, sie faselte etwas von einer Erkältung. Eine dreiste Notlüge, denn eigentlich war Tim in kurzer Hose und T-Shirt bei einem Spielkameraden. Tierliebe in allen Ehren, doch als Anne auf eine der Fächerstraßen des Schlosses einbog, sah sie ungewöhnlich viele Menschen, die ihr nicht geheuer waren, Richtung Schloss strömen. Kurzerhand lud sie ihren Sohnemann bei eben jenem Spielkameraden ab.

Wahrscheinlich waren Schorschi und Tim seelenverwandt, beide waren in diesem Moment traurig und wünschten sich den anderen herbei. Auch der kleine Junge amüsierte sich nicht. Der andere Bub war eben nur Kamerad, aber nicht Freund. Quälgeist traf es jedoch noch besser: Er bewarf Tim bei jeder Gelegenheit mit Sand und haute ihn mit Stöcken. Tim war das Opfer einer Vierecksbeziehung. Er war einer der vielen Leidtragenden einer erzwungenen Freundschaft zwischen Kindern, wenn die Mütter sich verstehen.

Anne lenkte geistesgegenwärtig vom Thema ab. Sie konnte ihre Schuldgefühle direkt beiseite wischen. Sie rief Bertram zu sich und deutete mit der Hand auf ihren Rucksack. Wo Tiefen, da Höhen. So schnell wie Schorschis Laune sank, stieg die von Bertram.

Anne: *Bertram, schau dir das mal an.*

Bertram riss die Augen auf, als Anne das Gepäckstück abzog und den Reißverschluss aufzog. Anne hatte ihm ein ganz besonderes Geschenk mitgebracht. In Bertrams Augen spiegelte sich ein schwarzer Kasten Hoffnung. An diesem Abend würde er keine Vorführung von Claudette als Wolf im Schafspelz ertragen müssen. Die Füchsin fand in den Kisten im Keller nämlich immer neue Tierfelle und damit auch ihr vermeintliches schauspielerisches Talent. Bertram würde in eine andere Realität flüchten können. Anne hatte ihm einen kleinen Fernseher mitgebracht. Es war kein smarter, aber er würde ihn bestimmt ablenken können.

Bertram machte einen zufriedenen Seufzer und schleckte Annes Hand ab. So emotional war Bertram noch nie gewesen! Bertram war an diesem Tag Annes größter Fan. Sie hätte die komplette Satzung der Tierschutzcrew Karlsruh' (32 DIN A4 Seiten in Schriftgröße 10!) vorlesen können, er wäre bis zum allerletzten Punkt aufmerksam, zahm und geduldig gewesen. Um diese Leistung zu verdeutlichen: Der fünfte Absatz behandelte beispielsweise die Wirkung von Rot auf Tiere und schloss mit der ausführlichen Empfehlung, diese Farbe bei der Kleidungswahl spärlich einzusetzen.

Bertram hätte am liebsten direkt geglotzt, aber so ein Fuchs hat Manieren. Normalerweise war Gönnhardt der einzige, der donnerstags den Großteil von Annes Plappern über sich ergehen ließ. Bertram tat es üblicherweise seinen Freunden gleich. Die anderen Füchse suchten sich ein Plätzchen außer Hörweite, wenn Anne loslegte. Bertram vervollständigte und ermöglichte an diesem Tag ein Dreiergespann.

Gönnhardt, Bertram und Anne saßen nebeneinander und klagten sich ihr Leid beziehungsweise versuchten die Lage schönzureden. Gönnhardt hatte ein schlechtes Gefühl, doch Anne wollte positive Energie verbreiten. Was eigentlich Tatsache war, nämlich dass heute viel mehr Leute als sonst demonstrierten, wurde zur Spinnerei erklärt. Bertram war nur halb bei der Sache, er wechselte die Meinung wie Stühle bei der Reise nach Jerusalem. Dabei schielte er immer wieder auf den Fernseher wie ein Chef in den Ausschnitt seiner Sekretärin. Er musste sich vergewissern, dass dieser wunderbare Fernsehapparat noch da war.

Anne: *Das alles ist doch gar nicht so wild. Die stehen da vorne doch nur herum, und schreien dummes Zeug.*

Bertram: *Bleib ruhig, Gönnhardt. Das ist doch nur eine Wiederholung, es ist jede Woche das gleiche Fernsehdrama. Überleg dir lieber mal, was du heute anschauen willst. Vielleicht erlaube ich es ja, wenn ich es gut finde.*

Ein schlechtes Gefühl löst sich selten aufgrund von guter Zurede auf, Gönnhardt gab also ordentlich Kontra. An diesem Tag war es einfach anders. Anne hätte dies bejahen, von dem Internetvideo und der dazugehörigen Resonanz erzählen können, stattdessen verlor sich Anne in Allgemeinplätzen.

Anne: *Man muss die Meinung der anderen respektieren.*

Bertram: *Außer wenn man nicht zustimmt.*

Anne und Bertram widersprachen sich, und waren sich doch einig. Entsetzlich. Gönnhardt hatte keine Lust mehr, sich gegen die beiden zu stellen. Gönnhardt gab nach, er erwiderte nichts mehr, obwohl sein spezielles Talent doch war, dass er immer etwas zu meckern finden konnte.

Ausgeschlafen.

Während Anne und Bertram Gönnhardt mit warmen Worten weichklopften, legte Gorra ein paar Luftmeter entfernt eine ganz andere Ausdrucksweise an den Tag.

Sie stand wütend am Fenster. Von dort beobachtete sie nun schon eine Weile die Menschen, die sich auf dem Vorplatz sammelten. Immer mehr Menschen trafen ein. Sogar der Platz der Grundrechte, der sich noch vor dem Vorplatz befand, wurde voll. Die Masse an Menschen beeindruckte gewaltig. Es waren weit mehr Bürger als in den Wochen davor. Zu jedem Grüppchen, das eintraf gab Gorra einen bösen Kommentar ab. Bald standen alle Wölfe Reih an Glied am Fenster.

Menschenhasser Gorra stachelte die anderen auf: *Wir uns das nicht bieten lassen. Das ist unter Schloss!* Damit traf sie einen Nerv. Drohl befand, dass eine Reaktion erforderlich war: *Angriff!* Die anderen stimmten zu, ein Plan war schnell ausgeheckt. Gorra: *Wir raus gehen und dann werden die abhauen. Wer nicht schnell genug wegrennt, den wir beißen.*

Gesagt, geplant, abgesegnet, getan. Wie üblich führte Hammak den Trupp an. Die Demonstranten waren etwa 30 Metern entfernt. Die Wölfe gingen auf den Schlossvorplatz. Äh, halt, stopp. Hammak drehte sich um. Seine Kameraden standen ja immer noch wie angewurzelt im Türrahmen. Auch wenn sie es nie zugeben würden: Es war eine Übermacht, die einschüchterte. So einfach würden sich die Menschen wohl doch nicht verjagen lassen. Das war ein anderes Kaliber als eine Horde Kaninchen.

Zmirka hatte den Einfall schlechthin. Mit einem teuflischen Lächeln wandte sie sich an die anderen: *Ich habe Idee. Mir nach.* Und dann hieß es volle Kraft rückwärts. Die Wölfe machten einen Rückzieher ins Schloss, ohne dass die Protestanten sie überhaupt bemerkt hatten.

Im Schloss wurde Bugar damit beauftragt, die Füchse zu finden. Hatte er doch den guten Draht zu ihnen. Bugar rief – keine Antwort. Also ging er auf die Suche.

Weit und breit kein Fuchs zu sehen.

Bugar hatte ein mulmiges Gefühl, doch Zmirka und Drohl drängten ihn vehement zur Treppe.

Bugar schnüffelte im Keller.

Dieser Tabubruch war ergebnislos, es fand sich auch sonst keine Fährte im Schloss. Die Fahndung musste nach draußen verlagert werden. Bugar lauschte, doch mit Verkehrslärm, Gemauschel und Vogelgezwitscher waren zu viele Nebengeräusche zu hören, um die Füchse wittern zu können. Er blickte in die Ferne, doch die Bäume verdeckten die Sicht. Bugar spürte Zmirkas Hauch im Nacken, deshalb nahm er die Beine in die Hand und irrte durch den Schlossgarten. Von links nach rechts, dann querfeldein von rechts nach links.

Bugar spitzte die Ohren.

Die stehen da vorne doch nur herum.

Diese Stimme kannte er!

Bugar entdeckte Gönnhardt, Bertram und Anne. Mit kurzen Sätzen machte Bugar deutlich, dass die Füchse verlangt wurden. Seine Ansage war so konkret, dass nicht mal Anne wagte, zu diskutieren. Die Füchse versammelten sich um Bugar und lauschten seinen Worten.

Gekürzt um Bugars Beschwichtigungen kam Folgendes heraus: Die Wölfe hatten ihren Plan nicht aufgegeben, sie hatten ihn nur optimiert. Das Fußvolk wurde rekrutiert und an die Front beordert! Die Wölfe wollten die Füchse zwingen, vor zu gehen und sich den Demonstranten zu stellen. Sie sollten als Kanonenfutter herhalten. Die Wölfe würden dann den Rest erledigen und den Menschen zeigen, wer der Herr im Haus war. Sollten die Füchse nicht spuren, würde es Mord und Totschlag geben. Und bei dem letzten Satz sah Bugar Anne vielsagend und entschuldigend an.

Da die Füchse Bugar nicht als aggressiven Wolf, der grundlos drohte, kannten, wollten sie kein Risiko eingehen.

Nach einigen Minuten ging es in veränderter Besetzung wieder raus auf den Schlossvorplatz. Die Wölfe trieben die Füchse unter Drohungen vor sich her. Hinter ihrem pelzigen Schutzschild waren sie gleich viel selbstbewusster.

Wölfe und Füchse drängten sich nah aneinander. Die Tiere bildeten eine Traube, dessen Vorhut Gönnhardt war. Danach kamen Claudette und Reinholdt vor dem Rest der Füchse. Die Wölfe machten aus der letzten Reihe Druck. Gorra, die den Aufriss überhaupt erst angezettelt hatte, versteckte sich in der Mitte. So ein mieses Früchtchen. Annes Gesicht war weiß, die Hände rot. Sie trabte hinter der Gruppe her.

Damit wurde Gönnhardts Vorahnung dennoch bestätigt. Anne und Bertram hatten Müll erzählt – von wegen eine Handvoll. Es waren so viele Leute, die ganze Oststadt musste dort versammelt sein. Gönnhardt hielt an der selben Stelle, wo auch Hammak gestoppt hatte, an. Die Wölfe zeigten keine Gnade. Sabber tropfte aus Gorras Maul. Sie sah aus wie ein Ungeheuer. Gorra geiferte: *Weiter! Sofort! Jetzt!* Bei jeder Silbe flog Spucke. Der Speichel blieb an Florentines Hinterkopf hängen, tropfte in langen Fäden auf den Boden. Angeekelt sprang Florentine nach vorne. Gönnhardt spürte den Dominoeffekt als letzter, aber ihm war klar, dass er sich in Bewegung setzen musste.

Gönnhardt hatte die Wahl: Vorne mies gelaunte Oststädter, hinten schlecht aufgelegte Wölfe. Er sah nach vorne, er blickte nach hinten. Dabei vermied er Augenkontakt mit seinen Freunden, den Blickkontakt mit den Wölfen ebenfalls. Keiner sollte seine gläsernen, tränen-getränkten Augen sehen. Dann entschied er, was das kleinere Übel war.

Er kratzte seinen Mut zusammen, blinzelte wild, um die Tränen in den Körperkreislauf zurückzuführen. Gefasst richtete sich Gönnhardt an sein Rudel und sprach in der Hoffnung, dass nur seine Freunde ihn verstehen konnten.

Gönnhardt leise: *Bleibt hier stehen, ich habe einen Plan. Wenn ich angegriffen werde, rennt ihr sofort in den Schlossgarten und versteckt euch. Ihr wisst schon wo.*

Claudette wollte etwas erwidern: *Die Lichtu...*

Gönnhardt würgte sie ab: *Pssst. Ja, genau dort.*

Gönnhardt stolzierte mit breiter Brust nach vorne. Die Illusion der Selbstsicherheit schien bereits beim ersten Schritt einzustürzen, so sehr schlotterten ihm die Knie.

Gönnhardt befand sich auf halber Strecke zwischen Schloss und Demo. Erst jetzt, mitten in der Pufferzone, erst jetzt, als er quasi den Hoheitsbereich der Demonstranten betrat, wurde er entdeckt. Welch eine Menschenmenge! Zu viele Gesichter starrten ihn an. Gönnhardts Augen wurden wieder feucht, die Gesichtszüge der Menschen verschwammen zu einem Aquarell der Aggressivität.

Mit Schmährufen wurde er empfangen, als er weiter ins Verderben ging.

Gegenüberstellung.

So standen sich Gönnhardt und die Demonstranten unverhofft gegenüber.

Es rumorte in der Ansammlung, deren Anführer Marc war. Dessen Lebensabschnittspartnerin Larissa stand schräg hinter ihm. Als der Fuchs näher kam, wich Larissa ein paar Schritte zurück und von der Seite ihres Mannes. Die Beziehung lief erst seit ein paar Monaten, da lässt man sich für den Göttergatten in Spe noch nicht das Gesicht von einem bösen Fuchs zerbeißen. Absolut nachvollziehbar, dass sie Sicherheitsabstand suchte. Außerdem, so rechtfertigte sie ihre Treulosigkeit, war sie heute nur Marc zuliebe dabei. Sie litt schon seit zwei Tagen unter Migräne.

Durch den Rückzieher war es eine Begegnung unter vier Augen: Gönnhardt stand links, Marc rechts. Und wenn man auf die gegenüberliegende Seite wechselte war Marc links und Gönnhardt rechts. Ein Mann, ein Fuchs, ein ungleiches Duell. Würden die beiden Kontrahenten im wilden Westen leben, genau jetzt wäre ein Steppenläufer durch die Landschaft geweht worden. Doch es war Karlsruhe am Mittag, also flog statt eines Heuballens eine Krähe durch den Ort des Geschehens.

Die Männer und Frauen hatten genug getuschelt, rundherum war es still geworden. Es breitete sich eine Anspannung aus, wie wenn ein Fußballspieler zum entscheidenden Elfmeter antritt. Keiner wagte es, eine Beleidigung auch nur zu hauchen. Jeder Unbeteiligte war gespannt, was jetzt passieren würde. Und die beiden Hauptdarsteller? Sie waren zu perplex, um Worte zu finden. Gönnhardt befürchtete die Ruhe vor dem Sturm. Marc wollte sich nicht die Blöße geben, diesem Invasoren mit einer Gesprächseröffnung die sinnbildliche Hand zu reichen.

Klack, klack, klack, klack.

Leises Geklapper ertönte. Gönnhardt war der einzige, der erschrak. Er bemerkte, dass seine Zähne schlotterten. Im Morsecode bedeutete der Rhythmus seines Gebisses bestimmt *Ich-muss-hier-weg-Over*. Der Fuchs erwartete Schmerzen. Gönnhardt verlor die Kontrolle über sein Gesicht. Jetzt ließ Gönnhardts Angst seine Augen verrückt spielen. Sie suchten dort nach einem Täter, vermuteten hier den ersten Angreifer. Er sah vor dem inneren Auge einen roten Punkt auf seiner Stirn tanzen, wie er es von Actionfilmen kannte. Er kniff die Lider in Erwartung des finalen Schusses zusammen.

Nichts. Es tat sich in diesen Momenten einfach nichts. Ein Fuchs, der mit aller Kraft seine Augen zusammenkniff stand vor einem Mann, der sich auf die Lippen biss.

Dann atmete Gönnhardt so tief ein, dass es für Sekunden so aussah, als würde er nur so vor Selbstvertrauen und Kraft strotzen. Marc regte sich ebenfalls wieder. Auch ihm war bewusst, dass er gefordert war. Ihn packte das gleiche Gefühl der Verantwortung, das Gönnhardt vor wenigen Augenblicken überkommen hatte. Marc akzeptierte die Gewissheit, dass er es war, der handeln musste.

Und trotzdem geschah nichts.

Es war weibliches Temperament, das den Stein ins Rollen brachte. Geduld? Ende! Larissa rammte ihrem Lebensgefährten den Ellenbogen mit Anlauf in die Seite: *Mach was!*

Marc zuckte zusammen. Er erwachte aus seinem Standby-Modus. Marcs Stimme war zärtlicher, als man vermuten würde. Seine brachiale Ausstrahlung passte nicht zu seiner Tonlage. Jetzt, da er nicht schrie und durch ein Megafon verstärkt wurde, wirkte seine Stimme in ihrer Sanftheit sogar beruhigend

Marc: *Raus hier, ihr verlaustes Pack.*

Marc bewegte sich nicht nach vorne, er schüttelte nicht mal drohend die Faust.

Bitte lass das alles gewesen sein, flüsterte eine Stimme in Gönnhardts Kopf. Beleidigungen? Damit konnte Gönnhardt gut leben. Er hatte mit Schlimmerem, mindestens Schlägen und Tritten, gerechnet.

Keiner seiner düsteren Gedanken realisierte sich, er wurde nicht mal geschubst.

Mit Genuss schluckte er den Kloß in seinem Hals herunter. Wie Öl! Erleichterung machte sich in diesem unpassenden Moment breit, schließlich hatte das Gespräch nicht gerade vielversprechend begonnen. Aber man hat seine Gefühle halt einfach nicht immer im Griff, auch nicht als sprechender Fuchs. Gönnhardt hätte Marc umarmen und Larissa küssen können. Oder umgekehrt. Nachdem er das Lächeln, das ihm über das Gesicht gehuscht war, wieder verscheucht hatte, rief er sich in Erinnerung, dass dies definitiv nicht der richtige Zeitpunkt für Liebkosungen war.

Gönnhardt hatte nichts gegen die Menschen, denen er gegenüberstand. Er konnte ihre Abneigung nachvollziehen. Sein Wunsch war es schlicht und einfach, dass die Menschen sein Rudel in Frieden ließen. Gönnhardt wollte das Gespräch auf positive Bahnen lenken, so schleuderte er Marc hastig ein Kompliment entgegen: *Ich mag auch Hamburger!* Das war gelogen, Gönnhardt hasste diesen Fraß. Doch der Zweck rechtfertigte die Mittel. Marc war verdutzt. Hamburger? Das kam ihm bekannt vor. Er schaute hinab auf sein T-Shirt und schnaufte ein heiteres *Hmm* heraus. Er trug nämlich einen ganz besonderen Stofffetzen. Es war ein Preis, auf den er mächtig stolz war. Bei ihrer ersten Verabredung lud Marc Larissa in ein XXL-Restaurant ein. Der Herr wollte die Dame beeindrucken, also nahm er an der Big-Bad-Burger-Bude-Challenge teil. Und er meisterte diese Herausforderung mit Bravour: Marc verputzte 12 XXL-Cheeseburger in 60 Sekunden. Larissa war so baff gewesen, sie gab Marc einen Schmatzer auf die Stirn. Der Lohn der Mühen war nicht nur die Gunst seiner Maid, sondern eben jenes T-Shirt, das in diesem Moment seine Plauze zierte. Marcs Mundwinkel zogen sich nach oben. Nach Anerkennung heischend, schaute er zu Larissa.

Larissa rollte mit den Augen. Gönnhardt bemerkte das. Er entschied, dass er ihr ebenfalls Honig ums Maul schmieren sollte. Durch seine etlichen, laaangen Gespräche mit Anne war er schließlich zum Frauenversteher geworden.

Gönnhardt zu der Frau: *Ich mag deine Frisur, die Haarfarbe steht dir! Das Rot lässt deine Augen hervorstechen und die grauen Strähnen betonen deine vielen Leberflecken.*

Frau und Marc schauten sich abermals an. Gönnhardts zweite Charmeoffensive verpuffte. Larissa starrte mit zusammengezogenen Augenbrauen auf ihre Schuhe, die sie passend zur Frisur gewählt hatte.

Marc erzählte Gönnhardt unterdessen, dass der Farbton seine Lieblingsfarbe war. Sowie die Vorteile von Cheeseburgern gegenüber Hamburgern.

Die Zuschauer verstanden die Welt nicht mehr. Es machte sich keine Fassungslosigkeit, sondern Verwunderung breit, denn damit hatte nun wirklich niemand gerechnet. Der Anführer der Füchse und der Vorschreier der Demonstranten hielten einen Plausch in aller Öffentlichkeit.

Ein Gesicht zuckte, ein Mund bebte. Jemand musste seine Anspannung abbauen. Schon wehte eine krächzende Stimme über den Schlossplatz. Gorra röhrte von hinten: *Beiß iiihn! Beiß den Määänschäään!*

Und schwupps war der Einsatz erhöht. Die körperliche Unversehrtheit stand wieder auf dem Spiel. Larissa wich einen Doppelschritt zurück. Fäuste hoch an die Schläfen, Marc wechselte in Verteidigungshaltung. Gönnhardt brachte sich ebenfalls in Position, um einen Hieb abzuwehren. Es war ein Patt.

Gorra: *In die Naaase!*

Eine Handvoll bulliger Männer drückte sich durch die Menge. Sie machten sich mit Bewegungen im Kraul-Schwimmstil den Weg nach vorne frei. Die schwarzen Kapuzenpullover, verspiegelten Sonnenbrillen und Mützen, deren Schirme zu einem umgedrehten U gebogen waren, verhießen nichts Gutes. Die Rüpel bauten sich hinter Marc auf. Es sah bedrohlich aus.

Die Füchse rückten zu Gönnhardts Unterstützung nach. Es wurden Angriffsformationen gebildet.

Typisch. Als Larissa wusste, dass ihr nichts passieren konnte, wurde sie vorlaut. Larissa: *Wir arbeiten den ganzen Tag und ihr verlaustes Pack liegt auf der faulen Haut und lasst euch durchfüttern!*

Schorschi verkannte den Ernst der Lage. Schorschi brüllte über die menschliche Schallschutzwand: *FELL! NICHT HAUT! WIR VERLAUSTEN LIEGEN AUF DEM FAULEN FEEELL!*

Das konnte man so stehen lassen. Sogar Larissa war sprachlos. Es fällt einem nicht mehr viel ein, wenn man von einem dicken Fuchs verbessert wird.

War etwa schon alles gesagt?

Die nächsten Minuten muteten jedenfalls an wie ein Ehepaar in der Trennungszeit: Zu sagen hatten sich die beiden Parteien nichts mehr.

Anne nuschelte sich Mut zu: *ezt odr nie.*

Sie kam aus ihrer Deckung, lief direkt auf die Mitte des Konflikts zu und nahm dort den Spalt zwischen Füchsen und Männern ein.

Anne: *So, das war genug Aufregung für heute.* An Marc und seine Bullen gewandt: *Die Füchse tun keinen Menschen weh! Das machen höchstens die Wölfe, da könnt ihr euch sicher sein.* Zu den Füchsen sagte Anne: *Wir gehen jetzt zurück. Das reicht jetzt.* Anne wahrscheinlich zu sich selbst: *Gewalt ist keine Lösung.* Mit diesen Worten erlöste sie die beiden Gruppen. Niemand würde Gesicht verlieren – im wahrsten Sinne des Wortes. Sie scheuchte die Füchse Richtung Schloss, dabei umkreisten sie die Wölfe in einem weiten Bogen.

Übermut tut weh.

Diese Gegenüberstellung hatte das Blut in Wallung gebracht. Voller Energie stürmten die Füchse in den Keller. Was sie dort vorfanden gefiel ihnen ganz und gar nicht. Der sonst so ordentliche Keller sah aus wie die Abstellkammer eines Messis. Es herrschte ein Chaos, das an einen Einbruch erinnerte.

Nach kurzer Aussprache war ihnen klar, wer dafür verantwortlich sein musste. Es konnten ja nur *die* gewesen sein. Nach dem sie hunderten, tausenden, nein *MILLIONEN* von Menschen die Stirn gezeigt hatten, wirkten diese paar Wölflein wie ein Klacks. Denen ein für alle Mal zu zeigen, wo der Hammer hing, sollte das Sahnehäubchen dieses Tages werden. Zu dem Adrenalin der Füchse gesellte sich eine stattliche Portion Wut. Die Gruppe verließ den Keller.

Zurück oberirdisch blökte Reinholdt: *Wieso wart ihr im Keller?*

Seine Schwester wollte Reinholdt natürlich in Nichts

nachstehen. Claudette: *Das ist UNSER Bereich!*

Die Wölfe zeigten sich unbeeindruckt. Sie hatten anscheinend keine Ahnung, was die Füchse wollten.

Zmirka: *Geht Keller und Schnauze!* Danach drehte sie sich demonstrativ um.

Bugar war der einzige Wolf, der die aufmüpfigen Füchse nicht ignorierte/auslachte/verhöhnte/stehen ließ. So traf es bei der Abreibung nicht nur das schwächste Glied, sondern genau den Richtigen. Schließlich war es dieser Wolf gewesen, der seine Nase in jede Ecke gesteckt hatte. Unbeobachtet und von Neugier gepackt, hatte Bugar genauer im Keller gestöbert, als nötig gewesen wäre. Er wollte einfach herausfinden, worüber die Füchse jeden Abend lachten.

Bugar versuchte sich zu erklären: *Ich musste euch doch suchen. Ihr hättet euch ja überall verstecken können, so mickrig wie ihr seid.*

Gönnhardt knurrte vor Wut. Bevor er den flotten Spruch auf seinen Lippen herausbekam, legten seine Kameraden los. Bugar musste sich nicht nur stellvertretend für die anderen Wölfe Beleidigungen anhören. Er bekam auch ganz individuelle und maßgeschneiderte Flüche und Verwünschungen zu hören. Es war keine konstruktive Kritik, deshalb wollen wir uns nicht auf dieses Niveau herabbegeben. Schließen wir einfach mit dem letzten Wortbeitrag, der kein Schimpfwort enthielt. Gönnhardt: *Wenn du dich da unten nochmal blicken lässt, dann knallt es!*

Anne, die immer noch dabei war, konnte die Wölfe zwar auch nicht leiden, doch sie schüttelte nur den Kopf. *Das* hätte sie nie erwartet. So feindselig hatte sie die Füchse noch nie erlebt. Anne stand während dem Auftritt der Füchse peinlich berührt daneben. So mussten sich die Leute in ihrer Schlange fühlen, wenn sie mit Tim um die Süßigkeiten an der Supermarktkasse stritt. Zum Glück ist Tim nicht dabei, geisterte ihr durch den Kopf. Apropos Tim.

Anne schaute auf ihre Armbanduhr, es war spät geworden. Das war nicht nur ein passender Vorwand, sondern ein trifftiger Grund, um aufzubrechen. Sie hatte sich schon vor einer halben Stunde bei ihrer Freundin angekündigt. Der Wutausbruch der Füchse hatte sie die Zeit vergessen lassen.

Anne: *Ich muss jetzt Tim abholen.*

Zum Abschied bekam sie weder Dank noch Gruß. Die Füchse zankten sich weiter mit Bugar, der nun ebenfalls auskeilte: *Ich rette Füchse immer. Aber ihr gemein. Nicht mehr helfen! Nicht mehr wieder!*

Claudette hatte dem natürlich etwas entgegenzusetzen: *Wir brauchen keine Hilfe von ein Wolf!*

Die anderen Füchse stimmten zu, so wandelte sich dieser Verbündete zum Feind.

Annes Vorsprung war beträchtlich, als Bertram einfiel, dass er sich gar nicht bedankt hatte. Bertram sagte eher zu sich selbst: *Der Fernseher! Da muss ich mich einfach nochmal bedanken.* Auch er war immer noch voll körpereigenem Aufputschmittel. Verrückt, was Hormone mit Lebewesen anstellen können.

Gesagt, getan. Bertram nahm die Verfolgung auf. Geistesabwesend passierte er die Tür. Gedankenversunken legte er einige hundert Meter zurück. Erst jetzt bemerkte Bertram, dass er sowohl das Schloss als auch den

Schlosspark verlassen hatte. Ganz allein ohne seine Freunde, das war ein Debüt. So wagemutig war er noch nie gewesen. Hätte er Anne nicht in unmittelbarer Nähe gesehen, er wäre bestimmt umgekehrt und im Stechschritt in die Sicherheit der Gemeinsamkeit geflüchtet.

Doch Bertram sah Anne da vorne, wie sie die Straße neben dem Schlossgarten überquerte. Als der fernsehsüchtige Fuchs seinerseits die Kreuzung erreichte, stand er vor einer roten Fußgängerampel. Er wartete artig, obwohl kein Auto in der Nähe entdeckt. Oft lief nichts Besseres als Nachrichten, zu viele Todesopfer im Straßenverkehr wurden dabei erwähnt. Also stand er schweigend da und wartete auf Grün.

Dabei beobachtete er Anne, wie sie eine schmächtige Villa betrat. Und wie sie das Haus wenige Sekunden später wieder verließ. Er war verblüfft. Was er sah, bedeutete, dass sie gelogen hatte: Tim war quietschfidel. Der Kleine lachte vor Freude, weil er endlich abgeholt wurde. Er hatte ein mit Matsch verschmiertes Gesicht und sandige Kleidung. Krank war der Junge nicht, attestierte Bertram per Ferndiagnose. Ein weiterer Junge stand mit seiner Mutter am Fenster und streckte Tim zum Abschied die Zunge raus. Dieser Schlawiner war genauso dreckig. Die beiden mussten zusammen gespielt haben.

Grünes Licht. Bertram bewegte sich. Er huschte über die Straße, versteckte sich hinter einem heruntergerissenen Wahlplakat und spitzte die Ohren.

Anne: *Danke fürs Aufpassen. Das wäre echt nichts für den Tim gewesen. Die Füchse waren heute unmöglich. Richtig schlimm!*

Frau: *Das glaube ich gerne. Das sind eben doch wilde*

Tiere. Da muss man mit den Kleinen schon vorsichtig sein.

Anne: *Hmm, ja. Also besten Dank nochmal.*

Frau: *Jederzeit.*

Anne: *Darauf muss ich nächste Woche vielleicht wieder zurückkommen. Ich bin ja immer donnerstags im Schloss. Mal schauen, wie krass es wird. Und vielen Dank für den Fernseher, hat genau seinen Zweck erfüllt!*

Frau: *Ach, das alte Teil, nicht dafür. Das ist doch Schrott.*

Der andere Junge strampelte, er wurde heruntergelassen. Der Bub beendete das Gespräch: *Nein, nein, nein. Tim weg bleiben.*

Die Abneigung zwischen den beiden Buben beruhte also auf Gegenseitigkeit. Der Junge rannte in sein Kinderzimmer, das er endlich wieder für sich allein hatte. Tim fing an zu quengeln. Das war ein guter Moment, zu gehen.

Zum Glück waren Anne und Tim miteinander beschäftigt. Sonst hätten sie bestimmt den Fuchs bemerkt, der jetzt versuchte, sich hinter einen Ampelmast zu quetschen. Bertram kam wieder zur Besinnung, als die beiden außer Sichtweite waren.

So weit weg, so einsam. Bertram machte sich Gedanken, während er abermals auf das Kannst-Gehen-Signal wartete. Wenn Anne die Füchse schon bei so einer Lappalie anlog, was heckte sie sonst noch aus? Welches Spiel wurde hier gespielt? Wieso war der Junge so böse zu Tim? Was hatte es mit dem Geschenk auf sich? Wollte Anne ihn ablenken, um ihren Plan durchführen zu können? Was war überhaupt ihr Plan?

Da war er wieder, der misstrauische, paranoide Bertram.

Erst Bugar, jetzt Anne. Überall Verräter!

Grün.

Tage des Terrors.

Da die Sache mit der Demonstration für ein paar Tage ruhte, hätte sich die Lage zwischen den beiden Tierarten wieder auf ein erträgliches Niveau einpendeln können. Doch da spielten die Wölfe nicht mit. Die Wölfe waren auf Krawall aus. Es folgten Tages des Terrors.

Selbst Bugar war nun überzeugter Fuchsgegner. Nach dem Streit mit den Füchsen war er aufgewühlt, die sonst so uneinfühlsamen Wölfe redeten ihm gut zu. Und trichterten ihm dabei Hass ein. Besonders Zmirka fand Gefallen an diesem Psychospiel: *In Eile du bisschen gewütet. Nicht schlimm, kein Grund ausrasten. Du musst Füchse dafür bestrafen.*

Auch Hammak und Drohl arbeiteten sich an Bugar ab. Die beiden Brüder brachten ihm Kämpfen bei. Gorra war unterdessen für die Detektivarbeit verantwortlich. Endlich hatte sie eine Aufgabe, die die anderen Wölfe wertschätzten. Gorra studierte jeden Gast der Füchse, nahm jeden Besucher unter die Lupe. Die Ergebnisse ihrer Recherchen waren so hanebüchen, ihr fehlte nur noch ein Aluhut, um das Klischee zu vervollständigen. Obwohl sie keine Beweise fand, ging sie in ihren Verschwörungstheorien vom schlimmsten Szenario aus: Komplott von Mensch und Fuchs, um die Wölfe auszurotten. In ihrer Phantasie wurden Familienväter zu Auftragsmördern und Pizzalieferanten zu Bombenbauern.

Ihre Berichte passten zu den Einschätzungen der Wölfe. Daher brauchte es keine Überredungskunst, um die anderen Füchse für die prophylaktischen Vergeltungsschläge zu begeistern. Man kann sich vorstellen, dass sich die Lebensqualität der Füchse von Tag über Nacht zu Tag verschlechterte. Da die Wölfe in ihren Launen und Angriffen unberechenbar waren, lagen die Nerven blank wie faltige Hintern am FKK-Strand.

Die Füchse waren bemitleidenswert, das saftige Glänzen des Fells bekam schmierige Züge. Es wurde vor lauter Stress von grauen Haaren unterwandert. Dazu gab es auch allen Grund! Wer den Wölfen in die Quere kam, erhielt Abreibung, Denkzettel oder Quittung. Das Ausmaß war von Faktoren wie zahlenmäßiger Überlegenheit, eventueller Rache und wahrscheinlichen Konsequenzen abhängig. Die Opfer waren so zufällig wie der Fall einer Münze. Fuchs, Mensch, Vogel, Maus, es konnte jeden treffen, jeder konnte gebissen/angeknurrt/geschubst/eingeschüchtert werden.

Doch nicht jeder wollte sich von den Wölfen drangsalieren lassen. Während die Lippen der Füchse vor Angst bibberten, bebten die Lippen der Arbeitskräfte vor Zorn. Es brauchte schon eine ganz spezielle Persönlichkeit, sich die Frechheiten der Wölfe für den Hungerlohn bieten zu lassen. Die Mitarbeiter hatten von diesen Unverschämtheiten jedenfalls genug.

Es war kurz nach der Frühstückspause, als einer der Gartenpfleger beim Schneiden der Hecke von hinten gestoßen wurde. Er landete mit der Gartenschere voraus im Gestrüpp. Das hätte ins Auge gehen können! Nach kurzer Unterredung solidarisierten sich seine Kollegen und Kolleginnen mit ihm. Die Männer der Grünanlagen und die Frauen des Hauswesens zogen den Schlussstrich. Sie stürmten das Büro von Schminkfit. Der aufgebrachte Gärtner sprach für alle Anwesenden, Schminkfit ausgenommen: *Wir fordern bezahlten Urlaub mit Gefahrenzulage! Fristlos! Und wenn wir etwas besseres gefunden haben, kündigen wir und verlangen eine Entschädigung. So was müssen wir uns für diesen Hungerlohn nicht bieten lassen!*

Für Guido hatte Schminkfit kurz darauf eine Hiobsbotschaft: *Ich habe gute Nachrichten, Herr Guido. Ich darf ihnen mitteilen, dass sich ihr Tätigkeitsfeld diversifiziert. Sie sind nunmehr Executive Administrator of Draußen und Fachkraft für clean Entsorgungsmanagement.*

Guidos Brust war vor Stolz geschwellt, als er das Büro verließ. Er bekam zwar nicht mehr Geld, aber die neue Verantwortung musste ihm über ewig oder lang doch eine Gehaltserhöhung bescheren. Er hüpfte vor Freude den Gang entlang, um Claudette die Nachricht kundzutun.

Es dauerte nur ein paar Minuten, bis Guido wieder auf dem Boden der Tatsachen angekommen war. Am Ende des Flures traf er auf seine ehemaligen Kollegen. Er hatte schweißnasse Hände, als er sich von ihnen verabschiedete. Sie übersetzten ihm seine neue Stellenbeschreibung auf gut Deutsch: Guido musste so ziemlich alles erledigen, was anfiel.

Der arme Guido konnte sich nicht mal sammeln und seine Gedanken ordnen. Guido musste direkt loslegen. Die Arbeit rief wie eine Mutter zum Mittagessen. Als er sich seinen Aufgaben widmete, konnte Guido nicht aufhören zu meckern: *So ein Mist, so ein Dreck, so ein Schlamassel.* Seine Flüche passten im wahrsten Sinne des Wortes, denn die Wölfe hatten das Schloss binnen Minuten in eine einzige Müllhalde verwandelt. Längst getrennter Abfall war wieder wild in der Gegend verteilt. Guido hätte es einfach liegen lassen sollen, doch die Angst um seinen Job und damit der Lebensunterhalt und damit die Miete und damit die Küche und damit das Essen und damit das Überleben ließ ihn an diesem Tag zu Höchstleistungen auflaufen.

Diese Schicht wurde für Guido zu einem einzigen Dauerlauf. Er wuselte durch die Räume, die Stockwerke, die Beete und über die Wiesen. Trotz der tatkräftigen Unterstützung von Claudette hinkte er mächtig hinter dem Zeitplan her. Kurz vorm Kreislaufkollaps musste er sich zwingen, jetzt eine Pause einzulegen.

In seiner verspäteten Mittagspause hätte er sich am liebsten einen Schnaps gegönnt. Claudette redete ihm gut zu: *Trinken ist gesund. Ich saufe mit dir*. Die Konsequenzen von Trunkenheit am Arbeitsplatz waren ihr nicht bewusst. Guido war so gestresst, er konnte nicht mal über seine treue Gefährtin lächeln. Seine Tränensäcke drückten die Mundwinkel nach unten.

Claudette sah in das fahle Gesicht von Guido. Sie hatte Mitleid mit ihrem Helden. Und *die Idee*, wie sie es ausdrückte, bevor sie verschwand. Claudette trommelte ihre Mitbewohner zusammen. Noch in dieser Mittagspause bildeten die Füchse Zweierteams, die Guido jeweils helfen sollten. Guido war gerührt und streichelte Schorschi stellvertretend für alle Füchse.

Er konnte seine neuen Kollegen nicht entlohnen. Doch wenn die Füchse ihn schon unterstützten, wollte Guido sie zumindest belohnen. In der selben Mittagspause befand Guido: *Wenn die Wölfe uns alle ungerecht behandeln, müssen wir auch nicht fair zu ihnen sein*.

Gönnhardt versuchte philosophisch zu werden, indem er etwas wiederholte, das er bei Anne aufgeschnappt hatte:

197

Fairness ist das Privileg einer zivilisierten Gemeinschaft, aber nicht das Recht von Asozialen.

Claudette war einfach nur glücklich, dass es Guido besser ging. Sie wollte ihm nicht die Stimmung mit ihren Fragen vermiesen. Claudette nickend: *Das hätte ich genauso ausgedrückt, Gönnhardt.*

Und so heckten die Füchse und der Mensch aus, wie sie den Wölfen eine reindrücken konnten.

Schorschi regte an, dass Hass durch den Magen geht: *Ab jetzt bekommen wir alles Essen und die Wölfe den Rest!*

Guido war einverstanden. Damit hatte Guidos Alleinherrschaft wenigstens etwas Gutes. Er konnte die Füchse mit Leckereien versorgen und die Wölfe mit Sättigungsbeilagen abspeisen.

Ob das Komplott wie geplant funktionierte?!?

Hinten bis vorne.

Guido: *Gut. Dann weiß ich ja, was ihr heute essen wollt. Da brauch ich nur noch was Unappetitliches für die Wölfe. Vielleicht trockenes Brot und abgestandenes Wasser?!?*

Schorschi: *Nein! Lieber abgestandenes Brot und trockenes Wasser.*

Guido lachte laut auf. Schorschis gute Laune hatte ihn angesteckt. Der dicke Fuchs war immer Feuer und Flamme, wenn es um den Speiseplan ging. Guido prustete: *Was deren Fraß angeht, bist du kreativ wie dieser Indie-Autor Anderson Bens. Oder wie der heißt.*

Es hätte zwar nichts gebracht, wenn Schorschi und Guido geflüstert hätten, doch diese Sorglosigkeit machte die

Wölfe noch wütender. Bugar und Hammak lagen nämlich auf der Lauer. Den Müllberg, an dem sich Guido, Schorschi und Claudette gerade zu schaffen machten, hatten sie extra zu ihrer Belustigung angelegt. Die beiden lagen in Hörweite und Sehnähe. Dadurch bekamen sie mit, welches Spiel mit ihnen gespielt wurde. Das schlechte Essen der letzten Tage wurde also weder aufgrund von Kosteneinsparungen noch fehlender Haussklaven serviert, sondern wegen den Füchsen. Diese Frechheit wollten die Wölfe natürlich nicht auf sich sitzen lassen.

Die anschließende Unterredung trug Bald Früchte. Zmirka heckte etwas aus, das so böse war wie Stiefmütter im Märchen. Die Ausführung erforderte zwei Truppen, die auf zwei Schauplätze verteilt wurden. Der Einfachheit halber nennen wir sie Einsatzgruppe A auf Standort D und Arbeitstrupp B auf Gebiet C.

Die Aufgabe der Einsatzgruppe A war Provokation und Ablenkung. Hammak, Gorra und Drohl bildeten das A-Team. Die Gruppe schwärmte umgehend aus, weil sie sich auf ihren Arbeitsauftrag freute. Sie suchten Stress und fanden ihn auf einer Grünfläche, die ab sofort auch als Standort D bekannt ist.

Die Füchse dösten vor sich hin, als Drohl brüllte: *Hurra! JETZT! Wölfe da!*

Dann wurden die Füchse auch schon mit Beleidigungen überzogen. Viel Neues bekamen sie nicht zu hören. Dass sie faule Fellfetzen und untrainierte Untertiere waren, hatten sie schon das ein oder andere mal an die Köpfe geworfen bekommen. An diesem Tag war es erst das dritte mal, damit lagen die Wölfe bisher unterm Tagesschnitt.

Gorra bemerkte schnell, dass sie einen wunden Punkt

brauchten, um die Füchse auch wirklich provozieren und dadurch ablenken zu können.

Gorra: *Guido ist so dumm, seine Mutter ist fett.*

Was für andere die Beleidigung der Familienehre war, war für Claudette eine Beleidigung des noblen Herren Guido. Sie war auf 180. Claudette sprang auf diese Unverschämtheit nicht nur an, sie sprang auf und ging Stirn-an-Schnauze mit Gorra.

Claudette aus zusammengepressten Zähnen: *Deine Mama ist so dumm, dass du ihr Kind sein könntest!*

Damit war alles über Mütter gesagt, denn Drohl wechselte zu dem, was er am besten konnte: Drohen. Drohl: *Drohl Guido beiß!*

Das ging nun auch für den Rest der Füchse zu weit. Damit hatten die Wölfe die Füchse in einen handfesten Streit verwickelt. Florentine stellte sich Drohl entgegen, dann rückte Reinholdt vor den furchteinflößenden Hammak. Hätten die Füchse geahnt, was sich währenddessen woanders abspielte, sie hätten die Beine in die Hand genommen und diese plumpen Provokationen hinter sich gelassen.

In den nächsten Minuten wurde von beiden Seiten gestichelt. Es war viel heiße Luft, die Wölfe wussten schließlich auch, dass nur noch Guido sie mit Essen versorgte und sich um das Schloss kümmerte.

Bertram war der erste, der die Ohren spitzte. Hatte er sich dieses Geräusch nur eingebildet? Dieser Moment des Hinterfragens genügte, um sich die Situation zu vergegenwärtigen. Wenn drei Wölfe hier für Angst und Schrecken sorgten, wo war denn dann der Rest? Diese

Lausbuben und Flohmädchen waren doch bei ihren Angriffen immer auf einem Haufen.

Klirr!

Dieses Gerumpel war nicht imaginär. Diese Glasscherbe wurde nicht in Bertrams Einbildung, sondern in diesem Raumzeitkontinuum, in dieser Dimension zertrümmert. Und wo genau? Der Lärm kam natürlich aus dem Keller, dem Gebiet C.

Von Gefühlen übermannt spurtete Bertram Richtung Schloss.

Gorra bemerkte, dass das Ablenkungsmanöver aufgeflogen war: *WEG! WEG! Rückzug!*

Im Schloss sah Bertram Bugar und Zmirka noch aus dem Keller huschen.

Bertram ging auf weichen Knien in wackeligen Beinen in den Keller. Dabei betete vor sich hin: *Bitte nicht, bitte nicht, bitte nicht.*

Oh doch.

Arbeitstrupp B war fleißig gewesen. Im Bereich der Füchse herrschte Verwüstung. Kein Gegenstand stand mehr auf dem ihm angetrauten Platz.

Bertram: *Oh.*

Bertrams Fernseher lag auf dem Boden. Er blickte auf den zerstörten Fernseher und zuckte zusammen, irgendetwas musste in diesem Moment in ihm kaputtgegangen sein. Die Bildfläche unten, rechts und links Scherbenhaufen. Er hatte die Situation blitzschnell analysiert. Dennoch musste er ein paar Runden drehen, um zu akzeptieren, dass es war, wie es war. Er schnupperte hier mit der Schnauze, knurrte sich dort die Aggressionen aus dem Körper.

Bertram verbrachte ein paar Minuten im Keller. Dann ging er die anderen holen.

Gönnhardt und Konsorten traf ein Schlag. Bertram hatte seine Freunde vorgewarnt, doch die Realität war viel schlimmer als die Vorstellung, die in etwa der hinterlassenen Unordnung entsprach, als Bugar alleine zu Werke gewesen war. Bugar und Zmirka hatten ganze Arbeit geleistet. Keine Kiste war auf der anderen geblieben, sogar alte Kleidungsstücke der Menschen waren wild verteilt. Mit einer detailverliebten Besessenheit hatten die Wölfe umdekoriert.

Und das Salz in der Wunde: Die Wölfe hatten sie nach allen Regeln der Kunst ausgetrickst. Jeder Fuchs hatte einen Verlust zu beklagen. Natürlich erlebte keiner ein Waterloo wie Bertram, und da Bertram die Fassung bewahrte, erlaubte sich kein anderer Fuchs auszurasten. Ruhe war bei den Füchsen ansteckend.

Gönnhardt: *Das kann es doch nicht sein. Sogar an meinem Hut waren diese Monster.*

Es fiel bei dem Ausmaß der Unordnung zwar nicht ins Gewicht, aber der Hut von Gönnhardt war tatsächlich durch Bissspuren geschändet. Gönnhardt schaute zu Bertram, der bedröppelt auf den Boden blickte. Eines der Monster hat sich seine alte Melone auf der Zunge zergehen lassen! Das war zu viel! Gönnhardt konnte nicht so ruhig bleiben wie sein Freund. Diese Unverschämtheit war kein Tropfen auf dem heißen Stein. Es war der Tropfen, der das Fass zum Überlaufen brachte.

Gönnhardt: *Ich bin fuchsteufelswild!*

Übrigens: Wut ist unter den Füchsen ebenfalls ansteckend.

Reinholdt: *Mir reicht es. Wir waren lange genug fuchsgottesruhig.*

Claudette: *Wir machen ihre Sachen kaputt!*

Die Füchse stachelten sich gegenseitig auf.

Reinholdt war dabei, die Füchse in die Schlacht zu führen. Gönnhardt war schon einen Schritt weiter, er stand bereits am oberen Ende der Kellertreppe. Gönnhardt drehte sich zu seinen Freunden um. Er hatte die Art von schockiertem Gesichtsausdruck, die für Stille sorgt. Dann machte er die Art von ruckartiger Bewegung, die die anderen leise zu ihm emporsteigen ließ.

Oben fand eine Absprache statt. Da nur wenige Meter entfernt, waren die Worte der Wölfe deutlich verständlich.

Zmirka: *… keine Beweis. Wenn hoch kommen, töten wir einen von ihnen. Mensch da Zeuge. Alles gut für Wolf.*

Drohl: *Du hier Hammak. Wenn Füchse Angriff, du beiße tot.*

Hammak erwiderte erheitert: *Dann traurig alles Fuchs.*

Mit jedem Wort wurde Gönnhardt klarer, dass die Wölfe einen Hinterhalt planten. Und die Füchse würden in ihre Falle zu tappen, sollten sie jetzt einer nach dem anderen aus dem Keller kommen und angreifen.

Sie warteten dicht aneinander gedrückt ab.

Schminkfit: *Ja, meine Herren Wölfe. Was wollen Sie mir denn zeigen?*

Gönnhardt erklärte den anderen, dass Schminkfit das Alibi für die tödliche Verteidigung der Wölfe war.

Zmirka: *Du warte. Gleich sehe.*

Schminkfit, der *Mensch* da, sollte bezeugen, wie die Füchse die Wölfe angriffen.

Bertram nickte anerkennend, das war clever. Die Erkenntnis, dass die Wölfe ihnen eine lebensbedrohliche Grube gegraben hatten, war keinesfalls der Dämpfer, der die erhitzten Gemüter beruhigte. Zurück auf ihrem Bett begann Florentine mit den Schuldzuweisungen: *Wärst du nur nicht so verfressen gewesen, Schorschi.*

Reinholdt: *Gönnhardt, du hast uns diesen ganzen Schlamassel eingebrockt.*

Bertram aufgebracht: *Ich wünschte, ich hätte in unserem alten Fuchsbau einfach meine Ruhe.*

Gönnhardt: *Ja, ja. Du hättest auch einfach netter zu den Menschen sein können.*

Weil stets ein Fuchs an der Kellertreppe Schmiere stand, waren sie im Bilde, was oben vor sich ging. Die Füchse zankten selbst dann noch, als Schminkfit schon längst verschwunden war. Sie stritten selbst dann noch, als die Wölfe das Interesse verloren und ihr Mordkomplott begraben hatten.

Nach ein paar Stunden waren genug böse Worte gewechselt. Die Füchse entschuldigten und vertrugen sich, saßen aber immer noch beieinander. Erst schweigend, dann nachdenklich, schließlich wortkarg.

Kurz bevor die Müdigkeit vollends übernahm, wurden die Vorschläge endlich konstruktiv. Man einigte sich darauf, Hilfe zu holen. Danach wünschten sich die Füchse eine gute Nacht.

Köpfchen haben.

Nur Schorschi freute sich auf den Abend. Er dachte an das Essen, die restlichen Füchse an die geladenen Gäste.

Es stand ein Treffen unter dem Motto *Projekt Eigenheim* an. Da Anne ja selbst in die Geschichte verwickelt war, setzten die Füchse ihre Hoffnungen vor allem in sie. Der Plan, den die Füchse in ihrer langen Nacht ausgeheckt hatten: Wir laden Anne und die Tierschützer der Tierschutzcrew Karlsruh' ein, die helfen uns bei der Wohnungssuche, Geldbeschaffung und vielleicht beim Umzug.

So baten sie Guido am nächsten Morgen, Anne und Freunde einzuladen. Guido hatte vollstes Verständnis, er setzte sich sofort ans Telefon. Doch es blieb vorerst beim Versuch, Anne und Freunde einzuladen. Denn es ist gar nicht so einfach eine Einladung auszusprechen, wenn man niemanden erreicht.

Anne machte sich rar. Sie ließ entweder durchklingeln oder wimmelte Guido am Telefon unhöflich ab: *Gerade ist ganz schlecht. Ich melde mich, wenn ich etwas Luft habe.* Anne musste an diesen Tagen an Atemnot und Sauerstoffmangel leiden, sie blieb den Rückruf schuldig. Guido musste es bei dem Vizevorsitzenden Thilo versuchen, der leider so verbindlich wie ein mündlicher Vertrag mit einem Säugling war. Es brauchte daher einige weitere Anrufe, bis das Treffen mit der gesamten Tierschutzcrew stand.

Und heute war dieser Tag gekommen. Wie immer, wenn Menschen zu Besuch kamen, waren die Hute der Füchse feierlich aufgesetzt. Gönnhardts Hut sah dank Guidos handwerklichen Fähigkeiten wieder ganz passabel aus.

Die Füchse saßen schon im Keller, als eine dezimierte

Tierschutzcrew herunterkam. Anne hatte den Anfang gemacht. Mathilde und Thilo wollten etwas später in den Keller nachkommen. Die beiden hatten vor, den Wölfen *Hallöchen* zu sagen, wie Anne erklärte.

Die Füchse hatten den Boden beim Fenster liebevoll mit Kissen, Vorhängen und anderen Textilien zur Lounge umgestaltet. Gönnhardt bat, es sich bequem zu machen. Anne kam direkt auf das fehlende Mitglied zu sprechen.

Anne: *Die Sayenne lässt sich entschuldigen. Die kümmert sich gerade um andere Probleme. Die kann deshalb heute nicht.*

Dass das ganz bestimmt nicht die Wahrheit war, wusste Bertram mit absoluter Sicherheit. Lügen war schließlich Annes größtes Hobby. In Bertrams Gedankenwelt führte Sayenne eine gemeine, geheime Mission durch, die Anne in der Zeit der Funkstille organisiert hatte. Anne hatte tatsächlich geflunkert. Sayenne war in Wirklichkeit gerade Shisha-Rauchen. Sayenne datete nun einen Studenten der technischen Künste. Ein oft gesehenes Phänomen von jungen Frauen in neuen Beziehungen: Sie passte sich dem Lebensstil ihres Auserkorenen an. Nicht nur die Rastas säbelte sie ab, auch der Tierschutz wurde hinten angestellt.

Sayennes Fehlen konnten die Füchse verkraften. Sie bekamen auch gar keine Gelegenheit, wegen der Nachricht griesgrämig zu werden. Mittlerweile waren auch die beiden anderen Tierschützer im Keller. Für den Aufreger des Abends sorgte Mathilde. Sie kam mit bleichem Gesicht und bluttriefender Hand die Treppe herunter: *Voll aggro, die Wölfe. Voll die animalischen Urinstinkte. Der eine hat mich voll krass gebissen. Was meint ihr, liegt das an meiner roten Unterwäsche?* Sie streckte den Füchsen ihren Hintern entgegen und zupfte mit der heilen Hand am

Saum ihres Schlüppers.

Florentine: *IHHH! Weg!*

Claudette: *Pfui.*

Gönnhardt wollte die Situation retten: *Äh ja, die ... äh ... Farbe ist abstoßend für uns Tiere.*

Sayenne gelobte andersfarbige Unterwäsche, dann ließ sie sich von der herbeigeeilten Anne mit Mineralwasser und Stoffservietten verarzten. Während das Blut trocknete, machte Thilo das, was er am besten konnte. Er beschwichtigte: *Aber der Wolf hat dich doch gar nicht mit voller Kraft gebissen. Er hat nur Dominanz gezeigt, weil wir in sein Revier eingedrungen sind. Er hat es sogar gut mit dir gemeint. Wir müssen einfach nachsichtig mit den Wölfen sein. Die hatten noch keine Zeit, sich in unsere Gesellschaft zu integrieren.*

Bertram schaute Anne und die Dazugekommenen hoffnungsvoll an. Mit einem gewissen Hintergedanken fragte er: *Woher bekommt man eigentlich Fernseher?*

Die Tierschützer ließen es sich nicht nehmen, Bertram zu belehren, dass Lesen viel besser als Fernsehen war. Diese Aussage kam bei Bertram gar nicht gut an. Anne erklärte ihm dann, dass sie *allerhöchstwahrscheinlich* keinen neuen Fernseher auftreiben konnte. Es war ein schlechtes Vorzeichen, das dann direkt mit einem üblen Nachgeschmack garniert wurde. Denn: Es wurde aufgetischt.

Das Essen schmeckte grausig. Da die Füchse nicht kochen konnten und man Guido die Überstunden nicht zumuten wollte, war ausgemacht worden, dass die Gäste für das leibliche Wohl sorgen. Jedes Crewmitglied hatte eine Speise vorbereitet. Jetzt probierte man gemeinsam die Gerichte.

Thilo machte den Anfang mit Pasta alla panna vegana. Schorschi nickte nach dem ersten Bissen: *Das ist gelungen, schmeckt wie eine echte Panne.* Anne hatte einen grau-braunen Haufen matschiger Fetzen gezaubert, den sie Buchweizenspätzle schimpfte. Zum Nachtisch gab es Kekse ohne Zucker, ohne Butter, ohne Gluten und natürlich auch ohne Geschmack. Damit war dieser Teil des Abends zumindest abgehakt.

Gönnhardt bat um Hilfe. Er erzählte von den Gemeinheiten der Wölfe und der akuten Todesangst. So einfach wie ausgemalt, sollte es nicht werden. Die Tierschützer wollten nicht in den Konflikt eingreifen. Das wäre gegen den Willen der Natur, wurde schwadroniert. Gönnhardt erwähnte den Terror, Mathilde konterte mit dem Grundrecht auf freie Entfaltung. Gönnhardt gab trotz der Rückschläge nicht auf. Während seines Wehklagens versuchten die Menschen Zuversicht auszustrahlen. Man kam auf keinen gemeinsamen Nenner. Thilos langes, gedehntes, gestrecktes *Puuuh* markierte den Anfang vom Ende. Es sollten lediglich ausgeschmückte Floskeln folgen.

Mathilde: *Wir könnten schon etwas organisieren. In der Zentrale haben wir eigentlich genug Platz, da könnten wir was richtig Großes planen.*

Claudette hatte einen Einfall: *Wir könnten bei euch einziehen.*

Die Antwort auf diesen Vorschlag war betretenes Schweigen. Dazu gab es für die nächsten Sekunden ausweichende Blicke, der Boden muss spannend gewesen sein.

Anne schließlich: *Das geht nicht wegen dem Brandschutz.*

Auch die folgenden Punkte von Gönnhardt trafen auf wenig Gegenliebe. Keine Wohngemeinschaft, nicht in die Jugendherberge, sogar ein Zelt im Garten blieb verwehrt. Bereits nach kurzer Zeit war das Gespräch derart verfahren, es schien, als wäre alles gesagt.

Tick. Tick. Tick.

Thilos Uhr tickte erbarmungslos. Sekunden muteten an wie Minuten.

Bertram lachte. Schorschi wurde angesteckt, wusste allerdings nicht weshalb. Florentine verdrehte die Augen. Reinholdt ebenfalls, als er ihrem Blick folgte.

Gönnhardt wusste, dass er konkret werden musste: *Wir brauchen wirklich eure Hilfe.* Doch die Tierschützer ließen sich nicht festnageln. Wirkliche Lösungen wollten sie nicht versprechen. Sätze, deren Daseinsberechtigungen durch *sollten/müssten/könnten* ausgelöscht wurden, raubten den Füchsen den letzten Nerv. Enttäuschung breitete sich aus. Und dann noch die wohlmeinenden, nölenden Stimmen dieser scheinheiligen Menschen.

Bertram flüsterte zu Gönnhardt: *Das wird doch eh nichts.*

Florentine hatte genug gehört. Florentine: *Ich brauche meinen Schönheitsschlaf, ich gehe ins Bett.*

Sie erhob sich und legte sich demonstrativ mit einem lauten Gähnen hin. Still daliegen und so zu tun, als wäre sie eingeschlafen, schien ihr sinnvoller, als dieser Diskussion beizuwohnen. Reinholdt ließ sich nicht lange bitten, auch er verabschiedete sich aus der Gesprächsrunde und rollte sich zusammen. Florentine konnte ohne ihn in ihrer unmittelbaren Nähe ja nicht einschlafen. Nein, auch nicht schein-schlafen.

Der nächste Fuchs, der die Flucht ergreifen wollte, war Bertram. Er hatte genug gehört, ihm drohte sonst der Kopf zu platzen. Nach einer Buchempfehlung von Anne klinkte er sich aus. Dass er sich nicht in seine heile Fernsehwelt flüchten konnte, war das I-Tüpfelchen. Wütend über Annes Unverschämtheit und die Nutzlosigkeit der anderen Menschen wollte er frische Luft schnappen. In diesem Keller Bereich müffelte es zu sehr nach Selbstverliebtheit. Er musste sich keine Ausrede aus den Fingern saugen, ihm wurde sowieso keine Aufmerksamkeit geschenkt, als er sich in den hinteren Teil des Kellers zurückzog. Während Bertram die Treppe nach oben ging, zog Mathilde obendrein alle Blicke auf sich. Mathilde lautstark, als sie einen Nachschlag der nun erkalteten Buchweizenspätzle in ihren Mund stopfte: *MMM-HMMM! Sooo lecker, da schmeckt man alle Zutaten. So richtig natürlich.*

Die verbliebenen Füchse waren spätestens ab diesem Zeitpunkt aus der Gesprächsrunde ausgeschlossen. Die Gäste waren mit sich selbst beschäftigt. Sie aßen und tranken, genossen die Diskussion in der ungewöhnlichen Umgebung. Für Gönnhardt war klar: Diese Menschen waren so nervig wie singende Zeichentrickfiguren. Anne, Mathilde und Thilo erreichten heute ein Lisa-Simpson-Level der Penetranz.

Immerhin: Das Geschwätz sorgte für einen gewaltigen Geräuschpegel. So hörten die Füchse das Trampeln, das während der Versammlung veranstaltet wurde, nicht.

Den Wölfen passte es gar nicht in den Kram, dass die Füchse Besuch hatten. Eifersüchtig waren sie nicht, aber dass die Menschen so lange im Keller verweilten, verärgerte. Dass weder Stampfen noch Rufen eine Reaktion hervorlockte, machte sauer.

Irgendwann gaben sie ihre Lärmbelästigung auf und zogen sich in ein abgelegenes Eckchen zurück.

Gorra: *Wir sollten in Keller und alle überfallen!*

Sie hatte im wahrsten Sinne des Wortes Blut geleckt. Als diese Menschen so mir nichts, dir nichts vor ihr standen, übernahmen ihre irren Instinkte. Ohne zu zögern griff Gorra die tätschelnde Mathilde an. Das leichte Opfer leistete schweren Widerstand. So konnte Gorra der weichlichen Menschenfrau nur eine kleine Wunde zufügen. Bevor sie ihren Kiefer ein zweites mal senken konnte, wurde Gorra von dem Menschenmann weggeschubst. Dann die Krönung: Die anderen Wölfe griffen nicht an. Das war Verrat aus den eigenen Reihen! Gorra dachte eigentlich, dass die Wölfe mit diesen Eindringlingen kurzen Prozess machen würden. Doch ihre Kumpanen wurden nicht zu Komplizen, sondern zu Kameradenschweinen.

Es sollte sich ein längerer Streit entwickeln, in dem Zmirka und die Männer Gorra immer wieder davon abhielten, nach unten zu stürmen. Immer wieder entwickelten sich Keilereien. Zmirka wollte nur die Füchse loswerden, Gorra war dagegen scharf auf Menschenfleisch. Es dauerte lange, bis Gorra einsah, dass sie gegen vier Wölfe, sechs Füchse und drei Menschen nicht ankommen würde. Trotz Resignation war sie voll aufgestauter Wut.

Sie hielt es nicht mehr aus, tobend und tosend verließ sie das Schloss am späten Abend. Natürlich blökte sie ihre Mitbewohner zum Abschied an. Gorra schnaubte: *Gorra die Garstige wird Menschen vernichten!*

Im Keller bat Gönnhardt in diesen Minuten noch ein allerletztes mal um Unterstützung. Die Bitte wurde mit viel zu vielen Worten abgelehnt.

211

Thilo: *Wir können ja keine Wölfe benachteiligen, wenn das für schreckliche Bilder sorgt. Jede Kreatur hat gleiche Rechte, egal ob gut oder böse. Dafür stehen wir als Tierschutzcrew Karlsruh', ber wir haben trotzdem noch sehr gute Nachrichten für euch.*

Gönnhardt sah erwartungsvoll zu, wie Thilo in seinem Jutebeutel kramte. So viel vorneweg: Es sollte kein Fernseher werden.

Thilo verkündete in feierlichem Ton: *Vor dem Essen haben wir im Einkaufscenter Geld für euch gesammelt. Ich hab die auch Kohle dabei. Voll gut, oder?*

Stolz überreichte Thilo eine Sparbüchse, indem er sie Gönnhardt vor die Nase stellte.

Gönnhardt nickte. Erst zögerlich, dann stärker. So war der Abend kein kompletter Reinfall. Er grinste, schließlich hatte er damit eine Sorge weniger.

Gönnhardt: *Vielen Dank für das Geld. Und mit der Kohle können wir im Winter heizen.*

Thilo schüttelte die Dose. Es erklang ein trauriges, metallisches Rasseln. Thilo fixierte Mathilde, die beiden hatten sich abgesprochen und die Aufgaben verteilt.

Mathilde: *Du Gönnhardt ...*

Mathilde legte ihren patentierten Hundeblick auf, für den sie wie durch ein Wunder noch nie geohrfeigt wurde. Mit gesenktem Kopf, ausgestreckten Entenlippen und zusammengekniffenen Augen schwafelte sie: *Es ist leider nicht sooo viel geworden. Es lohnt sich eigentlich nicht, wenn ihr das Geld jetzt nehmt. Wir dachten, dass wir es einsetzen sollten, weil wir damit viel mehr bewirken können. Mit unseren Aktionen und so.*

Wie gewonnen, so zerronnen: Gönnhardt kam sich veralbert vor, als Thilo die Spardose wieder einpackte.

Immerhin hatten die Menschen den Anstand, sich nach dieser Enttäuschung sang- und klanglos zu verabschieden. Es war trotzdem spät nachts, als die Tierschützer endlich das Schloss verließen.

Krieg.

Die Bordsteine waren bereits hochgeklappt, die Fußmatten eingerollt. In diesem Viertel konnte man seinen eigenen Herzschlag hören. Karlsruhe war in manchen Belangen einfach ein verschlafenes Nest.

Es war eine schwüle Nacht. Aufgeheizte Luft verweilte auf den Straßen, sie drückte auf den Asphalt. In den umliegenden Häusern war es derart warm, Fenster, die sonst verschlossen waren, mussten geöffnet werden. Die halb heruntergelassenen Rollläden sollten vor unerwünschten Blicken schützen, allerdings keinem Windstoß Gegenwehr leisten. Die Beamten und Sachbearbeiter, die in diesen Wohnungen mit ihrem Anhang hausten, schlummerten friedlich. In Gedanken waren sie bestimmt bei den zehn Tagen Freiheit, die der All-Inclusive-Urlaub im Ferienressort symbolisierte. Träumen war einfach etwas Schönes.

Draußen spielten die Ampeln tapfer ihr Farbspiel, obwohl sie in Stunden wie diesen nicht gebraucht wurden. Nüchtern betrachtet war es ein trauriger Anblick, da der einzige Zuschauer ihre Regeln ignorierte.

Eine dunkle Gestalt zog langsam durch den Stadtteil. Sie war bedrohlich, hatte nichts Gutes im Sinn. Im sturen Rhythmus der Verkehrssignale konnte man ein zotteliges

Fell erkennen. Mal erhellte es rot, mal grün, zwischendurch kurz gelb.

Die einzige Konstante dieses unheimlichen Anblicks waren leuchtende Augen. Langsam und herausfordernd zog das Geschöpf durch die Straßen. Als eine Brise durch das Fell fuhr, bekam man den Umriss der Gestalt zu sehen. Groß und kräftig, die Körperspannung strahlte Gefahr aus.

Mit der selbstsicheren Gewissheit, dass ihr niemand etwas anhaben konnte, blieb die Gestalt stehen. Siegesgewiss hob sie ihren Kopf.

AAAH-UUUH!

Der Schrei hallte durch die verlassenen Verkehrsadern, wurde auch in die kleinsten Winkel der Gassen getragen.

Dann streifte die Gestalt weiter, murmelte und schimpfte dabei geistlos vor sich hin.

Nochmal Kriegsgeschrei.

AAAH-UUUH!

Die Gestalt bog links ab.

Das Wesen hatte genug von sich gegeben, jetzt lauschte es.

Stille.

Oder doch nicht?

Die Gestalt blickte auf ein Haus, visierte ein Fenster. Ein leises, röchelndes Schnarchen war zu hören. Zugluft war in diesem Zimmer willkommen, Einbrecher nicht. Der Spalt zwischen Fensterrahmen und Rollladen war nur zwei Hand breit. Die Gestalt lächelte. Sie plante, fasste dann einen Entschluss.

Plötzlich ging es ganz schnell.

Das Monster schaute sich um, danach drehte es sich um die eigene Achse. Es hatte sich nicht verirrt, es vergewisserte sich, dass es keine Zeugen gab.

Für einen Augenblick schien die Zeit stehen zu bleiben.

Die Gestalt machte einen Satz. Und landete auf dem Fenstersims. Es geschah etwas, das nicht passieren durfte: Ein Eindringling verschwand im Haus.

Eine Pause.

Es herrschte eine gespenstische Ruhe. So unheimlich, man erwartete, dass gleich ein Schrei ertönte.

Ein kurzes Röcheln erklang.

Jetzt schlich sich die Gestalt wieder raus, huschte durch das offene Fenster, verließ die Szene in Windeseile. Kurz strahlte das graue Fell im roten Scheinwerferlicht der Ampel auf, dann verschwand es in die Dunkelheit. Alles geschah so schnell, es hätte auch nichts passiert sein können. Alles war wie zuvor. Abgesehen von dem Zimmer mit dem Fenster, aus dem man ein leises Gurgeln hören konnte.

Hätte er einmal die müden Augen gerieben, er hätte es verpasst. Doch er war aufmerksam da gestanden, hatte brav darauf gewartet, dass die Ampel auf Grün schaltet. Er war sich in diesem Moment nämlich nicht sicher, ob er auch für Trunkenheit zu Fuß seinen Führerschein verlieren konnte. Er nahm ja aktiv am Straßenverkehr teil. Oder doch nur passiv am Gehwegverkehr?

Genauso unsicher war er, ob er sich das gerade eingebildet hatte. Haben seine Augen ihn vielleicht getäuscht? Er war sich einfach nicht sicher, die acht Bier und vier Kurze hatten ihre volle Wirkung entfaltet. Er hätte fast geschrien.

Aber eben nur fast. Der überhöhte Promillepegel sorgte dafür, dass er keinesfalls Aufmerksamkeit auf sich ziehen wollte. Eine Ausnüchterungszelle, weil die Polizei ihn für einen besoffenen Spinner hält, konnte er nun wirklich nicht brauchen. Also blieb er stumm wie ein schüchterner Schüler.

Es dauerte nicht lange, bis auch der betrunkene Nachtschwärmer nach Hause getorkelt war und dort in den tiefen und festen Schlaf der Gerechten fiel. Er träumte nichts Schönes, ganz im Gegensatz zu den Beamten und Sachbearbeitern.

Plan A-.

Es war früh am Morgen. So früh, dass lediglich zwei der Füchse bereit gewesen waren, sich aus dem Bett zu quälen. Es waren die beiden, die eingeteilt waren. Blöd nur, dass die zwei sich ihrer Einteilung widersetzten. Jedenfalls für die anderen Füchse, die nun doof aus der Wäsche schauten.

Guido stand im Keller. Er versuchte so sanft zu sprechen, dass dieser unchristlichen Zeit die nötige Ehre zuteil wurde. Allerdings musste er auch so bestimmt auftreten, dass er ernst genommen wurde. Es war ihm sichtlich unangenehm, die Füchse zu wecken. Doch er brauchte die Hilfe.

Guido sagte mit zittriger Stimme und gerötetem Gesicht: *Der Gönnhardt und der Bertram, die beiden sind be... äh ... verhindert. Die können gerade nicht. Ich bräuchte Ersatz für die Frühschicht. Kann mir jemand von euch helfen?*

Er fragte offensichtlich in die Runde, dennoch fühlte sich niemand angesprochen. Folglich gab es auch keine Reaktion. Guido hatte keinen Plan B, also zitierte er sich selbst: *Ich bräuchte Ersatz für die Frühschicht. Kann mir jemand von euch helfen?*

Claudette lag mit ihrem Gesicht im Kissen, die Haare plattgedrückt wie Nasen, die mit Scheiben schmusen. Sie wollte ihren Freund jedoch nicht auflaufen lassen: *Abeeer Guido! Gönnhardt und Bertram sind doch gerade eben erst hochgegangen, um dir zu helfen. Ich erinnere mich ganz genau. Das war gerade eben vor jetzt. Die waren voll laut.*

Guido druckste herum: *Ja, nein, die sind halt irgendwie … mit etwas anderem beschäftigt. Ich bräuchte halt jemanden für die Frühschicht.*

Claudette: *Ja oder nein?*

Machen wir es kurz: Keiner der vier verbliebenen Füchse war in der Stimmung für die faulen Fellsäcke einzuspringen. So ergab sich Guidos Mannschaft eher durch Ausschlussprinzip als Begeisterung. Florentine wollte weiter Schönheitsschlaf halten. Sie drehte sich prompt weg und verbittete sich angesprochen zu werden. Klar, dass sich Reinholdt ebenfalls weigerte.

Claudette war mittlerweile auf allen Vieren. Sie drehte eine Runde durch den Keller und schaute sich auch oben nochmal um. Tatsache, unfassbar: Bertram und Gönnhardt hatten sich aus dem Staub gemacht.

Während Claudettes Suchaktion stand Guido wie angewurzelt da, und ließ das Grauen im Erdgeschoss vor dem inneren Auge Revue passieren. In der Nacht hatten sich die Wölfe mal wieder selbst übertroffen. Er war auf Unterstützung angewiesen. Guido wusste, dass er sich auf Claudette verlassen konnte, aber er baute ihr dennoch eine Brücke, als sie kopfschüttelnd zurückkam: *Claudi, wenn du hilfst, kannst du dir auch was von mir wünschen.*

Er hatte sie zwar schon auf seiner Seite, bevor er ihr diesen Zweig reichte, doch den theatralischen Seufzer ließ sich Claudette nicht nehmen: *Na guuut.* Während sie ihre Zustimmung in die Länge zog, verpasste sie Schorschi mit der rechten Pfote einen Schlag auf den verträumten Schädel. Der Faulpelz hatte sich nämlich schon wieder eingeigelt. Claudette: *Und du kommst mit.*

Schorschi: *Claudi, wir beiden zwei haben doch auch Mittagsdienst.*

Claudette: *Claudette für dich. Und aufstehen!*

Schorschi war schweigsam, wenn er zu früh geweckt wurde. Gut so, damit gab er kaum Widerworte. Der kleine Morgenmuffel war sowieso bald wieder bester Dinge. Solange sich Claudette und Schorschi den Schlaf aus den Augen rieben, kaufte Guido an der Tanke schräg gegenüber zwei Flaschen Schokomilch. Danach zauberte er noch ein Frühstück, das sich sehen lassen konnte. Und sich auch schmecken lassen konnte, wie Schorschi jetzt bestimmt einwerfen würde.

Ganz gut gelaunt machte sich das Team an die Arbeit. Es wartete eben doch eine Doppelschicht.

Claudette und Schorschi halfen Guido fleißig, obwohl sie nur Vertretungen waren. Nun gut, im Fall von Schorschi war es zumindest für seine Verhältnisse fleißig.

Irgendwann nach viel Keuchen, Motzen und Stöhnen war endlich Mittagspause. Ihre Belohnung hatten sich Schorschi und Claudette nun redlich verdient.

Während Claudette und Schorschi den Rest der Trinkschokolade schlürften, war es an Guido, seine Schuld einzulösen. Von der Belohnung sollte nicht nur Claudette etwas haben. Auch Schorschi – sofern er nicht tagträumte – kam in den Genuss eines Märchens. Es sollte ein spannender Krimi werden.

Guido sah sich verschwörerisch um. Er senkte die Stimme. Dann fing er an, seine Erzählung zu flüstern, wobei er das letzte Wort jedes Satzes dramatisch aushauchte.

Die Geschichte.

Die Geschichte handelte von dem Schicksal eines Kindes. Der kleine Junge wohnte in einem kleinen Haus in einer großen Stadt. Eines Abends, es war ein heißer, anstrengender Tag gewesen, war es wieder Bettzeit. Die Mama brachte den Jungen in das Bett in seinem warmen Zimmer. Sie war froh, die kleine Nervensäge bald los zu sein. Das Zimmerfenster wurde geöffnet, damit das arme Kind wenigstens einen Hauch kühlender Brise abbekam. Ein bisschen Gesang und einen Gute-Nacht-Kuss später konnte sich die Mutter endlich aus dem Zimmer schleichen.

Jetzt hatte sich Mama aber Wein verdient! Die Hitze an diesem anstrengenden Tag hatte nämlich auch an ihren Kräften gezehrt.

Sie hatte es sich noch nicht richtig gemütlich gemacht, da ging das Theater schon los. Aus einem kleinen, weißen Kasten lärmte es.

Wäääh.

Bäääh.

Häääh.

Der Junge schlief, aber machte der Mutter immer noch Ärger. Sie hatte das zweite Glas Wein noch nicht geleert, doch kehrte bereits zum dritten mal zurück in das Kinderzimmer. Einfache Erklärung, sprach der Alkohol aus ihr: Erlebte der wehleidige Junge tagsüber zu viel, musste er dies nachts verarbeiten. Für die Mama war es an diesem Abend ein zermürbender Ablauf: Zimmertür auf, er strampelt, stöhnt, sabbelt, schläft weiter, Zimmertür zu, ein Schluck Wein in den Rachen.

Wäääh.

Bäääh.

Häääh.

Als sich die Mutter gerade das vierte Glas einschenkte, schlug der Wein vor, das Babyphone auszuschalten. Es würde doch sowieso nichts passieren, sogar frische Luft konnte ins Zimmer. So hätte sie wenigstens einen schönen Restabend. Gesagt, getan. Dann trank die Mama in himmlischer Ruhe weiter.

Mamas Schädel brummte, als sie am nächsten Morgen nach ihrem Sohn schaute.

Oh Schreck, der Junge!

Klirrend fiel die Tasse voll braunem Milchkaffee auf den Verkehrsteppich im Kinderzimmer. Dass es keine Scherben gab, war ein schwacher Trost. Als Mama den Knaben fand, schrie sie laut auf. Das Gesicht war blau, der Körper war rot.

Was war geschehen? Wer hat das getan? Wer war für diese abscheuliche Tat verantwortlich?

Mutter beschuldigte andere, andere beschuldigten die

Mutter. Keiner wollte es gewesen sein.

Die Nachbarschaft in der großen Stadt geriet in Aufruhr. Es folgten Tage voller Verdächtigungen, Verunglimpfungen und Verwünschungen. Das Problem: Niemand wurde verdächtigt, doch jeder konnte der Täter sein. Die Mutter wurde von der wenig schmeichelhaften Aufnahme der Nannycam im Wohnzimmer entlastet. So eine gab es im Kinderzimmer leider nicht. Die Polizei wusste nicht weiter, es fehlte jede Spur, die zu einem Täter führen konnte. Die Stadtbewohner spielten verrückt, sie wollten wissen, wer Kindern so etwas antat.

Am dritten Morgen nach dem schrecklichen Fund erwachte ein Mann aus seinem Koma. Bald hörte er von dem schrecklichen Vorfall. Er kratzte an seinem Hinterkopf. Da war doch was gewesen, böses Ungeheuer und so.

Der Mann behauptete, alles gesehen zu haben. Jedem, der es hören wollte, sagte er: Es war in jener Nacht ein Monster in der Stadt unterwegs, es war gewiss kein Mensch: leuchtende Augen und ein struppiges Fell, fließende Bewegung und richtig schnell. Der Mann sagte, es schlich durch die Straßen, auf der Suche nach einem Opfer. Und dann fand das Monster das kleine Haus in der großen Stadt.

Das Monster brach ein, um das unschuldige Kind zu fressen. Doch der Mann aus dem Koma brüllte ganz laut. Der Retter schlug und trat, er verscheuchte das Monster. Vor lauter Erschöpfung wurde ihm plötzlich schwarz vor Augen. Der Held schlief tief und fest, bis er am dritten Tag wieder erwachte.

Nach dem Ende.

Guido: *Das Ende.*

Schorschi: *Fehlt da nicht noch was?*

Guido: *Das war es aber. Mehr weiß ich jetzt noch nicht.*

Schorschi und Claudette tauschten Blicke aus. Zufrieden schienen sie nicht zu sein.

Claudette: *Aber das war für die Frühschicht. Und wir helfen doch gleich nochmal. Und außerdem sind wir zu zweit. Zwei Füchse, zwei Schichten, also zwei Belohnungen.*

Da war was dran.

Einfallsreichtum? Bankrotterklärung. Guido faltete grummelnd die Donnerstagsausgabe des Karlsruher Morgens auf. Dann würde er den beiden jetzt vorlesen. Als Schorschi und Claudette die Köpfe über die Zeitung streckten, wurde ihm klar, dass er einen Fehler gemacht hat.

Claudette verlangte wie üblich, dass er die Überschriften vorlas. Durch seine vorangegangene Märchenstunde war er seiner kreativen Säfte beraubt. Ihm fiel einfach nichts ein, also musste die Wahrheit herhalten. Die ganze Seite war voll mit Artikeln über den Fall, der ganz Karlsruhe in Atem hielt.

Guido: *Neue Entwicklung im Fall Kinderstube!*

> *Zeuge: Monster mit leuchtenden Augen könnte auch großes Wildtier sein!*

> *Traurige Gewissheit, tierische Täter?*

> *Exklusiv: Interview mit der bekannten Tierschützerin Anne M. auf Seite 17!*

Soweit konnten sogar die Füchse rechnen. Eins und eins zusammenzählen dauerte zwar ein paar Momente, doch irgendwann war der eine Gedanke beim eindeutigen Ergebnis. Claudette und Schorschi verlangten von Guido auf den Stand der Dinge gebracht zu werden. Guido konnte sich diesmal kurz fassen. Ohne Ausschmückungen rekonstruierte er die letzten Tage in Stichpunkten: Kind gefunden, Täter flüchtig, Karlsruhe unsicher, Beobachter besoffen und unglaubwürdig, Verdächtiger mit Fell überzogen und gelenkig, Karlsruhe wütend.

Der Schock stand Claudette und Schorschi ins Gesicht geschrieben.

Schorschi schluckte, dann: *Tim …*

Claudette schmiegte sich an Schorschi.

Guido erklärte, dass er die heutige Zeitung noch nicht gelesen hatte. Guido stellte eine Theorie auf, an die er nicht mal selbst glaubte: *Bestimmt war das alles ein Unfall und ein großes Missverständnis. Das löst sich bald auf.*

Alle drei waren neugierig, was der Karlsruher Morgen recherchiert hatte. Es schien neue Entwicklungen und Erkenntnisse zu geben. Mühsam kämpfte sich Guido in den folgenden Minuten durch die Lokalzeitung. Die beiden Füchse hingen an seinen Lippen, und dann wieder über den Fotos und Phantomzeichnungen.

Wie Guido berichtete, gab es übereinstimmende Zeugenaussagen von Anwohnern, die ungewöhnliche Geräusche in der Nacht des Verschwindens vernommen hatten. So gab es neben dem mittlerweile ausgenüchterten Augenzeugen auch Ohrenzeugen, die ein Tier als Täter vermuteten. Es gab auch erste Indizien: An der Wand vor dem Fenster waren Tierspuren gefunden worden.

Allerdings wusste niemand, von wann die Abdrücke waren. Auch die Quelle der Abdrücke war ungewiss. Nachbarhund oder streunende Katze? Möglich. Die Anfrage der Zeitung, die in den letzten Monaten zu Hochform auflief, um welche Verletzungen und Wunden es sich bei dem Opfer handelte, wollten Polizei und Staatsanwaltschaft aus Jugendschutzgründen nicht beantworten.

Guido ahmte einen Polizeisprecher nach: *Wir geben keine Informationen zu laufenden Ermittlungen.*

Guido schlug gerade die sechzehnte Seite auf, als Gönnhardt und Bertram um die Ecke trotteten. Eigentlich hatten die beiden einen Anpfiff für ihr Fehlen verdient, doch Claudette und Schorschi waren zu kaputt, um den beiden den Marsch zu blasen. Guido verfügte über mehr Kraftreserven. Möglicherweise wollte er auch nur vermeiden, das Interview mit Anne vorzulesen. Wer weiß, was die da erzählte.

Guido stand auf. Er bedankte sich bei seinen beiden Helfern: *Bleibt ihr liegen und ruht euch noch ein bisschen aus. Ich muss mal mit den beiden da ein Wörtchen schwätzen.*

Dann ging er hölzern auf Bertram und Gönnhardt zu. Es stand das zweite ernste Gespräch des Tages mit den beiden Füchsen an.

Sinne sammeln.

Bertram nahm das Getöse als Erster wahr. Ohne seinen Fernseher als Ablenkung konnte er der Realität ja nicht mehr entfliehen. Die Geräusche erinnerten ihn an die eine Dokumentation über den gescheiterten Putsch in Humbugistan. So oder so ähnlich hieß der Nomadenstaat,

Bertram war sich nicht ganz sicher. Die vielen Reportagen verschwammen miteinander. So ungefähr, wie sich auch dieses Dickicht von Schritten, Rufen und Gemauschel zu einem undeutlichen Lärm vermischte.

Die Sicht aus dem Kellerfenster war eingeschränkt, dennoch konnte Bertram erkennen, was drohte. Er lukte durch das Kellerfenster und sah eine Armee von Klonkriegern aufmarschieren. Zuerst war nur eine Wand aus blauen Hosen zu sehen. Die Menschen gingen zwar nicht im Gleichschritt, aber dennoch bedrohlich und unermüdlich Richtung Schloss. Der Winkel vergrößerte sich und gab nach und nach die Oberkörper sowie nach einigen weiteren Metern auch die dazugehörigen Köpfe frei. Es waren kaum unterscheidbare Fratzen. So hasserfüllt, alle könnten verwandt sein. Jeder für sich entweder Ausgeburt der Hölle oder Satansbraten.

Bertram alarmierte die Anwesenden: *Wacht auf! Es ist Demozeit!*

Gönnhardt: *Ahhh!*

Die angespannte Warterei auf diesen Moment raubte Gönnhardt schon seit einer Weile Kraft und Nerven. Die Aufregung war ermüdend. Die gegenseitige Verrücktmacherei unter den Füchsen erschöpfte doppelt. Deswegen war Gönnhardt ein ums andere Mal in einen unbefriedigenden Sekundenschlaf gefallen. Und aus so einem hat Bertrams Ruf ihn aufschrecken lassen.

Die Füchse waren an diesem Donnerstag nicht wie üblich im Garten, sie hatten sich zurückgezogen. Die Stimmung war mal wieder dort, wo sich die Füchse aufhielten – unten. Nur eingespielte Lacher aus der Sitcom-Konserve hätten dieses Trauerspiel noch mehr verdeutlichen können.

Während die Füchse ihre sieben Sinne sammelten und sich nebeneinander an dem Kellerfenster aufreihten, formierten sich auch die Demonstranten. Und das dauerte eine Weile, denn dieser Aufmarsch war kein Vergleich zur letzten Woche. Es waren Menschen so weit das Auge reichte – und Füchse können gut sehen.

Gönnhardt zu Bertram: *Da haben uns die Wölfe aber was eingebrockt.*

Bertram zu Gönnhardt: *Meinst du, das ist alles wegen dem Kind? Das sind ja Menschen wie Laub am Waldboden.*

Gönnhardt: *Ja, wegen dem Kind, wegen allem.*

Da der Karlsruher Morgen nur einen kleinen Auflagensprung erlebt hatte, mussten die Buschtrommeln schnell gewesen sein. Es wurde geschrien, gesagt, geschrieben, kopiert, eingefügt, weitergeleitet und geteilt: Das Viehzeug im Schloss war es gewesen! Die Tiere machen Jagd auf unsere Kinder!

Je mehr Aufmerksamkeit der Fall bekam, desto erdrückender wurden die Beweise: Jeder kannte jemanden, der in der Nacht Geschrei, Geheule und Gejaule gehört hatte – oder dies behauptete. Und jeder kannte jemanden, der jemanden kannte, der in der Nacht ein Tier gesehen hatte – oder dies behauptete.

Hier und jetzt war es an der Zeit, den Invasoren zu zeigen, was man von ihnen hielt. Die Demonstranten zogen sich durch alle Gesellschaftsschichten. Wenn es um Leib und Leben von Kindern ging, verstanden nicht mal die Komiker vom Karlsruher Freudentheater Spaß. Die Ulknudeln befanden sich übrigens in der 23. Reihe. Die Spitze bildete eine Meute von Stiernacken. Die Körperhaltung verkrampft, die Muskeln angespannt. Nach einer kurzen Unterredung löste sich einer aus der Gruppe. Der Anführer bezog Position. Gönnhardt schaute ganz genau. Er blinzelte kurz, musste sich vergewissern.

Ganz vorne stand diesmal nicht sein spezieller Freund Marc. Der neue Vorsänger war aber ein ebenso grimmiger Geselle. Ein Megafon in der linken Hand fuchtelte er mit beiden Armen. Er stachelte die Menge auf, bevor er zu dem ersten Sprechchor ansetzte: *Ob Wolf oder Fuchs, genug ausgenutzt!*

Der Mob brüllte zum Bruder Grimmig zurück: *OB WOLF ODER FUCHS, GENUG AUSGENUTZT!*

Es schallte beachtlich. Die Druckwelle war so enorm, dass oben im Schloss die Gläser wackelten. Hätten die Wölfe nicht schon sämtliche Gemälde zerstört, mindestens vier wären in diesem Moment heruntergefallen. Gorra strahlte, als sie der Aggressivität gewahr wurde. Sie nickte zufrieden. Gorra: *Wunderbar.* Sie wollte rausgehen, um die Atmosphäre aufsaugen zu können. Sie wollte sich an der entgegen geworfenen Ablehnung berauschen. Aber ohne Mitstreiter, am helllichten Tag, unter den Augen so vieler Menschen war das heikel. Also musste sie ihre Mannschaft auf Kurs bringen.

Es hallte: *KEINE GNADE FÜR FELL, VERZIEHT EUCH GANZ SCHNELL!*

KINDER RÄCHEN, KIEFER BRECHEN!

Gönnhardt stand gefesselt am Fenster. Dieser neue Anführer war ein vollkommen anderes Kaliber.

FÜCHSE SIND DRECK, WIR HAUEN SIE WEG! WÖLFE SIND SCHMUTZ, JETZT WIRD GEPUTZT!

Bei dem letzten Reim lächelte Claudette, überlegte,

schüttelte den Kopf, lächelte nicht mehr.

Der Vorsänger nickte zustimmend, doch sah aus, als ob ihm ein unangenehmer Geschmack auf der Zunge lag. Die Marionetten tanzten nach seiner Pfeife. Er kramte in seiner Hosentasche, ein Gesangsbuch suchte er nicht, aber einen Schmierzettel mit weiteren Anfeindungen.

Gönnhardt sah sich hilfesuchend im Keller um. Ratlose Gesichter. Wo war eigentlich Anne? Schon den ganzen Tag warteten sie auf ihre moralische Unterstützung. Die Kellertür knarrte, sie wurde geöffnet. Reflexartig zuckte Gönnhardts Kopf in deren Richtung. Er dachte schon an Gedankenübertragung.

Übertragung fehlgeschlagen, die Verbindung konnte nicht hergestellt werden.

Guido ächzte vor sich hin, als er die Treppenstufen nahm. Sobald er den Boden erreicht hatte, schoss er im Geiste ein Gebet in den Himmel: *Danke lieber Gott, dass du mich hast nicht-stürzen lassen!*

Guido lehnte an der Wand, dann wandte sich der Hausmeister an die Füchse: *Meine Lieben, ich habe gerade mit der Frau Anne telefoniert. Sie kann aus familiären Gründen nicht. Ich kann aber bei euch bleiben.*

Die Träume von ihrem heldenhaften Auftritt waren mittlerweile ohnehin zu einem Funken Hoffnung verkümmert. So ließ Guido wenigstens nichts zerplatzen, sondern nur erlöschen. Ausgerechnet an diesem Donnerstag, dem schlimmsten von allen, kam Anne nicht. Gönnhardt hatte zwar so ein Gefühl gehabt, aber die Enttäuschung war ihm dennoch ins Gesicht geschrieben.

Die Füchse gingen verschiedene Phasen der Bewältigung

durch. Erst lachten sie, dann trauerten sie, dann waren sie wütend.

Florentine: *Ausgerechnet heute, wo uns die Wölfe diesen riesigen Schlamassel eingebrockt haben.*

Bertram, der die beiden ersten Phasen übersprungen hatte, schimpfte: *War doch klar, dass die nicht kommt. Die ist halt doch ein typischer Mensch!*

Guido versuchte das Thema zu wechseln, indem er auf das Kellerfenster zeigte und Laute von sich gab: *Uh. Uff. Puh.* Das sollte suggerieren, dass das, was da draußen stattfand wichtiger war, als über Anne zu lästern. Claudette deutete das Gestöhne allerdings als Schwächeanfall. Claudette sah ihren Guido schon vor Erschöpfung zusammenklappen.

Claudette: *Hinsetzen, Guido!*

Die Nachfrage, wo er sich hinsetzen könne, beantwortete sie klipp und klar: *Zuhause in deinem Bett!*

Schorschi: *Aber im Bett liegt …*

Claudette: *SCHORSCHI!*

Die anderen Füchse gaben zaghafte Widerworte, doch Claudette bestand darauf, dass Guido heimging, um sich auszuruhen: *Du hast schon genug für uns getan.*

Guido protestierte. Schorschi hätte ihn auch gerne da behalten, er sagte aber nichts, obwohl sein Magen knurrte. Florentine fand es eher ungünstig, unten ganz allein zu sein (Reinholdt danach ebenfalls). Erst als Gönnhardt und Bertram Claudette zustimmten, quälte sich Guido die Stufen hoch.

Kurz nach dem letzten Knarzen standen die Füchse wieder am Fenster.

Bertram: *Gönnhardt, die Leute da draußen sind tollwütend.*

Gönnhardt zu Bertram: *Der Typ ganz vorne ist böse. Der Marc wäre mir echt lieber.*

Bertram mit aggressivem Unterton: *Ach nee ...*

Zum Glück haben die Wölfe in ihrer Wut nicht mitbekommen, dass Guido den Keller schon wieder verlassen hatte. So ließen sie die Füchse in Ruhe. Guido war schließlich einer der wenigen Menschen, der nützlich für sie war. Oben hatte Gorra nämlich zwischenzeitlich für die notwendige Gewaltbereitschaft gesorgt. Da draußen war reichlich Beute.

Die Wölfe gingen raus.

Gönnhardts Kopf bewegte sich in einem Halbkreis. Da erschien ein kleiner Schatten, der sich immer weiter näherte. Was angeflogen kam, war kein Flugzeug, kein Vogel.

Klirr.

Der Pflasterstein machte kurzen Prozess mit einer Fensterscheibe irgendwo im Erdgeschoss.

Klirr.

Klirr.

So war es wenigstens einmal von Vorteil, im Keller zu wohnen. Im Untergeschoss mit den vergitterten Fenstern waren die Füchse zwar vor den Wurfgeschossen sicher, ein mulmiges Gefühl wanderte in Gönnhardt trotzdem wellenartig von oben nach unten. Erst sah Gönnhardt schwarze Punkte, dann galoppierte sein Herz, seine Knie wurden weich, anschließend kribbelte es in den Füßen.

Und plötzlich zitterte der ganze Körper. Was hatte er nur getan?

Oben spielte sich in den Sekunden vor dem ersten Einschlag Folgendes ab: Die Wölfe verließen das Schloss. Draußen wurden sie prompt mit Steinwürfen empfangen. Damit war der Kampfeswille gebrochen, die Wölfe flüchteten umgehend.

Noch bevor der dritte Stein einschlug, versteckte sich Gorra zusammengekauert unter der Couch. Die übrigen Wölfe folgten auf den Plätzen.

Die nächsten Minuten waren dramatisch. Der Anführer hatte genug von dem Sprechgesang, doch die fliegenden Steine reichten ihm noch nicht. Er wollte weitere Taten sehen: *Wir stürmen das verdammte Schloss! Wer ist dabei?*

TSCHHHHH.

Erst flog das Megafon in den Himmel, dann erfasste der Wasserstrahl den Torso vom neuen Anführer. Der junge Mann wurde von dem gewaltigen Druck umgeworfen. Wie ein begossener Pudel stand er auf, sah sich um und rannte schließlich Richtung Marktplatz davon. Die Polizei löste die Demonstration auf, weil die Lage anfing zu eskalieren. Die restlichen Menschen leisteten ebenfalls keinen Widerstand. Der Wasserwerfer war das letzte Geschoss an diesem Tag.

Kalte Dusche.

Ein frischer Wind wirbelte Karlsruhe an jenem Morgen auf. Er fegte vom Marktplatz durch die schmale Gasse zum Platz der Grundrechte. Dort nahm er Fahrt auf, sauste über den Schlossvorplatz und prallte ans Gemäuer der Residenz. Hier suchte er einen Schlupfwinkel an der

Fassade des Schlosses, um ins Innere zu gelangen.

Der Wind fand ihn, und wehte pfeifend durch die zertrümmerten Scheiben.

Innen wurde der Windstoß von kauenden Füchsen begrüßt. Es war kein angenehmer Besuch. Bertram wurde das Fell zerzaust, Florentine wurde gegen Schorschi gedrückt und Gönnhardt wurde die Stulle vom Teller gefegt. Wie könnte es auch anders sein: Selbstredend lag die Frischkäseseite unten, als das Brötchen auf dem Boden landete. Kraftlos bückte sich Gönnhardt, er senkte den Kopf und beendete sein Frühstück in betender Stellung. Seine Körperhaltung passte zur Stimmung, denn die Füchse waren geknickt wie ein Licht in der Disko. Die gestrige Machtdemonstration hatte Spuren hinterlassen.

Eine solche Katerstimmung herrschte bei den Wölfen nicht. Die Wölfe haben einen gesunden Appetit gehabt. Sie waren zwar beeindruckt – wahrlich beachtlich, diese Wurfgeschosse – aber für sie war die Sache abgehakt. Und dieser somit kein besonderer Tag. Ihnen schlug nichts auf den Magen, daher schlugen sie sich eben jene voll. An dem bisschen, das übrig blieb, knabberten nun die Füchse, während die Wölfe irgendwo im Freien herumlungerten.

Guido konnte ihnen kein zweites Frühstück besorgen, er war beschäftigt. Es fielen außerplanmäßige Arbeiten an, wodurch das heimliche Mahl gestrichen werden musste.

Durch den unverhofften Sauerstoffschub wurden die Lebensgeister der Füchse mit etwas Verspätung geweckt. Es begann eine kleine Diskussion zur Lage der Nation. Florentine schlug vor, sich in den nächsten Tagen zurückzuziehen. Sie wollte sich zuhause verkriechen wie der sitzengelassene Teil einer langjährigen Beziehung bei der Trennung.

Florentine zog Bilanz: *Uns will halt keiner. Niemand mag uns, so wird es bleiben für immer und ewig.*

Wenigstens der Kummerspeck würde den Füchsen bei ihrer derzeitigen Essensration erspart bleiben.

Reinholdt: *Ich mag dich, Florentine.*

Claudette: *Ich mag dich auch, Florentine. Aber den Reinholdt nicht!*

Gönnhardt kaute und schwieg.

Guido wuselte um die Füchse herum. Der Hausmeister war gerade dabei die Glasscherben aufzufegen. Seine nervöse Emsigkeit machte die Stimmung aufgeregter. Gerade stand er bei den Füchsen, fixierte Gönnhardt geistesabwesend. Dann ging er zurück zu den kaputten Fensterscheiben, schüttelte den Kopf und glotzte diese genauso unverhohlen an. Er schaute auf die Uhr. Es war Zeit, nun musste er telefonieren.

Guido an alle Füchse gerichtet, doch Gönnhardt wieder fest im Blick: *Ich kann das mit den Fensterscheiben nicht. Ich muss mal telefonieren, lasst euch nicht stören.*

Die Füchse hörten nicht richtig hin, aber wenn man Guidos Antworten interpretieren müsste, würden die Satzfetzen ergeben, dass das Unternehmen den Auftrag nicht annehmen wollte. Auch bei den nächsten Anrufen war Guido höchstens ein Bittsteller. Manche Fensterbauer hatten Bedenken hinsichtlich der öffentlichen Wirkung, andere nahmen ganz unverblümt das Wort Boykott in den Mund.

Am Frühstückstisch diskutierten Schorschi und Florentine

mittlerweile über Kissen. Bertram saß gedankenversunken dabei. Als es ums Schlafen ging schreckte er ohne ersichtlichen Grund auf. Er verabschiedete sich daraufhin vom Tisch.

Bertram orientierte sich zu Guido, der schaute verträumt durch ein defektes Fenster. Guido beugte sich herunter, anschließend murmelten die beiden einander Gemauschel zu. Sie nickten sich an, dann sah Bertram in Gönnhardts Richtung. Es war Zeit.

Gönnhardt schluckte seinen letzten Bissen herunter, nun schloss auch er sich der Kleingruppe Bertram und Guido an.

Die drei fingen an zu diskutieren. In den Gesprächspausen schauten sie sich verschwörerisch um.

Nachdem die Unterredung beendet war, telefonierte Guido schon wieder. Diesmal immerhin erfolgreicher.

Kreise ziehen.

Der Vormittag war ereignisreich gewesen, Gönnhardt hatte Gespräche geführt und Entscheidungen getroffen.

Nachmittags drehte Gönnhardt Runden wie Dagobert Duck in seinem Geldspeicher, während er versuchte die Geschehnisse einzuordnen. Grübeln war schon immer eines seiner Laster gewesen, deshalb konnte er still seine Kreise ziehen, ohne von seinen Freunden gestört zu werden. Sie kannten ihren Gönnhardt. Einzig Bertram reckte immer wieder besorgt den Kopf zu seinem Freund. Aber er wusste, dass es Einiges zu verarbeiten gab.

Wer viel nachdenkt kennt es: Entschlüsse werden hinterfragt. Und so geisterten zermürbende Gedanken durch Gönnhardts Kopf: Hatte er einen Fehler gemacht? Konnte er auf die Abmachungen vertrauen? Wieso nicht einfach alles abblasen?

Die Ausgangslage war eigentlich klar: Es musste reagiert werden. Die Emotionen der Menschen waren hochgekocht. Die Demonstranten wurden als Rächer des Kindes gefeiert. Es sah nicht danach aus, als ob Gras über die Sache wachsen würde. Im Gegenteil, die Lage würde für die Füchse höchstwahrscheinlich immer brenzliger werden. Nicht nur die Wölfe spielten ohne Rücksicht auf Verluste, auch die Menschen, allen voran der neue Anführer, waren scheinbar zu Opfern bereit.

Gönnhardt hatte noch in der Nacht nach der großen Demo gemutmaßt, dass es beim nächsten mal bestimmt nicht bei zerbrochenem Glas bleiben würde. Das war ja einer der Gründe, warum er handelte.

Aber mittlerweile war der erste Schrecken verdaut.

Und nun …

Gönnhardt hatte Angst. Nicht um sich, sondern um seine Freunde. Auch vor ihrer Reaktion, wenn er ihnen reinen Wein einschenkte. Bisher hatte er geschwiegen. Der Rückzieher war eine valide Option.

Es war wie beim Rupfen von Gänseblümchen. Er wollte, er wollte nicht. Laut seinem Ergebnis wollte er, doch traute sich nicht. Und so überlegte er weiter.

Hin und her.

In seinem Kopf fand ein Tauziehen zweier gleichstarker Mannschaften statt. Es tat sich einfach nichts. Mal entschied sich Gönnhardt für das Ja, und dann einen Augenblick später wieder um.

Gönnhardt blieb stehen, er betrachtete seine Freunde. Glücklich sahen sie nicht aus. Aber immerhin noch unversehrt.

Gönnhardt sagte nachdenklich zu sich selbst: *Noch unversehrt. So weit sind wir schon, damit ist eigentlich alles entschieden.*

Er sah irre aus, als er sich selbst zustimmte: *Ja, du machst das. Ja, du machst das. Ja, du machst das. Ja, du machst das. Ja, du machst das. Ja, du machst das.* Sein Kopf wippte auf und ab, als Gönnhardt zu seinen Freunden ging.

Die Füchse verstanden sofort, lautlos bildeten sie einen Halbkreis. Wie auf Kommando steckten sie die Köpfe zusammen, dann zischelte, tuschelte und raunte es. Schorschi warf einen verstohlenen Blick auf die Wölfe. Gönnhardt wies ihn umgehend zurecht. Die Wölfe waren nur wenige Meter entfernt. Sie lungerten faul und frei von Sorgen auf der Couch herum, doch man wusste nie. Gönnhardt fasste sich vorsichtshalber kurz und hatte bald alles gesagt.

Gönnhardt löste sich von der Gruppe. Er zog seinen Hut auf. Bertram sah ihn entgeistert an. Da war er wieder, der vorsichtige Bertram, er wisperte: *Gönnhardt, nein! Das war doch keine gute Idee. Es gibt bestimmt noch einen anderen Ausweg. Wir müssen nur drauf kommen. Lass uns nochmal in Ruhe überlegen.*

Gönnhardt ignorierte die Worte, er atmete tief durch. Gönnhardt zu sich selbst: *Angriff ist die beste Verteidigung.*

Reinholdt traute seinen Augen nicht, sie mussten ihn anschwindeln. Florentine war genauso baff: *Er tut es wirklich.*

Reinholdt ehrfürchtig: *Der Gönnhardt! Immer für eine Überraschung gut.*

Was sie beobachteten, war tatsächlich kaum zu glauben: Gönnhardt ging zum Sofa. Für ein paar Sekunden stand er reglos da. Er starrte ein Loch in die Wölfe. Gönnhardt schluckte, dann räusperte er sich. Desinteressiert schaute Zmirka zum Fuchs. Bevor irgendeine Reaktion möglich war, riskierte Gönnhardt die dicke Lippe, vor der er so viel Angst hatte: *Ihr könnt mich alle mal!*

Wolfsköpfe schnellten hoch, böse Blicke flogen zu Gönnhardt. Dieser machte einen Schritt auf die Wölfe, deren volle Aufmerksamkeit er nun inne hatte, zu. Nur wenige Zentimeter vor der Couch wurde Gönnhardt persönlich, er pöbelte Bugar an: *Du bist sogar für einen Wolf richtig dumm!*

Dann legte er eine Schippe drauf und provozierte Drohl: *Du bist der Schwächste von allen Wölfen. Hammak sollte deinen Posten übernehmen.*

Damit war eine neue Eskalationsstufe erreicht, schließlich wollte Drohl seine Führungsposition auf gar keinen Fall hinterfragt wissen. Auf einen Machtkampf mit seinem Bruder war er aus gutem Grund ganz und gar nicht scharf. Drohl stand auf, er wollte Gönnhardt das vorlaute Maul stopfen. Gönnhardt wich ein paar Schritte zurück. Zu diesem Tanz ließ sich kein Wolf zweimal bitten. Die anderen Wölfe bauten sich neben Drohl – im Fall von Hammak sogar vor ihm – auf. Drohl hoffte, die anderen bemerken nicht, dass damit Gönnhardts Aussage bestätigt wurde.

Nun wurde das Geschehen noch absurder, denn Gönnhardt biss zu.

Gönnhardt war schnell. Erst traf es Hammak, dann nahm

er sich wie geplant Zmirka und Gorra vor. Er arbeitete wie ein Specht. Gönnhardt riss den beiden Wolfsdamen büschelweise Fell aus. Damit hatten die Wölfe nicht gerechnet, sie waren für einige Sekunden erstarrt. Das war der Moment, den Gönnhardt nutzen musste.

Er drehte sich zu den anderen Füchsen um. Sie hatten seine Anweisungen glücklicherweise befolgt, und erwarteten Gönnhardt an der Tür.

Gönnhardt schrie den Füchsen mit vollem Mund zu: *LOOOS!*

Während er rannte, spuckte er angeekelt vor sich hin. Nachdem Gönnhardt das Schloss verlassen hatte, sah es dort aus wie beim Frisör. Der Fußboden war voll kleiner Berge von Haaren. Gönnhardt hatte den Wolfsdamen einen gewöhnungsbedürftigen Haarschnitt verpasst.

Die Gerupften schauten erst einander, dann die Herren an.

Schneller als erhofft kamen die Wölfe wieder zur Besinnung. Und mit der Besinnung kam grenzenlose Wut.

Marktplatz.

Hammak führte die Hetzjagd an.

Blind vor Blutdurst und ohne Rücksicht auf Verluste folgten die wilden Wölfe ihrer Nummer Zwei. Auf den ersten Metern: Steine wirbelten, Gegenstände wackelten.

Dann trafen die Wölfe auf viele Touristen, die knipsten. Es wurde es unübersichtlich auf dem Schlossvorplatz, wodurch Erwachsene gestreift und Kinder umgeworfen wurden. Statt Slalom zu laufen, ging es für die Wölfe mit dem Kopf durch die Mitte. Den gewaltigen Vorsprung der

Füchse hatten die Wölfe dadurch schnell wettgemacht.

Und das bekamen die Füchse zu spüren. Die Wölfe gingen rigoros zu Sache. Brutal wurde es immer wieder für kurze Augenblicke: Die Wölfe schnappten, bissen und kratzten, wenn sie einen der Füchse zu fassen kriegten. Sie sorgten damit dafür, dass die Füchse auf dem Weg zum Platz der Grundrechte immer wieder den Raketenantrieb anwarfen. Bei jedem Treffer bekamen die Füchse einen Energieschub, egal ob selbst getroffen oder mitgelitten.

Für das menschliche Auge war diese wilde Fahrt ein faszinierender Sprint – sofern man nicht in Mitleidenschaft gezogen wurde. Es dauerte nur wenige Sekunden, bis die Füchse das Schloss verlassen und sowohl den Vorplatz als auch den Platz der Grundrechte passiert hatten.

Die Füchse erreichten die enge Passage, die zum Marktplatz führte. Ihr Vorsprung war in den letzten Millisekunden wieder geschmolzen. In der Verfolgergruppe befand sich Zmirka derzeit ganz vorne. Durch ihre luftige Frisur war sie besonders windschnittig. Sie schnappte nach Florentine, verfehlte sie um wenige Nanometer. Reinholdt fackelte nicht lange.

Reinholdt: *Auaaa!*

Reinholdt schrie auf, weil Reinholdt sein Gesäß für das von Florentine opferte. Reinholdt hatte Zmirka mit seinem Hinterlauf ausgebremst, die sich wiederum für die Gabe mit einer tiefen Fleischwunde revanchierte.

Gönnhardt wurde Angst und Bange, als er sich umschaute. In der dunklen Gasse war es lebensgefährlich! Lautstark forderte er die Füchse auf, einen Zahn zuzulegen, *verdammt nochmal*. Armer Reinholdt, doch Zmirkas Biss kam genau richtig. Angst verlieh Flügel.

Reinholdt ließ sich nicht lange bitten. Er erreichte den Marktplatz als erster. Und hätte vor Schreck beinahe angehalten, denn dort herrschte Volksfestatmosphäre. Gönnhardt setzte bei seiner Ankunft einen weiteren mentalen Haken in Sachen Planung. Es tummelten sich viele Leute, die von diesem zentralen Platz aus die umliegenden Sehenswürdigkeiten beäugten.

Claudette kam als Letzte aus der engen Gasse. Sie hätte keine Sekunde später kommen dürfen, ausgerechnet jetzt führte eine jugendliche Fremdenführerin ihre asiatische Touristengruppe Richtung Schloss. Die Körper der feixenden und fotografierenden Männer und Frauen verschlossen die Gasse wie ein Korken.

Als sich Gönnhardt umblickte, um Bestandsaufnahme zu machen, war er natürlich froh: Alle Füchse waren beisammen, aber die Wölfe noch nicht zu sehen. Gönnhardt verlor keine Zeit: *HIER ENTLANG!*

Der Fuchs hatte seine Stimmbänder auf die höchste Lautstärke gedreht. Gönnhardts Geschrei ließ das Gemurmel der Menschen verstummen. Ein *G G G* hallte über den Marktplatz. Für wenige Sekunden gehörte den Füchsen die volle Aufmerksamkeit. Dann wurde gemauschelt. Wie auf Kommando bildeten einige neugierige Menschen eine Traube auf dem Platz. Etwas zeitversetzt traten Schaulustige an die Fenster der Geschäfte und darüberliegenden Büroräume/Wohnungen. Selbstverständlich zückten viele Junge und Junggebliebene ihre Kameras. Dem Blick durch die Linse oder auf den Bildschirm folgte Ernüchterung.

Die Füchse waren verschwunden.

Schwer atmend erreichten die Wölfe den Marktplatz, sie

hatten die chinesische Mauer endlich überwunden. Die Raubtiere fanden sich auf einem großen Platz mit gaffenden Augen wieder. Das war unerwartet, instinktiv verlangsamten die Wölfe ihre Schritte.

Hammak schnaufte vielsagend aus: *Ohhh*.

Dann schaute er Zmirka fragend an. Bugar war so ängstlich, dass er sich hinter Drohl versteckte. Gorra konnte sich nicht entscheiden, ob sie lieber Menschen oder Füchse jagen wollte. Zmirka, die sich jetzt noch mehr für ihren Haarschnitt schämte, nahm ihr die Entscheidung ab: *Mensch egal. Fuchs, Fuchs, Fuchs!*

Die Wölfe drehten sich einmal um die eigene Achse. Wo waren diese miesen Fellsäcke bloß? Hinter der Pyramide? In einem der Geschäfte? Die Wölfe konnten ihre Feinde riechen, aber nicht sehen. Zmirka pflaumte Drohl an: *Such! Du, such, geh!*

Bugar rotierte derweil weiter, weil er nicht mitbekommen hatte, dass die anderen wieder auf festen Füßen standen. Nachdem Bugar die vierte Pirouette gedreht hatte, war er nicht nur orientierungslos, er sah auch doppelt. Bugar war fündig geworden: *Ich seh sie! Da und da!*

Drohl folgte der schwindel-trunkenen Schnauze seines Untergebenen. Es dauerte ein bisschen, bis er verstand, worauf Bugar zeigte. Bugar meinte ein altes Ehepaar. Drohl staunte nicht schlecht. Tatsächlich: Da glänzte rötliches Fell. Durch den Sonnenschein wurde das Fuchshaar fast bis zur Unsichtbarkeit aufgehellt. Leider nur fast.

Die Füchse versteckten sich zu Zweierpaaren in drei Reihen hinter dem Mantel einer Frau beziehungsweise dem Trenchcoat eines Mannes. Die unpassende Kleidung der älteren Herrschaften war für Schorschis Fell nicht winterlich genug, denn seine Flanke lukte heraus.

Die Wölfe näherten sich den Rentnern. Ganz untypisch löste sich Zmirka aus der Sicherheit der Gruppe und ging einen Halbkreis. Sie verrenkte den Kopf solange, bis Gönnhardt ihr in die Augen schauen musste. Langsam und undeutlich sagte die First Lady der Wölfe: *Hab dich.*

Für die nächsten zwei, drei Minuten standen die beiden Tiergruppen einander beinahe gegenüber. Getrennt nur durch die Menschen in der Mitte, die keinen Mucks machten. Das Ehepaar begutachtete die Wölfe, wie ein Lamm seinen Schlachter. Die zitternden Füchse hinten machten ihnen keine Angst. Die Füchse hatten sich schließlich vorgestellt und artig nach der Rückendeckung gefragt. Das, was da vorne war, wirkte bedrohlich. Oma und Opa hielten in Schockstarre Händchen, in ihrer Geiselhaft wagten sie es nicht mal zu zucken.

Es geschah nichts. Obwohl Zmirka immer wieder Sprünge andeutete, bewegten sich die Füchse keinen Millimeter. Sie wussten zwar, dass sie ertappt waren, doch schielten weiterhin hinter der seit 42 Jahren verheirateten Trennwand hervor. Versteinert schickte die Frau ein Stoßgebet in den Himmel, dass dies nicht der Moment sei, in dem der Tod sie scheiden sollte.

Der Showdown wurde zum Schauspiel: Jedes Augenpaar auf, über und neben dem Marktplatz war auf diese Szene gerichtet.

Und dann war es soweit.

Bugar rannte als erster los. Er kochte vor Wut, weil er an Gönnhardts Beleidigung und das fiese Gelächter seiner Freunde denken musste. Bugars Kriegsgeschrei war individuell, mal was anderes: *DUUUMMHEEEIT!*

Bugar rannte rechts an der Frau vorbei. Zmirka folgte ihm leicht zeitverzögert. Kurz später jagten alle Wölfe hinter den Füchsen her.

War es der berüchtigte Vorführeffekt? Die vielen Beobachter schienen die Jäger zu beeinflussen, die Wölfe trieben die Füchse ohne Sinn und Verstand vor sich her. Es ging im Kreis um das Rentnerpaar. Diesmal war die Kondition auf Seiten der Füchse. Die Verschnaufpause hatte den Füchsen gut getan, sie hatten neue Energie geschöpft. Die Wölfe waren sauer und aufgeregt, so vergeudeten sie mit Fluchen und Schimpfen Sauerstoff. Als Resultat schnappten sie immer wieder nach Luft, bissen ständig ins Leere.

Mal drehten die Wölfe um, dann teilten sie sich auf. Keine Taktik ging auf. Es spielte keine Rolle, wie weit der Umweg war, die Getriebenen schafften es immer wieder, die Menschen als Schutzschild zwischen, vor beziehungsweise hinter oder neben die Jäger zu manövrieren. Mal schwärmten die Füchse aus, dann liefen sie zickzack und voneinander getrennt.

Gorra stoppte ihre Mitstreiter: *Halt!*

Die Ausgangsposition war wieder erreicht. Wolf stand vor Mensch, Mensch stand vor Fuchs. Gorra war zornig. Sauer auf die Füchse, wütend auf die Menschen, die ihnen Schutz gewährten. Die Wölfe zogen sich ein paar Meter zurück. Es folgte eine kurze Unterredung, dann war es Gorra, die die Führung übernahm. Sie versammelte die Wölfe hinter sich, um überzeugend zu wirken. Dann verlangte sie von den beiden Menschen, endlich abzuhauen.

Nichts.

Gorra wiederholte sich.

Keine Regung.

Auch die weiteren Aufforderungen an das Paar wurden mit dumm-dämlichen Blicken quittiert.

Oma und Opa verstanden überhaupt nichts mehr. Das lag allerdings nicht an den Rentnern oder deren Hörgeräten, vor lauter Aufregung hatte Gorra vergessen zu sprechen. Sie war in die alte Wolfssprache verfallen. Auch ihren Kollegen fiel nicht auf, welches Kauderwelsch Gorra von sich gab.

Die Weigerung der Menschen zu gehorchen, brachte Gorra auf die Spitze der Palme. Sie schrie, drohte und fluchte derart furchteinflößend, sogar die anderen Wölfe waren ängstlich. Die armen Menschen hörten lediglich Grunzlaute aus einem schäumenden Maul, die immer lauter und aggressiver wurden. Der Rentner schaute die Rentnerin an, die Rentnerin schenkte dem Rentner zur Aufmunterung ein ratloses Lächeln mit einem halbherzigen Schulterzucken.

Gorra verstand den grinsenden Mund als provozierende Geste. Gorra hatte genug. Gorra hatte ihre letzte Warnung ausgesprochen. Mit viel gutem Willen hätte man *QUAROK MI BANORMU FROTTE* verstehen können. Sie setzte zum Sprung an, im Visier die rüstige Dame. Gorra grunzte etwas. Nur die Wölfe verstanden: Sie hatte vor, der alten Dame ihre Zunge abzubeißen, weil diese in Gorras Wahnvorstellung gerade herausgestreckt wurde.

Gorra bleckte die Zähne.

Die Zuschauer stöhnten auf. Nachdem sie Luft geholt hatten, quiekten die umstehenden Frauen schrill, die Männer protestierten lautstark.

Gorra sprang ab.

Manch einer fotografierte die fliegende Gorra. Aus einem der Schnappschüsse wurde ein legendäres Motiv.

Klick.

Klick.

Klick.

Pfff.

Gorra pfiff Luft aus wie ein benutzter Dudelsack. Dann rang sie nach Atem.

Gönnhardt, der auf dem ikonischen Foto auf der rechten Seite zu sehen war, war ihr todesmutig in den Bauch gesprungen. Sein Kamikazeflug kam nicht nur für den einen Fotografen im richtigen Moment. Gorra verfehlte das Gesicht der Frau um eine wortwörtliche Haaresbreite. Der Frau wurde lediglich das lange Hexenhaar am Kinn gekrümmt.

Die angespannte Situation entlud sich überraschend: Die anderen Wölfe mussten lachen. Die Männer gackerten wie Hühner, Zmirka heulte auf wie eine Hyäne. Zum Schießen! Das war ein Anblick gewesen: Der große Sprung von Gorra und dann hat der mickrige Fuchs mit seinem kümmerlichen Hut sie mit einem winzigen Satz außer Gefecht gesetzt. Das war richtig peinlich, da waren sich alle Wölfe einig.

Bugar meinte, dass die Wölfe Gorra damit bis an ihr Lebensende aufziehen könnten. Drohl erwiderte, dass Gorra in der Hierarchie jetzt sogar hinter Bugar stand. Die Wölfe waren mit sich selbst beschäftigt.

Währenddessen nutzte Gönnhardt die Gunst der Sekunde. Er lächelte die alte Dame an, erkundigte sich nach ihrem

Befinden. *Wohl.* Noch so ein Motiv: Während sie ihm behutsam den Hut zurecht rückte, gab er seinem Rudel Anweisungen.

Hammak bemerkte als erster, dass die Füchse flüchteten: *EY!*

Zmirka schlussfolgerte, dass sich die Füchse im Schloss verbarrikadieren und sie aussperren wollten. Sie dachte sich, dass sie die Sache jetzt zu Ende bringen mussten, egal ob die Menschen zuschauten oder nicht. Es spielte für sie keine Rolle mehr, wen man beim Angreifen sah. Zmirka sagte deutlich, jeder konnte es verstehen: *Töten! Blut! Alle töten!*

Gorra wurde bei dem Gedanken an das Gemetzel wieder Herrin ihrer Sinne. Auch sie hatte die menschliche Sprache wiedergefunden. Erst beleidigte sie das Ehepaar, dann knöpfte sie sich die Menschentraube vor, die nähergekommen war, um dem Ehepaar zu helfen.

Gorra: *Wenn die Füchse zerfetzt sind, seid ihr Menschen dran. Jeder einzelne! Erst Alte und Schwache, dann der Rest!*

Zmirka schüttelte den Kopf, aber jetzt war es ja eh schon zu spät.

Nun ging die Jagd wieder von vorne los. Die Strecke schien zurückgespult zu werden. Geschlossen nahmen die Wölfe die Verfolgung auf. Gorra peitschte die anderen an. Diesmal machten alle Menschen die Bahn frei, was den Füchsen zu Gute kam.

Die Füchse hatten den Marktplatz schon fast verlassen. Gönnhardt spürte bereits die Kälte der Schattengasse. Erleichterung machte sich derweil bei den zurückbleibenden Menschen breit. Niemand musste sich schämen, weil er/sie/es tatenlos den Tod zweier Rentner gefilmt oder fotografiert hatte. Der Fuchs war ja ganz offensichtlich Herr der Lage gewesen, der hat ja ganz offensichtlich alles im Griff gehabt.

Die beiden Eheleute, die so tapfer waren, umarmten sich. Der Ehemann stammelte: *Der hat uns gerettet, der Fuchs hat uns gerettet. Die Füchse haben unser Leben gerettet!* Die Ehefrau flüsterte ihrem Gatten kleinlaut zu, so dass es niemand anderes hören konnte: *Hoffentlich merkt niemand, dass mein Pelzmantel echt ist. Den zieh ich nie wieder an.*

Enge im Gemenge.

Die Füchse hatten den Marktplatz hinter sich gelassen.

Unsere kleine Gruppe erreichte heftig schnaufend den gefürchteten Engpass, der zum Platz der Grundrechte führte und damit den Weg zum erlösenden Schloss öffnete. Die Luft war rein, niemand hielt sich in der Gasse auf. Dennoch blieb Gönnhardt stehen. Er vergewisserte sich, dass die Wölfe sie immer noch verfolgten. Bertram, der schon ein paar Meter weiter war, bemerkte dass sein Freund gestoppt hatte. Entgegen der Absprache, verwirrt und komplett durch den Wind tat er es Gönnhardt gleich, hielt an und sog Sauerstoff in die brennende Lunge. Diese Pause kam für ihn genau richtig. Die jahrelange Stubenhockerei forderte ihren Tribut. Der Rest der Gruppe verlangsamte, sie wollten nicht getrennt werden.

Florentine: *Ist das so geplant?*

Claudette: *Ich ... Ich bin nicht sicher.*

Die Wölfe waren dicht auf. Viel näher als Gönnhardt erwartet hatte. Entsetzen!

Gönnhardt zu Bertram: *Aufstehen!*

Gönnhardt zum Rest: *Raus! Raus aus der Gasse!*

Bertram presste einen staubigen Schrei aus seiner trockenen Kehle, als er sich an den abgesprochenen Ablauf erinnerte: *Mist!*

Wichtige Sekunden verstrichen, während die Füchse wieder Fahrt aufnahmen. Die Wölfe erkannten ihre Chance: Die Gasse war so schmal, leichter konnte man kaum Beute machen. Die Füchse würden weder nach links noch nach rechts ausscheren und ausweichen können. Jetzt würden sie das pelzige Problem ein für alle Mal lösen.

Zmirka: *SCHNELL!*

Sie machten gewaltig Boden gut, schon bogen die Wölfe in die Gasse ein.

Nun waren beide Gruppen in dem Durchgang, nur wenige Meter trennten sie.

Gönnhardts überschlagende Stimme sollte neues Leben in die müden Fuchsbeine pumpen: *RAHAAAUS HIER!*

Gorra hob den Kopf, sah gaffende Glubschaugen hinter Fensterscheiben. Sie knurrte, als sie einen der Menschen erkannte. Sie wollte dem Menschen, der da oben stand, eine Show bieten, die er nie vergessen würde. Diese entscheidende Schlacht sollte für Material für Albträume bis zur ewigen Ruhe sorgen. Wobei das Lebensende dieses Menschen gar nicht früh genug kommen konnte. Aber eins nach dem anderen.

Die Wölfe waren den Füchsen auf den Fersen. Sie kamen

immer näher.

Schorschi spürte den Hauch des Todes in seinem Nacken als Hammak keuchte. Hammak versuchte, Schorschis Hinterbein zu schnappen. Schorschi zog seinen Fuß in einer unnatürlichen Bewegung nach links. Schorschi strauchelte, er rang um sein Gleichgewicht. Er erreichte die Stelle, an der Olaf-Sven ihn vor gar nicht so langer Zeit abknutschte. Der Ekel brachte seinen Schädel zum Glühen, dann kam die Angst. Zum richtigen Zeitpunkt gab sein Hirn lebensrettende Hormone frei. Schorschis Panik versorgte seinen Körper mit neuem Elan. Schorschi überholte Bertram und Gönnhardt. Er eilte weiter, näherte sich strammen Schrittes dem Licht am Ende des unüberdachten Tunnels.

Da war er dem fetten Fuchs so nah gekommen! Die verpasste Chance nahm Hammak merklich Wind aus den Segeln. Er fiel zurück und bremste dabei Bugar, der an zweiter Stelle, sowie Drohl, der auf dem dritten Platz war, aus.

Die eine Wolke hatte sich verzogen, hinter dem Ausgang der Gasse strahlte es hell auf.

Nur noch ein paar Meter, dann könnten sich die Füchse verstecken, in verschiedene Himmelsrichtungen flüchten, zum Schloss rennen oder sich anderweitig in Sicherheit bringen. So weit war es aber noch nicht.

Jetzt war Gönnhardt das Schlusslicht.

Irgendetwas bekam ihn zu fassen. Eine klaffende Wunde, ein stechender Schmerz.

Adrenalin.

Fenster zum Hof.

Eine Frau beugte sich auf das Lenkrad eines kleinen Lieferwagens. Die Sonne knallte gerade wieder durch die Windschutzscheibe. Sie schaute sich um. Gott sei Dank: Der Himmel hinter ihr zog sich zu. Regen kündigte sich an. Ihr Gesicht war gerötet, sie freute sich auf die bevorstehende Abkühlung. Sie drehte die Klimaanlage dennoch auf.

Puh!

Die Schweißperlen auf ihrer Stirn verschwanden, ihre Poren saugten die Flüssigkeit auf. Dann rieb sie sich die Oberarme. Der Frau war heiß-kalt, sie war nervös. Ein weiteres Mal tastete sie mit den Augen die Fassade ab. Und wieder fluchte sie über den Kerl, den sie einfach nicht fand.

Sie wollte bis zehn zählen, bevor sie die nächste Suchaktion starten würde. Bei drei glitt ihr Blick wieder über das Haus. Sie kniff die Augen zusammen, versuchte dadurch etwas zu erkennen. Den Kopf in den Nacken gelegt, hoffte sie auf ein Zeichen.

Das gesuchte Gesicht!

Doch sie stand vor einem weiteren Problem: Die Fensterscheibe spiegelte so sehr. Waren das die beiden gehobenen Daumen, auf die sie wartete? Oder bohrte sich dieser Idiot nur in der Nase? Sie wurde abgelenkt, denn da kam schon wieder ein Tier gerannt. Der Frau wurde plötzlich wieder heiß, die Reizüberflutung überforderte sie. Hatte sie richtig gezählt? Wie viele waren das gewesen? Geblendet! War das ein Daumen oder ein Zeigefinger? Sechs? Das mussten doch jetzt alle gewesen sein. Jetzt. Jetzt oder nie.

Sie trat auf das Gaspedal.

Ein dumpfes Geräusch.

Der Wagen machte einen Satz, schon war sie am Ziel. Sie trat auf die Bremse. Die Frau sah ihren Beifahrer an. Es war ein Blick, der sagte: Jetzt bist du dran.

Und dann fing es an zu regnen. Es tröpfelte nicht, es goss wie aus Kübeln.

Der Beifahrer hatte seine Scheibe bereits heruntergekurbelt. Er beugte sich aus dem Fenster der Wagentür und schlug mit der flachen Hand auf die Rolltür hinter ihm ein. Es war wie beim Staffellauf, jetzt waren die beiden Insassen hinten an der Reihe.

Die Wölfe hatten das Auto kommen sehen. Zentimeter für Zentimeter wurde das Sichtfeld dunkler, der Ausgang der Gasse immer schmaler. Die Aussicht auf die Füchse da vorne, die nur wenige Schritte von ihnen entfernt waren, verengte sich.

Dann war der Weg versperrt. Gorra vermutete einen Hinterhalt. Nichts wie weg! Kommando rückwärts! Sie drehte sich um, war bereit für den Sprint ihres Lebens, doch Bugar stand ihr im Weg. Sie stieß gegen ihn.

Gorra fauchte: *Weg du Nichtsnutz, weg von mir!*

Nun begriffen auch Zmirka und Drohl, dass sie in eine Falle rannten. Sie mussten zurück auf den Marktplatz. Für die beiden wurde Hammak zum Hindernis. In ihrer Hast prallten sie aufeinander, sie stürzten übereinander, schließlich verkeilten sich die Wölfe ineinander. Es hätte geklärt werden müssen, wer sich zuerst bewegen durfte, um dieses Wolfstwister zu entknoten. Jeder Wolf dachte nur an sich. Jeder zog und drückte nach Belieben. Die

Wölfe hatten daher keine Chance zu entkommen, sie konnten nur zusehen, was jetzt geschah.

Es tat sich etwas an dem schwarzen Kastenwagen. Die Schiebetür öffnete sich. Zwei Gestalten beugten sich aus dem Auto. Die Sicht war nicht gut, es war düster und die dicken Regentropfen trugen ihren Teil bei.

Ein Mann beantwortete eine Frage: *Egal, einfach drauf.*

Es machte im kurzen Abständen *pfft, pfft, pffft, pffft, pffft.* Die Wölfe sahen sie nicht kommen, doch es flogen Pfeile durch die Luft.

Jeder Schuss ein Treffer.

Die Spitzen drangen in die Körper der Wölfe ein. Die Wirkung entfaltete sich sofort. Zmirka implodierte wie ein Kartenhaus bei einem Windhauch. Bugar kollabierte wie ein Mann mit einem Herzinfarkt. Dann versagten Gorras Beine, sie ging zu Boden wie ein ausgeknockter Boxer.

Hammak und Drohl sahen einander ungläubig an. Die Brüder kämpften gegen den Fremdstoff im Körper an.

Pfft. Pfft.

Mehr gezielte Schüsse, weitere Treffer. Drohls Blick wurde leer. Er nahm seinen Bruder nur noch verschwommen wahr. Er verlor den Kampf, sein rechtes Vorderbein versagte. Drohl knickte auf die Seite. Hammak stützte ihn ab.

Pfft.

Dann wurde auch dem letzten Wolf schwarz vor Augen.

LOS!

Der Beifahrer öffnete die Tür, sprang aus dem Wagen. Die

beiden anderen Gestalten legten ihre Gewehre sorgfältig beiseite. Bloß keinen Blindgänger riskieren! Gemeinsam rannten die Mitfahrer zu den Tierkörpern.

Jeder packte sich zwei Beine, die drei Gestalten schleiften die Wölfe zu dem Transporter. Sie gingen eilig und grob zu Werke. Die erschlafften Körper schürften über den Asphalt, wie Zementsäcke wuchteten die Schützen die Tierkörper in ihren Wagen. Es dauerte keine Minute, dann war die Arbeit erledigt.

Die Gasse war nicht nur menschenleer, sondern auch wolfsfrei.

Dann trat die Frau hinterm Steuer wieder auf das Gaspedal. Der Transporter bog quietschend um die Ecke. Und war weg. Es ging schnell. So schnell, die Gasse mutete an, als wäre nie etwas passiert. Es gab weder Fotos noch Videos von dem Vorgang. In diesem Mistwetter wollte niemand seine Technik dem Regengott opfern. Die einzigen Andenken an den Vorfall mit den Wölfen waren Blutspuren und Fellfetzen.

Doch die Tropfen wuschen die Steine bereits ab.

Verplant.

Nach Motorenlärm, dem Knall, den leiseren Geräuschen, gefolgt dem Quietschen war es ruhig auf dem Schlossplatz. Die Ruhe nach dem Sturm. Das Regenprasseln wurde zu einem uninteressanten Hintergrundgeräusch degradiert.

Gönnhardt sah das Karlsruher Schloss vor sich. Er erinnerte sich an die schöne Zeit, bevor die Wölfe ihnen das Leben zur Hölle machten. Gedanken über Gedanken schwirrten im Kopf, ihm wurde schwindelig. Gönnhardt befürchtete, dass er gleich umkippen würde. Er setzte sich vorsichtshalber hin, um weicher zu landen.

Er blinzelte langsam und fest, hoffte dadurch wieder Herr seines Gleichgewichtssinnes zu werden.

Ängstlich inspizierte der Fuchs seinen Körper. Ja, er war verletzt, aber er würde es überleben. Alles halb so wild. Nichts, was ein bisschen Spucke nicht zusammenhalten konnte.

Als er seine Wunden leckte, wurde Gönnhardt klar: Die Flucht war gelungen, der Plan war aufgegangen. Keiner der Ausweichpläne wurde benötigt. Gönnhardt musste grinsen, bald kicherte er. Die Sache mit den Rentnern war einfach perfekt. Sie war so nicht eingeplant, aber bestimmt das Glück der Tüchtigen.

Er richtete sich wieder auf. Der Fuchs stand im Regen, der Hut durchnässt, das Fell zerzaust. Seine Kraft reichte nicht aus, um zu seinen Freunden zu gehen. Er blieb mit einigen Metern Abstand hinter ihnen und stellte Ferndiagnosen. Florentine und Claudette sahen heil aus. Die beiden Fuchsdamen verglichen ihre Schrammen. Beide waren zufrieden, dass Claudette mehr abgekommen hatte. Die Hoffnung, dass nun alles besser wird, stand Schorschi ins Gesicht geschrieben. Reinholdt hatte sich hingelegt, er schaute in den Himmel, ließ sich von den kalten Tropfen erfrischen.

Jetzt schmuste sich Florentine an Reinholdt. Sie flüsterte ihm etwas ins Ohr. Reinholdt sah erst verwundert aus, dann lächelte er eine Wolke an und rieb seine Wange liebevoll an der von Florentine.

Die Idylle wurde gestört, als Guido angerannt kam. Er hatte seinen Platz am Fenster über der Gasse verlassen. Er war sofort losgespurtet, als das Auto in Bewegung gesetzt wurde. Guido sah sich um, vergewisserte sich und wurde noch blasser.

Er hob die Arme an den Kopf und schrie zu Claudette: *Die ist zu früh losgefahren! Die ist zu früh los!*

Gönnhardts Lachen blieb ihm im Halse stecken.

Die Füchse waren irritiert. Alle Augen waren auf ihren menschlichen Freund gerichtet. Gönnhardt war versteinert. Claudette ging auf Guido zu. Guido hob abwehrend die Hände: *Claudi, das musst du mir glauben, die ist zu früh los. Ich hab kein Zeichen gegeben.*

Und bevor Claudette etwas sagen konnte, erleichterte Guido sein Gewissen. Er hatte Schuldgefühle, wollte sich rechtfertigen. Während er so erzählte, trotteten die Füchse von ihren verstreuten Plätzen zu ihm. Denn was er da erzählte, war höchst interessant.

Guido: *Alles hat damit angefangen, dass der Gönnhardt wollte, dass ich die Anne anrufe. Der wollte damals irgendwas Unwichtiges von ihr. Das war das erste mal, dass ich für ihn telefoniert hab. Ja klar, hab ich das gemacht. Ist ja nichts dabei. Und das mit dem Anrufen hab ich dann immer öfters gemacht. Euch helfen war halt mein Beruf, Claudi. Und den Gönnhardt mag ich ja auch voll gern, deshalb hab ich nichts verraten. Er hat mich halt darum gebeten.*

Guido erzählte von den konspirativen Treffen mit Gönnhardt und Bertram. Er berichtete völlig aufgelöst von der Visitenkarte mit dem Totenschädel, mit der Gönnhardt bei der Willkommensparade von einem Oststädter beworfen wurde. Dann von der Telefonnummer. Und von der Unterredung, die er mit Marc arrangiert hatte.

Guido stand da wie ein begossener Pudel. Seine Haare, die mal wieder einen Schnitt vertragen konnten, klebten an seiner Stirn. Seine Jeansjacke war mittlerweile durchnässt, von dort tropfte es auf seine durchgetretenen Turnschuhe.

Gönnhardt nickte still. Ohne Guido hätte er mit Marc nie unter Ausschluss der Öffentlichkeit sprechen, ihn nie überzeugen können.

Und dann versicherte Guido, dass er von dem Plan und dessen Ausführung überrumpelt wurde: *Der Bertram und der Gönnhardt haben ausgemacht, dass ein paar Leute aus der Oststadt helfen. Im Tausch gegen gute Worte bei der Stadt wegen Fördergeldern und Stiftungen und so. Ich hab das alles nicht so genau mitgekriegt. Dann haben die Leute mir heute halt erklärt, dass ich da ans Fenster sollte. Die wollten die Wölfe jetzt auch schnell loswerden. Der Bertram und der Gönnhardt, die waren so überzeugt von dem Plan. Die haben mich richtig angesteckt. Wir wollten die Wölfe einfach einsperren und abtransportieren lassen. Umsiedeln und so was. Wegen dem armen Kind war ja alles noch schlimmer, meinten die. Ich wollte erst nicht. Aber ja, die Wölfe sind halt so böse. Die haben gemeint, dass ich der Einzige bin, der in das Gebäude kommt. Stimmt ja auch, hab da ja ständig Botengänge. Die Vanessa von der Rezeption, mit der bin ich per du. Gut, dann bin ich an das Fenster über der Gasse. Dort sollte ich warten, bis ihr aus der Gasse rauskommt und dann das Zeichen geben. Claudi, zwei Daumen nach oben waren das Zeichen. Zwei! Ich habe euch dann gesehen, wie ihr aus dem Schloss gerannt seid. Und die Wölfe hinterher. Ich hab mir solche Sorgen gemacht, es hat so lange gedauert. Ihr wart so lange auf dem Marktplatz. Ich dachte schon diese Bestien, die hätten euch erwischt. Mir ist so ein Stein vom Herzen gefallen, als ich sehen konnte, welchen*

Vorsprung ihr auf dem Rückweg in der Gasse hattet. Das war ja genau wie von Bertram und Gönnhardt geplant.

Dann sagte er, dass er genau mitgezählt hat. Und auch ganz genau wusste, wann er sein Zeichen geben musste.

Guido: *Der Schorschi war der erste, der aus der Gasse kam. So ging es dann zügig weiter. Und dann kam der Gönnhardt irgendwann gerannt. Fünf! Ich kann doch zählen! Fünf! Und die ist einfach losgefahren. Ich hab aber gar kein Zeichen gegeben. Ich habe die Hand hochgehalten. Stopp! Halt! So.*

Guido hatte während dem Ende seiner Erzählung alle fünf Finger seiner Hand weit gespreizt. Nun schloss er langsam seine Faust, dabei sah er Gönnhardt an. Guido versuchte, dem Fuchs tief in die Augen zu schauen. Doch Guido brach den Blickkontakt ab, bevor er zustande gekommen war. Es tat ihm so leid.

Gönnhardt blickte zu Boden. Ein Bach strömte zwischen seinen Beinen hervor. Es war ein Rinnsal aus Blut, sehr viel Blut. Gönnhardt rutschte das Herz in den Magen.

Er drehte sich um.

Pampe.

Da war er.

Bertram befand sich ausgestreckt am Ende der Gasse. Es hatte ihn erwischt, der Transporter hatte ihn überrollt. Bertram lag inmitten von Reifenspuren. Nur ein Meter trennte ihn vom rettenden Ufer, nur wenige Augenblicke hätten ihn vor diesem Schicksal bewahren können.

Gönnhardt warf einen kurzen Blick auf den geschundenen

Körper seines Freundes: überfahren, zerstört, plattgewalzt. Dann auf dessen Gesicht: erschöpft, resigniert, traurig.

Gönnhardt atmete tief durch. Er musste die äußeren Umstände ausblenden, um für seinen Freund stark sein zu können. Positive Gedanken sind der erste Schritt zur Heilung, dachte Gönnhardt. Bertram versuchte den Kopf zu heben. Vergeblich. Angestrengt richtete er die Augen auf Gönnhardt, seinen Gönnhardt, den er immer bewundert hatte.

Dann verlor sich die Verbindung, Bertrams Lider senkten sich. Panisch machte Gönnhardt einen Satz nach vorne. Er hatte Angst seinen Freund hier, jetzt, in diesem Moment zu verlieren.

Gönnhardt blieb abrupt stehen, als sich die Augen von Bertram wieder öffneten. Während er in die Ferne blickte schüttelte Bertram sanft, ganz sachte den Kopf. Schorschi, Claudette und die anderen, die zu Gönnhardt aufschließen wollten, verstanden.

Bertram und Gönnhardt lagen jetzt nebeneinander, versunken in ihre eigene Welt. Sie sahen sich an, wussten dass sie keine Worte benötigten, um sich zu verstehen. Und dennoch fing Bertram an zu reden. Leise, ganz leise, nur Gönnhardt konnte ihn hören.

Bertram lachte lautlos. Blut quoll aus seinem Mund, als er sprach: *Das auf dem Marktplatz mit den Menschen, war das Glück oder dein Ass im Ärmel?*

Gönnhardt: *Das war theoretisch Zufall, aber gerechnet habe ich damit natürlich.*

Ein weiterer roter Schwall. Dann schwiegen sich die beiden Freunde an.

Langsam, mit vielen Pausen erzählte Bertram: *Ich muss dir alles erklären. Damit du mich verstehst, damit ich dich nicht mehr anlügen muss. Das mit dem Kind, das war ich. Ich war der Fuchs im Wolfspelz. Ich musste etwas tun, Gönnhardt. Die Wölfe hätten uns sonst getötet.*

Bertram atmete tief ein, dann fuhr er fort: *Ich wollte nur einmal so mutig sein, wie du es immer bist. Die Menschen wollten uns doch nicht helfen. Alle haben uns abgewimmelt. Das hat mich so genervt. Ohne den Fernseher wurde mir richtig klar, dass es so nicht weitergehen konnte. Ich hab ja genug Zeit zum Nachdenken gehabt. Als die Tierschützer da waren, musste ich etwas tun. Wir haben ja ausgemacht, dass das unser letzter Versuch war. Wir sind gescheitert und die Wölfe hätten uns früher oder später tot gebissen. Als diese Typen im Keller saßen und sich gegenseitig feierten, war ich so wütend auf alle Menschen. Die Bedenken waren wie weggeblasen. Die Tierschützer waren mit ihrem Besuch doch das perfekte Alibi, oder? Wie bei den Krimis, einfach alles den Wölfen in die Schuhe schieben. Die Menschen haben sich sowieso nur für sich interessiert, waren total abgelenkt. Da konnte ich mir einen der Pelzmäntel aus den Kisten schnappen. Es war der dicke Mantel, mit dem Claudette den bösen Wolf gespielt hat. Ich bin damit aus dem Keller geschlichen. Aus dem Schloss konnte ich auch unbemerkt, weil die Wölfe mal wieder zankten, wie sie uns töten können. Das war also Schicksal, dachte ich. Ich verwandelte mich in einen Wolf und zog langsam durch die Straßen. Ich hab es so gemacht, wie Claudette immer. Einfach in die Ärmel geschlüpft. Und dann war ich hinterlistig, Gönnhardt. Ich hab geheult wie ein Wolf. An jeder Straßenecke habe ich Halt gemacht.*

Gönnhardt sagte nichts. Er war sprachlos.

Nach einer kurzen Unterbrechung, in der Bertram seine Gedanken ordnete, ging die Beichte weiter: *Erinnerst du dich noch an den Abend, als die Wölfe unseren Keller verwüstet haben? Wo alles so schlimm ausgesehen hat. Da war ich als erster unten. Ich war so wütend, als ich die Idee hatte, mir war alles egal. Da war ich an deinem Hut. Das Gift, Gönnhardt, ich hab es genommen, nicht die Wölfe. Nur für den Fall, das hast du doch gesagt. Ich wollte die Wölfe an dem Tag alle vergiften. Aber ich hab mich nicht getraut. Und das Gift konnte ich dir ja nicht zurückgeben. Du wärst ja so sauer auf mich gewesen.*

Gönnhardt nickte.

Bertram: *Ich hab dir doch gesagt, dass ich die Anne beim Lügen erwischt hab. Die wollte ich in meiner Wut auch bestrafen. Dann bin ich in der Nacht durch das Fenster von dem Kinderzimmer. Ich wusste ja, dass ich den Kleinen nie hätte beißen können. So ein Monster bin ich nicht. Das weißt du doch, Gönnhardt. Für meine List brauchte ich halt das Gift. Also hab ich mit meiner Kralle ein Loch in das Päckchen gemacht.*

Dann schloss Bertram die Augen. Gönnhardt fuhr an seiner Stelle fort.

Gönnhardt: *Und dann hast du ihm das Gift in den Mund gelegt.*

Bertram: *Für uns Gönnhardt, es war doch nur für uns. Es war so schlimm, er hat mir so leid getan. Der Kleine hat gehustet und dann hat er sich verschluckt. Dann bin ich geflüchtet.*

Gönnhardt: *Ach, Bertram. Hättest du …*

Gönnhardt brach ab. Dass damit die Eskalation und

dadurch die jetzige Situation auf Bertrams Kappe gingen, wollte er ihm in diesem Moment nicht reindrücken.

Gönnhardt ließ die Treffen mit Marc Revue passieren. Gönnhardt und Bertram schaukelten sich bei ihren Geheimtreffen gegenseitig hoch. Gemeinsam überzeugten sie Marc, dass die Wölfe böse waren und sich an dem Jungen vergriffen hatten. Bertram war so glaubhaft gewesen, als er Marc versicherte, dass die Wölfe noch mehr Kinder töten wollten. So ein gewiefter Fuchs, dachte Gönnhardt. Marc und die Menschen wurden mit einer Lüge geködert und stimmten dem Plan zu, die Wölfe auszuschaffen.

Bertram hustete, es klang metallisch.

Gönnhardt wechselte von der Gedankenwelt in die Wirklichkeit. Der Regen prasselte gnadenlos weiter. Das hämmernde Wasser spülte von Sekunde zu Sekunde mehr Blut aus Bertrams Körper. Bertram musste unvorstellbare Schmerzen haben. Er stöhnte leise auf. Bei seiner weiteren Erzählung hatte Gönnhardt Probleme, ihn zu verstehen.

Bertram: *Gönnhardt, hör mir genau zu. Es ist wichtig! Bevor ich abgehauen bin, habe ich mir eine Hose von dem Jungen geschnappt. Damit sollte die Schuld der Wölfe bewiesen werden. Aber dann kam alles ganz anders. Ich habe die Hose in der Aufregung komplett vergessen. Die Hose, Gönnhardt, das verdammte Teil liegt im Keller. Da, wo mein Fernseher war. Du musst die Hose zu den Sachen der Wölfe legen. Versprich mir das, Gönnhardt. Damit das alles einen Sinn hatte.*

Gönnhardt gab ihm sein Wort.

Die anderen Füchse kamen angerannt. Sie hatten lange genug gewartet. Sie mussten jetzt zu Bertram. Gönnhardt verabschiedete sich von seinem besten Freund mit Worten, die Bertram ein letztes mal lächeln ließen: *Ich verstehe dich, du mutiger Idiot.*

Und dann schmusten die Füchse so innig, wie sie es in den kalten Nächten im Fuchsbau gemacht hatten.

Nachdem er ein letztes mal enger an Claudette gerutscht war, akzeptierte Bertram seine Niederlage. Bertram schloss die Augen.

Während Claudette, Schorschi, Reinholdt und Florentine erst anfingen zu begreifen, was geschehen war, mobilisierte Gönnhardt seine Kräfte. Er hatte noch etwas zu erledigen.

Gönnhardt rannte ins Schloss. Ein Fuchs musste tun, was ein Fuchs tun musste.

Alles Gute.

Gönnhardt brachte bei seiner Rückkehr aus dem Schloss eine Decke mit. Er schleifte sie neben sich her, als er den einsamen Gang zu den anderen Füchsen zurücklegte. Claudette, Schorschi, Florentine und Reinholdt sahen gefasst zu, wie ihr Held, ihr Retter, ihr Bertram in die Decke gepackt wurde. Tränen brachen aus, doch niemand konnte sie sehen, während die Füchse im Regen standen.

Guido war erleichtert, endlich zur Tat schreiten und einen Teil beitragen zu können. Keiner machte ihm Vorwürfe, er fühlte sich dennoch schuldig. Guido trug die vollgesogene Plane mit dem leblosen Körper in den Schlossgarten. Es war schwer, aber Guido wollte sich nichts anmerken lassen.

Allen Füchsen war klar, wo Bertram seine letzte Ruhe finden sollte: auf der Lichtung. Das schlechte Wetter hatte den Schlossgarten geleert. Unbemerkt konnten die Füchse den Sargträger zu ihrem Versteck führen. Der wollte die Ruhe nicht stören, Guido biss auf die Zähne, um nicht zu keuchen.

In der vertrauten Umgebung floss es wieder. Diesmal Schweiß, es war eine wilde Buddelei, als die Füchse schluchzend eine Kuhle gruben. Nach einigen Minuten sahen sich Gönnhardt und Reinholdt ratlos an, denn sonderlich weit beziehungsweise tief waren sie nicht gekommen. Neben einem Häufchen Matsch befand sich lediglich eine kleine Mulde.

Erst als Guido mit einer Schaufel nachhalf, wurde aus dem Erdloch ein stattliches Grab. Obwohl es schon seit Längerem nicht mehr regnete waren Guidos Kleider frisch durchnässt, als er sich von den Füchsen verabschiedete. Guido wollte sich entschuldigen, Guido wollte sich bedanken, er suchte nach Worten, doch fand nur Gestammel. Gönnhardt erlöste den Armen mit warmen und ernstgemeinten Worten.

Gönnhardt: *Guido, du hast uns allen geholfen. Ohne dich wären wir schon längst nicht mehr hier. Dich trifft keine Schuld. Wir danken dir für alles.*

Claudette schmiegte sich an ihren Guido. Guido beugte sich herab, wollte sich nochmal bei ihr persönlich entschuldigen, bei ihr persönlich bedanken, doch Claudette war es, die die richtigen Worte fand: *Ruh dich mal schnell aus. Wir sehen uns morgen, Guido. Im Schloss gibt es mächtig was zu putzen. Da brauch ich einen ausgeschlafenen Helfer.*

Die Füchse waren alleine. Sie umringten das Grab von Bertram, das mit einem Viereck aus Tannenzapfen dekoriert war. Nur mit viel Phantasie konnte man den Fernseher erkennen, durch den Bertram von nun an von da unten glotzen konnte. Claudette weinte als erste, dann stimmten Schorschi und Florentine ein. Gönnhardt versuchte stark zu sein. Gönnhardt schloss die Augen. Nach einem kurzen Moment kullerten salzige Tropfen, während er vor dem braunen Fleck aufgeschütteter Erde stand.

Schorschi: *Die Geschenke kriegst du später.*

Da war ja was gewesen, dachte Gönnhardt. Es war eine komische Tragödie. So tragisch, dass es komisch war. Sein Geburtstag war der Tag, an dem Bertrams Leben ein Ende fand. Immerhin flog durch die Beerdigung nicht auf, dass Gönnhardt Bertrams Jahrestag vergessen hatte. Glück im Unglück: So mausetot, wie er war, musste Bertram wenigstens nicht so tun, als wäre er von den einfallslosen, lieblosen, schlechten und nicht-existenten Geschenke begeistert.

Claudette war enttäuscht: *Ich wollte doch für ihn etwas aufführen. Kann ich das trotzdem machen? Er schaut von da unten bestimmt zu.*

Reinholdt: *Bringen wir es halt hinter uns. Aber wir wollen keine Zugabe.*

Angestrengt überlegend, wie die Choreografie nun weiterging, tanzte Claudette mal auf Bertrams Grab, mal daneben. Sie drehte sich im Kreis, hüpfte und sang.

Nach ihrer Showeinlage herrschte lange Stille.

Schorschi unterbrach die Grabesruhe: *Ist das jetzt eigentlich die Geburtstagsparty von Bertram?*

Die Füchse waren sich schnell einig, dass sie lieber

Bertrams Leben feiern, als aufgrund seines Todes trauern sollten. Bertram, ihr Held und Retter, der sich für seine Freunde opferte, sollte einen gebührenden Abschied erfahren. Gönnhardt musste auf die Zähne beißen, als seine Freunde den gefallenen Kameraden in den Himmel lobten. Dann entschied er sich, dass Bertram das dunkle Geheimnis mit ins Grab nehmen durfte. Das war sein Geschenk. Das war viel besser als der Stock von Reinholdt, die Erlaubnis Florentine streicheln zu dürfen und das halb-ausgemalte Malbuch von Schorschi, urteilte Gönnhardt.

Die Füchse feierten auf ihrer Lichtung bis in die Dämmerung. Sie erzählten sich Geschichten über Bertram, die ausgeschmückt, aufpoliert und teilweise außerordentlich unwahr waren. In diesen Stunden wurde Bertram zur Legende. Noch viele Füchse nach ihm sollten ehrfürchtig von seiner selbstlosen Aufopferung schwärmen.

Knack.

Ein Ast wurde abgeknickt.

Gönnhardt zuckte zusammen. Er fragte erschrocken in die Runde: *Was war das?*

Die Füchse waren vor Angst verstummt.

Plötzlich räusperte sich jemand, dann raschelten Blätter.

Szenenwechsel und zurückgespult: Während die Füchse erst trauerten, dann feierten, brach im Schloss Hektik aus. Nachdem sich morgens der Fall von einem geköpften Gartenzwerg in einem Schrebergarten in die Länge gezogen hatte, konnte ein grauhaariger Richter am Mittag einen Durchsuchungsbefehl erlassen. Und dieser wurde postwendend umgesetzt. Da es genügend Hinweise auf eine Täterschaft der Tiere im Fall Kinderstube gab, sollte jetzt nach handfesten Beweisen gesucht werden.

Zwei Beamte wurden abkommandiert und durchkämmten nachmittags, nachdem sie den Schauer in ihrem Einsatzwagen abgewartet hatten, das Schloss von links nach rechts und von unten nach oben.

Die Beamten wollten sich diesen Zoo nicht alleine antun, deshalb spielte ein einbestellter Ortskundiger sowohl Zoowärter als auch Fremdenführer. Während die behandschuhten Mannen jeden Fetzen in Augenschein nahmen, bekamen sie erklärt, welcher Raum von welcher Tierart bewohnt wurde. Die ganze Bude wurde auf den Kopf gestellt, der wenige Besitz der Tiere aufmerksam beäugt. Es dauerte bis in den frühen Abend, bis genügend Spuren gesichert waren. Für die Beamten ging es weiter im Programm. Als sie das Schloss verließen, bekamen die Polizisten einen Notruf rein: Einem weiteren Gartenzwerg wurde der Kopf eingeschlagen.

Nachdem er diese Schreckensmeldung über sinnlose Gewalt und Zerstörungswut verarbeitet hatte, musste der Ortskundige ein paar Meter gehen. Dann wurde sich begrüßt, begrüßt und abgeknutscht, verabschiedet. Im Anschluss machte sich der Ortskundige auf die Suche.

Gar nicht so einfach, wenn es langsam dunkel wird, man der Sehfähigkeit beraubt wird und schwer beladen ist.

Gelächter.

... und dann hat er dem Bugar die leere Schüssel hingestellt. Und der hat nichts bemerkt!

Ganz sicher: Das war Gönnhardt! Nur noch ein paar Meter, nur noch einige Schritte vom Ziel entfernt! Jetzt bloß nicht die Orientierung verlieren!

Mit brachialer Gewalt wurde ein kleiner Stamm umgedrückt und ein großer Strauch weggeschubst.

Und dann stand Anne auf der Lichtung. Sie war erstmal erleichtert, am Ziel angekommen zu sein. So ortskundig, wie angenommen, war sie wohl doch nicht. Aus dem Weg, den ein erschöpfter Guido erklärt hatte, war eine Schnitzeljagd geworden.

Was.

Die Füchse machten große Augen. Das splitternde Holz rief Ängste vor ganz individuellen Feindbildern hervor. Sie dachten, dass der Teufel/Buhmann/Tierfänger/Wolf/Schminkfit sie holen wollte. Zum Glück konnten die Füchse in der Dunkelheit ausgezeichnet sehen. So dauerte es nur ein paar Sekunden bis die Herzen nicht mehr vor Aufregung Bongos trommelten.

Gönnhardt richtete sich auf: *Waaas!*

Schorschi sprang auf: *Ein Wunder, ein Wunder!*

Anne setzte ein verlegenes Lächeln auf, dann setzte sie Tim ab. Der kleine Junge rannte sofort zu Schorschi. Die beiden klebten daraufhin aneinander wie Magnete mit den entsprechenden Seiten.

Gönnhardt: *Tim, du hast überlebt! Du bist ja schon wieder richtig gesund*

Tim wusste nicht, was er darauf antworten sollte.

Anne löste den Irrtum auf: *Äh, ja. Der Tim hat den Schock verarbeitet, dass sein Freund so, ähm, krank ist.*

Gönnhardt: *Sein Freund? Aber Tim war doch seit dem ... dem Vorfall nicht mehr da.*

Anne druckste erst ein wenig herum. Dann stammelte sie davon, was Tim in letzter Zeit widerfahren war. Um es kurz zu machen: rein gar nichts.

Erleichterung machte sich breit, die Füchse jubelten. Während der Hektik und aufgrund des Schocks hatte nämlich keiner der Füchse nachgefragt, ob das vergiftete Kind überhaupt Tim war. Sie gingen einfach davon aus, weil er nicht mehr auftauchte. Nun mag es nicht politisch-korrekt sein, dass die Füchse froh waren, dass es ein anderes Kind erwischt hatte. Aber Füchse durften ja auch nicht wählen, deshalb mussten sie sich nicht um solche Feinheiten kümmern.

Anne setzte sich zu den Füchsen. Und dann tat sie das, was sie am liebsten machte: Sie hielt einen Vortrag, bei dem sie nicht unterbrochen wurde.

Sie fing bei ihrem Bericht mit dem heutigen Tag an. Sie erzählte von der Anfrage der Polizei, ins Schloss zu kommen und behilflich zu sein, weil Schminkfit sich weigerte, seine Zeit zu opfern. Sie veranschaulichte, wie sie den Polizisten die Aufteilung im Schloss erklärte, die beiden Beamten anschließend durch die Räumlichkeiten lotste. Sie fasste zusammen, dass die beiden Beamten im Keller nichts Verdächtiges fanden. Dann setzte sich Anne auf die Knie, um über den anderen zu thronen, und wurde lehrerhaft. Sie fuchtelte wild mit dem Zeigefinger als sie sagte, dass im Bereich der Wölfe, wahrscheinlich dem Teil von Gorra, eine Hose gefunden wurde.

Anne: *Und das war nicht irgendeine Hose. Das war eine Kinderhose, eine Jeans von Sören. Ich bin mir ganz sicher, dass das seine ist. Ich kenne die Hose nämlich, die habe ich vom Flohmarkt. Der Tim wollte die nicht, also hab ich sie verschenkt. Ich habe der Polizei dann verraten, dass die Wölfe ihren Bereich wie die Irren verteidigen. Da darf ja sonst nie jemand hin. Das könnt ihr ja auch bezeugen. Und dass die Gorra so eine Böse ist. Die Polizei war jedenfalls sehr zufrieden mit dem Fund und natürlich auch mit meiner Leistung. Die Beamten sind dann auch wieder weg. Im Vertraulichen meinten die, dass der Fall damit eindeutig ist. Dann hab ich den Tim abgeholt. Ihr wisst schon, der sollte den Sören ein bisschen aufmuntern.*

Tim warf ein: *Böser Bub, böser Bub! Sören bäääh!*

Anne fuhr weiter: *Dem Sören geht es wieder ganz gut. Der ist aus dem Gröbsten raus. Kinder sind zum Glück hart im Nehmen. Die Mutter von Sören meinte, dass er den Tim heute schon wieder so fest gehauen hat wie immer. Es sieht also gut aus. Ja, und danach haben wir uns auf die Suche nach euch gemacht.*

Gönnhardt fiel ein Stein vom Herzen, als er erfuhr, dass Bertrams Plan gescheitert war, obwohl er aufging. Gönnhardt schrie die Lüge, die ihm schon die ganze Zeit auf der Zunge lag, heraus: *Das Päckchen mit dem Gift haben mir die Wölfe geklaut, als sie den Keller verwüstet haben! Das musst du der Polizei sagen!*

Anne war erleichtert, dass die Füchse doch nicht die wilden Bestien waren, für die sie sie in den letzten Tagen gehalten hatte. Dennoch hatte auch sie es in diesem Moment nicht so mit der Wahrheit: *Ich weiß Gönnhardt, ich habe immer gewusst, dass es die Wölfe waren.*

Anne legte eine Pause ein.

Ihr Gesicht lag in Falten, zerknittert, wie ein schlechter

Entwurf. Sie wurde ernst, weil sie ein wichtiges Anliegen hatte. Anne: *Dieses Giftpäckchen hatte nur ein ganz kleines Loch. Da ist zum Glück fast gar nichts raus gelaufen. Die Ermittler und die Eltern denken, dass die Gorra es irgendwo gefunden hat. Belassen wir es doch dabei?! Es muss ja niemand erfahren, woher das Gift stammt. Wir vergessen die Sache einfach. Abgemacht? Wenn uns jemand nach dem Gift fragt, stellen wir uns dumm.*

Schorschi: *Wenn uns jemand wonach fragt?*

Anne: *Dem ...*

Schorschi strahlend: *VERÄPPELT!*

Schorschis ansteckendes Lachen entkrampfte die Stimmung.

Gönnhardt hatte nichts gegen das Schweigegelübde einzuwenden. Er richtete sich an seine Freunde: *Deal, oder?*

Die allgemeine Zustimmung der Füchse löste den Knoten in Annes Magen. Die Angst vor etwaigen Konsequenzen hatte dort für ein Geschwür gesorgt. Ihre indirekte Täterschaft durch die Waffenbeschaffung würde unentdeckt bleiben. Diese Angelegenheit sollte damit abgehakt und zu den Akten gelegt werden. Ein schneller Themenwechsel war notwendig.

Anne wand sich an Tim: *Wenn es dem Sören wieder besser geht, musst du nicht mehr zu ihm. Das haben wir ja ausgemacht. Und dafür dass du so tapfer mit ihm gespielt hast, bekommst du auch noch dein Taba.*

Gönnhardt: *Wenn du möchtest, machen wir dem Sören so viel Angst, dass er sich nie wieder zu dir traut.*

Im Moment hatte er andere Sorgen, aber ein paar Tage später nahm Tim Gönnhardts Angebot an. *Taba* war nämlich das Stichwort, das die Situation veränderte. Tim wollte sofort sein Taba, er hatte schließlich hart dafür gearbeitet. Schorschi wollte auch.

Die Geburtstagsfeier wurde ins Schloss verlagert, weil Anne sich den Weg von der Tanke zurück zur Lichtung in der Dunkelheit nicht zutraute.

Während Schorschi und Tim ungeduldig auf ihr Taba warteten, suchte Reinholdt ein Vieraugengespräch.

Reinholdt: *Und was machen wir jetzt?*

Gönnhardt sagte zu seinem Freund: *Wir nehmen das Leben, wie es uns serviert wird. Egal was kommt, wir benehmen uns anständig.*

Neuigkeiten.

Kinder, wie die Zeit verging. Auf Bertrams Grab wuchsen mittlerweile prächtige Brennnesseln, schon beim Anschauen bekam man juckende Finger. Allerdings gedieh es nicht überall, ein kleines Beet in der Mitte, ein verdächtiges Viereck blieb wie von Geisterhand frei von dem Unkraut. Die Füchse urteilten: Bertram war ja immer auf eine saubere Fernseherscheibe bedacht gewesen, er musste sogar von dort unten für ein klares Bild sorgen. Für Claudette war das *magisch*. Florentine war überzeugt, dass dies bewies, dass *alles in Ordnung ist, wie es ist.*

Ein gewisser melonenhütiger Fuchs ließ seine Freundinnen in dem Glauben, dass etwas wundervoll Wunderliches geschah. Ein gewisser melonenhütiger Fuchs hatte ganz bestimmt niemanden beauftragt, das Grab von Bertram mit Brennnesseln in einer ungewöhnlichen Formation zu bepflanzen. Und der gewisse melonenhütige Fuchs hat die Pflanzen bestimmt nie und nimmer gedüngt, damit Bertrams Lieblingsblumen sprießen konnten. Nee nicht, wie Claudette zu sagen pflegte.

Heute war ein schöner Tag. Nicht nur die Sonne traute sich endlich mal wieder hinter den Wolken hervor. Auch die Menschen kamen aus ihren verglasten Zellen. Es war gemütlich im Schlossgarten. Nun gut, wenn man es denn entspannend findet, dass Horden von Familien durch die Grünanlagen streifen und einen streicheln wollen.

Gönnhardt und Bertram hatten mit hohem Einsatz gespielt, trotz des herben Verlustes war die Wette gewonnen. Die Menschen hatten sich abgeregt. Die Füchse wurden wieder gegrüßt, sie wurden wieder angelächelt. Der Auftritt auf dem Marktplatz überzeugte die Karlsruher davon, dass die Füchse die Guten und die Wölfe die Bösen waren. Es gab ja auch genügend Fotomaterial und reichlich Videobeweise von Gönnhardts Heldentat, um immer wieder daran erinnert zu werden.

Als auch noch herauskam, dass die Wölfe hinter dem Angriff auf das wehrlose Kind steckten, bekamen viele Menschen ein schlechtes Gewissen. Gönnhardt gab etliche Interviews, in denen er die Unschuld der Füchse beteuerte und die Taten der Wölfen verurteilte.

Es gab keine Widerworte. Denn von den Wölfen war nichts zu hören. Die waren weg und blieben weg. Manch einer hätte sie gerne vor Gericht gesehen, doch wo kein Angeklagter, da kein Verfahren. Das Opfer war wieder wohlauf und die Verdächtigen aus den Augen. So nahm das Interesse an der Geschichte bald ab. Es hatte ja keinen Sinn, sich über Sachen aufzuregen, die man nicht ändern konnte.

Am Stammtisch, an der Bäckertheke oder bei dem Glücksspielstand wurde anfangs noch über das Verbleiben der Wölfe gerätselt. Jemand kannte jemanden, der gesehen hat, wie die Wölfe von Tierpflegern betäubt, dann in einen Transporter geschleift und in Kisten verpackt wurden. Noch am selben Tag sollen die Tiere verschifft worden sein wie grüne Bananen. Ganz genau wollte es keiner wissen. Niemand stellte Fragen, die beantwortet werden mussten. Nachforschungen wurden keine angestellt. Es wollte nämlich keiner die Wölfe wieder da haben. Es wurde sich zugeflüstert, dass diese elenden, vermaledeiten Wölfe in einem Zoo in Sibirien untergebracht waren. Das geschah ihnen recht, die sollten sich mal schön die Zehen abfrieren.

Gönnhardt kam gerade von der Lichtung zurück, er hatte Bertram besucht. Er schlich sich durchs Gebüsch, um nicht entdeckt zu werden. Er hatte keine Lust auf Spielen, Streicheln oder Streiten. Gönnhardt wollte seine Ruhe.

Er atmete tief aus, als er das Schloss unbemerkt erreichte.

Gönnhardt schüttelte den Kopf, als er den neuen, ehemaligen und aktuellen Bereich der Füchse, den großen Ballsaal, betrat. Boah, war das hier voll! Da lag ein Geschenk von Tim für Schorschi, dort eine Decke für Florentine und hier noch mehr Plunder. Es war zwar aufgeräumt, aber überall lag Kram herum. Es war so eng wie früher im Fuchsbau. Bei diesem Gedanken fühlte sich Gönnhardt erst undankbar, dann unwohl. Er musste ehrlich zu sich sein: Ihm graute vor dem Abend, an dem die Füchse schon wieder gesellig beieinander sitzen wollten. Eine festliche Feier? Pah! Ja, klar! Es würde ja sowieso auf Geschwätz und Gezanke hinauslaufen.

Gönnhardt kam eine Idee.

Er rannte raus. Er ignorierte die Mütter, schnitt die Väter und blendete die Kinder aus. Ohne Rücksicht auf Verluste versammelte Gönnhardt seine Mannschaft vor sich und machte ihnen einen Vorschlag.

Gönnhardt: *Und was meint ihr?*

Claudette: *Ja.*

Schorschi: *Ja.*

Florentine: *Ja.*

Reinholdt: *Meinetwegen.*

Gönnhardt schlug ganz uneigennützig vor, seinen Teil im Gemeinschaftsraum zu opfern. Dadurch hätte jeder der Füchse mehr Platz. Und Gönnhardt seine Ruhe. Niemand hatte etwas dagegen, dass Gönnhardt den Keller für sich bekommen sollte. Er ging den anderen ja auch auf die Nerven. Gönnhardt konnte schließlich, wenn er wollte, immer etwas zu meckern finden.

Gönnhardt: *Kommt, los! Je früher wir anfangen, desto eher haben wir es hinter uns.*

Schnauze für Schnauze räumten die Füchse das Untergeschoss frei. Alle halfen mit, damit Gönnhardt in minimalistischer Ungestörtheit leben konnte. So leer wie der Keller bald war, konnte Gönnhardt sich nur noch über sich selbst aufregen.

Für das Grobe war selbstredend wieder Guido zuständig. Er wuchtete gerade eine Kiste mit alten Mänteln die Treppe hoch, als ihm ein Paketbote in die Arme lief. Genaugenommen hatten beide Männer Pappkartons auf den Armen, aber weiter im Programm. Der Karton von

Guido wurde abgestellt, der vom Paketboten wechselte den Besitzer.

Bei der Bescherung drängten sich alle Füchse an Guido beziehungsweise an die abgestellte Großsendung. Die Füchse waren so neugierig, dass sie mit den Köpfen Dellen in den Karton drückten. Man durfte ja nichts verpassen! Guido musste deshalb vorsichtig sein, er arbeitete in Zeitlupe. Im Millisekundentakt schlitzte Guido das Klebeband mit einem Teppichmesser auf.

Florentine: *Ihhh, das riecht ja wie nasser Hund.*

Sie gab Reinholdt einen saftigen Stoß, als sie sich vom Paket entfernte. Die Enttäuschung war zum Greifen. In dem braunen Quadrat befanden sich Hüte. Es waren keine hochwertigen Modelle, mit denen man eine Wahl zur Miss Hut auf der Pferderennbahn gewinnen könnte. Hier war ein Amateur am Werk gewesen, der Fell lieblos verarbeitet hatte. Selbst geflickte Socken hatten mehr Stil. Herausstehende Nähte und Fäden ergänzten das muffige, graue, struppige, verschlissene und blutverkrustete Fell.

Gönnhardt hätte seine schöne Melone wahrscheinlich gegen keinen Hut der Welt getauscht, doch das hier war fast schon eine Beleidigung. Er nahm sich das Recht heraus für die gesamte Gruppe zu sprechen.

Gönnhardt sagte trocken zu Guido: *Hässlich. Kannst du den Karton bitte zu dem anderen Plunder stellen?!*

Reinholdt, der mit dem Kopf in den Karton getaucht war, schnellte aus Angst beim Plunder zu landen in die Höhe: *Halt! Da ist noch was.*

Guido kramte und wurde fündig. Ganz unten befand sich eine Postkarte. Die Karte sah wenigstens besser aus als die

Hüte. Das Motiv zeigte eine weiße Landschaft mit toten Bäumen und überschaubaren Hügeln. Schnee, Schnee, Schnee: Entweder war dort Winter oder Frau Holle hat gerade ausgeschlafen und ihr Bett gemacht.

Guido hielt die Postkarte wie einen Pokal in die Höhe, bis jeder sie gesehen hatte. Dann las er die Rückseite vor: *Hey Füchse, man soll wegen der Umwelt nichts wegwerfen, meint ja eure Freundin. Zum Dank für den staatlich finanzierten Bildungsurlaub gibt es einen Satz neuer Hüte. Es ist die Sibirien-Kollektion. Grüße von Marc + Larissa!*

Gönnhardt begriff sofort. Er schüttelte sich. Das war makaber, das war eklig. Er schnappte sich die Postkarte und legte sie zu der Visitenkarte, die er schon lange entsorgen wollte. Gönnhardt schauderte, dann lenkte er sich ab – mit Arbeiten. Auch Reinholdt und Florentine hatten sich bereits abgewandt, sie wollten lieber jetzt als gleich fertig sein. Die beiden freuten sich auf ihre Zweisamkeit. Da Claudette die Entrümpelung als Reinigung sah, war sie längst wieder am Wursteln. Schorschi half ebenfalls wieder, weil er manchmal einfach ein Mitläufer war.

Guido war angewidert. Weil er Körperkontakt vermeiden wollte, verschloss er das Paket mit abgespreiztem Zeigefinger und Daumen unterm Hemdsärmel. Kurz darauf stellte er den Karton zu dem Rest. Der Inhalt war schnell vergessen. Er gammelte fortan mit Requisiten, Mänteln und vergessenen Kostbarkeiten in einer der unzähligen Kisten auf dem Dachboden herum.

Ein neuer Tag.

Am nächsten Morgen war Gönnhardt besonders früh

wach. Er war voller Tatendrang, denn so gut hatte er noch nie geschlafen. Vor dem Morgengrauen versenkte er die Visitenkarte und die Postkarte im Mülleimer.

Während er sich seinem Frühsport widmete, malte er sich den Tag aus. Erst das gemeinsame Frühstück – Anne und Tim hatten sich angekündigt, dann eine Runde spielen im Schlossgarten. Er freute sich schon auf seinen Mittagsschlaf in seinem Keller. *Seinem Keller*, ach, wie schön das klang. Gönnhardt hätte vor Glück schreien können. Aber er wollte die anderen nicht wecken, es war gerade so schön ruhig.

Gönnhardt nahm sich für heute viel vor, er wollte die ganze Welt glücklich machen. Doch während Gönnhardt eine Ehrenrunde drehte, ärgerte er erstmal die Enten und meckerte die Schwäne an.

Und sonst so.

Und nun möchte ich mich bedanken. Vielen, vielen Dank fürs Lesen! Ohne dich hätte ich aber so was von meine Zeit verschwendet. Danke fürs Überlesen der Schreibfehler. Auch bei der letzten Korrektur habe ich wahrscheinlich nicht alle Patzer entdeckt. Außerdem vielen Dank an die Gemeinschaft *r/de* für Inspiration und Unterhaltung! Ihr habt mich zum Lachen/Weinen/Aufregen gebracht und den guten, alten Gönnhardt erschaffen.

Und dann noch in eigener Sache: Ich hoffe, du hattest Spaß beim Lesen. Sollte deine gute Tat des Tages noch ausstehen, habe ich eine Idee, was du für dein Karma tun könntest. Dieses Buch ist in kompletter Eigenregie entstanden, es hat folglich keine große Verlagsmaschinerie im Rücken. Als schüchterne 1-Mann-Armee fehlt es mir an öffentlicher Durchschlagskraft. Aufgrund eines nicht existenten Werbebudgets, bin ich als Indie-Autor auf Unterstützung angewiesen. Wenn dir dieses Buch gefallen hat, würde ich mich über Rezensionen und Bewertungen, besonders wenn sie positiv ausfallen, freuen. Verlinkungen, Hinweise oder ähnliche Aufmerksamkeit sind ebenfalls kein Tropfen auf den heißen Stein, kleine und große Weiterempfehlungen sind das Überlebenselixier eines Indie-Autoren. Sie sorgen mit Sicherheit für Motivation und vielleicht für neue Leser. Ich werde mich nicht an diesem durchgekauten Thema festbeißen, genug gebettelt.

Und deshalb noch kurz zu mir: Ich versuche frech, ehrlich, modern, schnell und kurzweilig zu schreiben. Ganz klar: Ich gebe mir beim Schreiben natürlich die gebührende Mühe, es sollen dennoch keine wissenschaftlichen Texte sein. Mein Ziel ist es, dich hin und wieder zum Schmunzeln zu bringen, damit du das Buch mit einem guten Gefühl beiseite legen kannst. Solltest du noch nicht genug von mir haben, findest du bei meinen anderen Bücher hoffentlich etwas, was dich anspricht. Eine gute Gelegenheit, dir einen Überblick über meine aktuellen Werke zu verschaffen, bietet dir ein Besuch der Webseite <u>andersbenson.de</u>.

Herstellung und Verlag:
BoD - Books on Demand, Norderstedt
ISBN 978-3-7528-6905-7

Und das war eine Sache von lautsehen.

Impressum:

Andreas Schied

Riemannstr. 27

04107 Leipzig

0176/34571607

<u>kontakt@lautsehen.de</u>

Cover: Selected by freepik